MOEWIG BEI Ullstein

D1987469

ZUM BUCH:

Mit ihrem DARKOVER-Zyklus hat die Autorin Marion Zimmer Bradley nicht nur Weltruhm erlangt, sie begründete damit auch einen Kult. In den USA gab es selten ein so komplexes SF-Werk, das so viele begeisterte Anhänger fand und in immer noch wachsender Zahl an sich bindet.
Der vorliegende Roman schildert, wie alles begann. Terranische Raumfahrer werden auf den Planeten der blutroten Sonne verschlagen und müssen, um zu überleben, sich dem Planeten anpassen. Sie begründen eine eigenständige Kultur, die von ihrem terranischen Erbe ebenso geprägt ist wie von den besonderen Kräften, die sich langsam von ihrer neuen Umwelt auf sie übertragen.

ZUR AUTORIN:

Marion Zimmer Bradley, Jahrgang 1930, entdeckte ihre Liebe zur Science Fiction-Literatur bereits im Alter von 16 Jahren. Ihre erste eigene Story erschien 1953 in dem Magazin VORTEX SF, und schon ihr erster Kurzroman BIRD OF PREY (1957) war nicht nur ein Volltreffer – er legte auch den Grundstein für den großangelegten Zyklus um DARKOVER, den Planeten der blutroten Sonne, mit dem die Autorin zu Weltruhm gelangte.
Mit zunehmendem Erfolg und der damit verbundenen Selbständigkeit, dem Zwang zur SF-Massenproduktion entronnen, konnte Marion Zimmer Bradley die Qualität ihrer Romane immer weiter verbessern und auf die Probleme eingehen, die ihr am Herzen liegen – so die Stellung der Frau in der SF und die Beziehung der Geschlechter unter völlig neuen Bedingungen. Heute ist Marion Zimmer Bradley die mit Abstand bekannteste, erfolgreichste und beliebteste SF-Autorin der Welt. Um ihre DARKOVER-Romane hat sich längst ein regelrechter Kult gebildet, der auch in Deutschland immer mehr Anhänger gewinnt.

MARION ZIMMER BRADLEY

Landung auf Darkover

ROMAN

MOEWIG BEI Ullstein

Moewig bei Ullstein
Amerikanischer Originaltitel:
Darkover Landfall
Übersetzt von
Martin Eisele

Ungekürzte Ausgabe

Umschlagentwurf:
Theodor Bayer-Eynck
Umschlagillustration:
Oliviero Berni/
Agentur Thomas Schlück

Printed in Germany 1995
Druck und Bindung:
Ebner Ulm
ISBN 3 8118 2908 4

September 1995
Gedruckt auf alterungs-
beständigem Papier mit
chlorfrei gebleichtem Zellstoff

Von derselben Autorin
in der Reihe
Moewig bei Ullstein:

Hasturs Erbe (63515)
Die Jäger des Roten Mondes (63528)
Reise ohne Ende (63548)
Der verbotene Turm (63553)
Die blutige Sonne (63572)
Die Zeit der hundert
Königreiche (63584)
Die Flüchtlinge des
Roten Mondes (63540)
Landung auf Darkover (63653)
Die zerbrochene Kette (63671)
Kräfte der Comyn (63693)
Das Schwert des Chaos (63702)
Die Monde von Darkover (63883)
Zauberschwestern (63884)
Herrin der Falken (63886)

Die Deutsche Bibliothek –
CIP-Einheitsaufnahme

Bradley, Marion Zimmer:
Landung auf Darkover : Roman / Marion
Zimmer Bradley. [Übers. von Martin Eisele]. –
Ungekürzte Ausg. – Rastatt : Moewig bei
Ullstein, 1995
ISBN 3-8118-2908-4

Für Lester Del Rey
in Liebe, Respekt und Bewunderung

1

Die Landeausrüstung war beinahe noch die geringste ihrer Sorgen; doch es war ein schwieriges Problem, hinein- und hinauszukommen. Das große Sternenschiff lag in einen Fünfundvierziggradwinkel gekippt, die Ausstiegsleitern und Rutschen kamen nirgends auch nur in die Nähe des Bodens, und die Luken führten ins Nichts. Noch war nicht aller Schaden eingeschätzt – nicht einmal annähernd –, doch sie nahmen an, daß etwa die Hälfte der Mannschaftsquartiere und drei Viertel der Passagiersektionen unbewohnbar waren.

Schon war eilends ein halbes Dutzend kleiner einfacher Unterkünfte sowie das zeltähnliche Notlazarett auf der großen Lichtung errichtet worden. Sie waren größtenteils aus Plastikplanen und den harzigen Stämmen der einheimischen Bäume gefertigt, welche mit den Kreissägen und der Holzfällerausrüstung aus den Versorgungsbeständen für die Kolonisten geschlagen worden waren. Dies alles hatte entgegen Captain Leicesters ernsthaften Protest stattgefunden; er hatte sich nur einer Spitzfindigkeit gefügt. Solange das Schiff im Raum war, galten ausschließlich seine Befehle, auf einem Planeten jedoch hatte das Koloniale Expeditionskorps die Leitung inne.

Die Tatsache, daß dies hier nicht der *richtige* Planet war – das war eine Spitzfindigkeit, womit sich niemand fertig zu werden für fähig gehalten hatte . . . bis jetzt.

Es war, überlegte MacAran, während er auf dem niederen Gipfel stand, der über das Raumschiff aufragte, ein schöner Planet. Jedenfalls das, was sie davon sehen konnten, was überhaupt nicht viel war. Die Schwerkraft war ein wenig geringer als diejenige der Erde, was an sich für jeden auf der Erde Geborenen und dort Aufgewachsenen ein gewisses Gefühl des Wohlbefindens und der Euphorie bedeutete. Niemand, der wie Rafael MacAran – auf der Erde des 21. Jahrhunderts aufgewachsen war, hatte je zuvor eine so süße und würzige Luft geschmeckt oder ferne Hügel durch einen solch klaren, strahlenden Morgen gesehen.

Die Hügel und die fernen Berge erhoben sich in einem offenbar endlosen Panorama rings um sie her, Wellenkamm hinter Wellenkamm, und verloren mit der Entfernung allmählich an Farbe, verwandelten sich zuerst in ein blasses Grün, dann in ein schwächeres Blau und schließlich zu blassestem Violett und Purpur. Die große Sonne glühte tiefrot, die Farbe von vergossenem Blut, und an diesem Morgen hatten sie die vier Monde gesehen, die gleich großen bunten Juwelen an den Hörnern der fernen Berge hingen.

MacAran stellte sein Bündel ab, zog den verstellbaren Theodoliten hervor und machte sich daran, das Stativ aufzuklappen. Er bückte sich, justierte das Instrument und wischte sich daraufhin den Schweiß von der Stirn. Gott, wie heiß es nach der grimmigen Eiseskälte der letzten Nacht und nach dem plötzlichen Schneeregen zu sein schien, der so rasend schnell von der Bergkette heruntergefegt war, daß ihnen kaum Zeit geblieben war, Schutz zu suchen. Und jetzt, als er seinen Nylonparka auszog und die Stirn abtupfte, lag der Schnee in schmelzenden Rinnsalen ausgebreitet.

Er richtete sich auf und blickte sich nach geeigneten Horizontpunkten um. Dank des neuen Höhenmesser-Modells, das vier unterschiedliche Gravitationsebenen kompensieren konnte, wußte er bereits, daß sie sich etwa tausend Fuß über dem Meeresspiegel befanden – oder was dem Meeresspiegel entsprach; falls es auf dieser Welt überhaupt irgendwelche Meere gab, wessen sie sich noch nicht sicher sein konnten. In der Anspannung und den Gefahren der Bruchlandung hatte außer dem weiblichen Dritten Offizier niemand einen klaren Blick auf den im Raum schwebenden Planeten werfen können, und sie war zwanzig Minuten nach dem Aufprall gestorben, noch während die anderen die Leichen aus den Trümmern der Brücke geborgen hatten.

Sie wußten, dieses System umfaßte drei Planeten: Einer war ein übergroßer Riese aus gefrorenem Methan, der andere ein kleiner kahler Felsbrocken, von seinem individuellen Orbit abgesehen, mehr Mond als Planet, und schließlich diese Welt. Sie wußten, diese Welt gehörte in die Kategorie, die vom Kolonialen Expeditionskorps der Erde als *M-Klasse* bezeichnet wurde – ungefähr erdähnlich und wahrscheinlich bewohnbar. Und jetzt wußten sie, daß sie sich auf dieser Welt befanden. Abgesehen von dem, was sie in den zurückliegenden zweiundsiebzig Stunden zusätzlich entdeckt hatten, war das aber auch so ungefähr alles, was sie wußten. Die rote Sonne, die vier Monde, die Temperaturextreme, die Berge – dies alles war erfaßt worden in den schrecklichen Zeiträumen zwischen dem Bergen und Identifizieren der Toten, der Errichtung eines behelfsmäßigen Feldlazaretts und der Rekrutierung jeder körperlich einigermaßen zu Hilfszwecken geeigneten Person – die Verletzten mußten versorgt, die Toten begraben werden . . . und natürlich brauchte man Behelfsunterkünfte, solange das Schiff unbewohnbar war.

Rafael MacAran kramte seine Vermessungsinstrumente aus dem Gepäckbündel, bediente sie jedoch nicht. Er hatte diese kurze Atempause allein nötiger gebraucht, als ihm bewußt gewesen war, ein wenig Zeit, sich von den wiederholten und furchtbaren Schockmomenten der letzten paar Stunden zu erholen – dem Absturz und einer Gehirnerschütterung, die ihn auf der überbevölkerten, medizinisch überempfindlich reagierenden Erde sofort ins Krankenhaus gebracht hätte. Hier hatte der Medo-Offizier, selbst von schlimmeren Verletzungen gequält, nur kurz seine Reflexe überprüft, ihm ein paar Kopfschmerztabletten in die Hand gedrückt und sich dann wieder um die ernsthaft Verletzten und Sterbenden gekümmert. Sein Schädel fühlte sich noch immer wie ein übermächtig schmerzender Zahn an, obwohl die visuelle Trübung nach dem Schlag der ersten Nacht verklungen war. Am darauffolgenden Tag war er abkommandiert worden, zusammen mit allen anderen körperlich tauglichen Männern, die nicht zum medizinischen Stab oder zu den Technischen Mannschaften im Schiff gehörten, Massengräber für die Toten auszuheben. Und dann hatte er diesen herzzerreißenden Schock erfahren und Jenny unter ihnen entdeckt.

Jenny. Er hatte sie in Sicherheit und wohlauf geglaubt, mit ihren eigenen Aufgaben zu beschäftigt, um ihn aufzuspüren und zu beruhigen. Dann hatte er die unverwechselbaren, silberglänzenden Haare seiner einzigen Schwester unter den verstümmelten Toten gesehen. Es war nicht einmal Zeit für Tränen geblieben. Da waren zu viele Tote. Er tat das einzige, was er tun konnte. Er meldete Camilla Del Rey, die Captain Leicester bei dem Identifizierungs-Sonderauftrag vertrat, daß der Name Jenny MacAran von der Liste der nicht aufgefundenen Überlebenden auf diejenige der mit Sicherheit identifizierten Toten übertragen werden konnte.

Ein knappes, ruhiges »Danke, MacAran« war Camillas einziger Kommentar gewesen. Es gab keine Zeit für Sympathiebekundungen, keine Zeit für Trauer oder auch nur einen menschlichen Ausdruck der Freundlichkeit. Und doch war Jenny Camillas enge Freundin gewesen, sie hatte dieses verdammte Del Rey-Mädchen wie eine Schwester geliebt, nur warum, das hatte Rafael nie erfahren, doch Jenny hatte sie geliebt, und es mußte einen Grund dafür gegeben haben. Irgendwo tief unter der Oberfläche begriff er, daß er gehofft hatte, Camilla würde die Tränen für Jenny vergießen, die zu weinen er nicht fertigbringen konnte. Irgend jemand mußte um Jenny weinen, und er konnte es nicht. Noch nicht.

Er wandte seine Konzentration wieder den Instrumenten zu. Wenn sie ihren genauen Standort auf der geographischen Breite dieses Planeten gekannt hätten, wäre es leichter gewesen, aber der Höhenstand der Sonne über dem Horizont würde ihnen zumindest eine grobe Vorstellung davon geben.

Unter ihm, in einer großen, mit niedrigem Gestrüpp und verkümmerten Bäumen überzogenen Senke von mindestens fünf Meilen Durchmesser, ruhte das abgestürzte Raumschiff. Als Rafael es aus dieser Entfernung betrachtete, verspürte er ein seltsames Verzagen. Captain Leicester würde vermutlich gemeinsam mit der Mannschaft daran arbeiten, den Schaden zu veranschlagen und die Zeit abzuschätzen, welche für die zu bewältigenden Reparaturen benötigt wurde. Rafael kannte sich mit der Funktionsweise eines Sternenschiffes nicht aus – sein Wissensgebiet war die Geologie. Doch für ihn sah es nicht danach aus, als würde sich dieses Schiff jemals wieder erheben.

Dann schob er diesen Gedanken beiseite. Das sollten gefälligst die Technischen Mannschaften feststellen. Sie wußten Bescheid; er nicht. Aber er hatte in diesen Tagen schon einige durch das Ingenieurwesen vollbrachte Beinahe-Wunder gesehen. Schlimmstenfalls mochte dies hier ein unbequemer Zwischenaufenthalt von einigen wenigen Tagen oder ein paar Wochen werden, dann würden sie wieder unterwegs sein, und auf den Sternenkarten des Kolonialen Expeditions-Korps würde ein neuer bewohnbarer, zur Kolonisierung geeigneter Planet verzeichnet werden. Dieser sah, trotz der brutalen Kälte in der Nacht, äußert bewohnbar aus. Vielleicht gelang es ihnen sogar durchzusetzen, an den Aufspürhonoraren beteiligt zu werden, was dazu beitragen würde, die Coronis-Kolonie abzusichern – in der sie zu jenem Zeitpunkt leben würden.

Und in fünfzig oder sechzig Jahren, wenn sie bereits alte Siedler der Coronis-Kolonie waren, würden sie alle eine Menge zu erzählen haben.

Aber wenn sich das Schiff nie wieder vom Boden erhebt . . . Unmöglich. Dies war kein katalogisierter Planet, weder zur Besiedlung freigegeben noch bereits erschlossen. Die Coronis-Kolonie – Phi Coronis Delta – war bereits Standort einer blühenden Bergbauniederlassung. Es gab einen betriebsbereiten Raumhafen, und eine ganze Mannschaft von Ingenieuren und Technikern war schon seit zehn Jahren damit beschäftigt, den Planeten zur Besiedlung vorzubereiten und seine Ökologie zu studieren. Unvorstellbar, daß man sich unvorbereitet und ohne technische Hilfsmittel auf einer völlig unbekannten Welt niederließ. Das war nicht zu schaffen.

Jedenfalls . . . auch dies war jemandes anderen Aufgabe, und er tat jetzt wohl besser seine eigene. Er bewältigte seine Standort- und Lagebestimmung, so gut es ihm möglich war, notierte sämtliche Beobachtungen in seinem Taschennotizbuch, packte das Stativ wieder zusammen und machte sich auf den Rückweg. Leichtfüßig schritt er den felsbesäten Abhang hinunter, durch struppiges Unterholz und an den Bäumen vorbei, und die geringe Schwerkraft sorgte dafür, daß er sein Gepäck mühelos tragen konnte. Die Umgebung war hier sauberer, die Wanderung leichter zu bewältigen als auf der Erde, und er warf den fernen Bergen einen sehnsüchtigen Blick zu. Wenn sich ihr Aufenthalt auf mehr als nur ein paar Tage ausweitete, so konnte er vielleicht entbehrt werden und zu einer kurzen Klettertour dorthin aufbrechen. Gesteinsproben und ein paar geologische Anmerkungen müßten dem Kolonialen Expeditions-Korps der Erde durchaus etwas wert sein, und es würde zudem eine Menge mehr Spaß machen als eine Kletterpartie auf der Erde, wo vom Yellowstone bis zum Himalaya jeder Nationalpark dreihundert Tage im Jahr an den Touristen erstickte, die in großen Jets herbeigekarrt wurden.

Er nahm an, daß es nur fair war, jedem eine Chance zu bieten, in die Berge zu kommen, und gewiß erleichterten es die bis zu den Gipfeln des Mount Rainier, Mount Everest und Mount Whitney installierten Gleitbänder und Lifts den alten Frauen und Kindern, dort hinaufzugelangen und Gelegenheit zu haben, das Panorama zu genießen. Trotzdem, dachte MacAran sehnsuchtsvoll, einen wahrhaftigen, bisher unbezwungenen Berg zu ersteigen – einen Berg ohne Gleitbänder, ohne einen einzigen Sessellift! Er war auch auf der Erde geklettert, aber man kam sich doch ziemlich dumm vor, wenn man sich eine Felsenklippe hochmühte, während Teenager in Sessellifts auf ihrem mühelosen Weg zum Gipfel an einem vorbeischwebten und über den Anachronisten kicherten, der es auf die schwierige Art und Weise schaffen wollte.

Einige der näher liegenden Hänge waren von den Narben alter Waldbrände geschwärzt, und er vermutete, daß die Lichtung, in der das Schiff lag, vor ein paar Jahren von einem solchen Feuer geschaffen worden war. Glücklicherweise hatten die Feuerschutzsysteme des Schiffes beim Aufschlag einen neuerlichen Brand verhindert – andernfalls hätte es gut möglich sein können, daß die Überlebenden buchstäblich aus der Bratpfanne in einen tobenden Waldbrand entkommen wären. In diesen Wäldern würden sie vorsichtig sein müssen. Die Erdenmenschen hatten ihre einstigen Waidmannskünste längst vergessen und waren sich nicht mehr darüber im klaren, was Waldbrände anrichten konnten. Er merkte sich das für seinen Bericht vor.

Als er wieder in den Absturzbereich zurückkam, schwand seine kurze Euphorie. Durch das halbtransparente Plastik des Schutzmaterials konnte er im Innern des Feldhospitals Reihen um Reihen von bewußtlosen oder halb bewußtlosen Körpern liegen sehen. Eine Gruppe von Männern schnitt Äste von irgendwelchen Baumstämmen zurecht, eine weitere kleine Gruppe errichtete eine auf dreieckigen Stützen basierende Dymaxion-Kuppel – von der Art, die man an einem halben Tag zusammenbauen konnte. Er begann sich zu fragen, wie der Bericht der Technischen Mannschaft ausgefallen war. Auf den zerknitterten Verstrebungen des Sternenschiffes konnte er eine Gruppe von Ingenieuren herumkriechen sehen, doch es sah nicht danach aus, als könnte man guter Hoffnung sein, sehr bald von hier wegzukommen.

Als er an dem Hospital vorbeikam, trat ein junger Mann in einer fleckigen und zerknitterten Medo-Uniform heraus und rief ihm etwas zu.

»Rafe! Der Maat hat gesagt, du sollst dich in der Ersten Kuppel melden, sobald du zurück bist . . . dort findet eine Versammlung statt, und sie möchten dich dabeihaben. Ich gehe auch hinüber, um meinen Medo-Bericht abzugeben – ich bin der erfahrenste Mann, den sie entbehren können.« Er kam langsam näher und blieb neben MacAran stehen. Er war schmächtig und klein, mit hellbraunen Haaren und einem kleinen lockigen braunen Bart, und er sah müde aus, als hätte er keinen Schlaf gefunden. MacAran fragte zögernd: »Wie geht es im Hospital voran?«

»Nun, seit Mitternacht keine weiteren Todesfälle; vier weitere Personen haben wir von der Liste der kritischen Fälle streichen können. Es war offenbar doch kein Leck in den Atomkonvertern – das Comm-Mädchen ist, wie sich herausgestellt hat, nicht strahlenverseucht; das Erbrechen war offenbar nur auf einen bösen Schlag in den Solarplexus zurückzuführen. Gott sei Dank für diese kleinen Gnadenerweise – wenn die Atomkonverter leckgeschlagen worden wären, dann wären wir jetzt vermutlich alle tot und ein weiterer Planet verseucht.«

»Ja, die M-AM-Antriebssysteme haben eine Menge Leben gerettet«, stimmte MacAran zu. »Du siehst furchtbar müde aus, Ewen – hast du überhaupt schon geschlafen?«

Ewen Ross schüttelte den Kopf. »Nein, aber der Alte ist mit Aufputschmitteln recht großzügig gewesen, und jetzt rast mir noch immer die Pumpe. Irgendwann am frühen Nachmittag werde ich wahrscheinlich zusammenbrechen und dann drei Tage lang nicht mehr aufwachen – aber bis dahin halte ich durch.« Er zögerte, wobei er seinen Freund schüchtern ansah, dann sagte er: »Ich habe das von Jenny gehört, Rafe. Pech. Von den Mädchen aus diesem hinteren Bereich haben es so viele nach draußen geschafft . . . ich war davon überzeugt, sie sei in Ordnung.«

»Das war ich auch.« MacAran machte einen tiefen Atemzug und empfand die reine Luft wie ein großes Gewicht auf seiner Brust. »Ich habe Heather nirgends gesehen – ist sie . . .«

»Mit Heather ist alles in Ordnung. Man hat sie zum Krankenpflegedienst verpflichtet. Sie hat keinen Kratzer davongetragen. Mir ist klar, daß man nach dieser Versammlung die vervollständigten Listen der Toten, der Verwundeten und der Überlebenden aushängen wird. Was hast du eigentlich gemacht? Del Rey hat mir gesagt, du seist hinausgeschickt worden – aber ich weiß nicht, warum.«

»Vorvermessung«, erwiderte MacAran. »Wir haben keine Ahnung, wo genau wir uns befinden, auf welchem geographischen Breitengrad, keine Ahnung von der Größe oder Masse des Planeten, keine Ahnung vom Klima oder den Jahreszeiten oder was auch immer. Ich habe festgestellt, daß wir nicht allzu weit vom Äquator entfernt sein können, und – nun, ich werde den Bericht drinnen erstatten. Gehen wir hinein?«

»Ja, in die Erste Kuppel.« Halb unbewußt hatte Ewen diese Silben ehrerbietig ausgesprochen, und MacAran dachte daran, was für ein menschlicher Zug es doch war, Lage und Orientierung sofort festzulegen. Erst drei Tage waren sie hier, und schon war diese erste Unterkunft die Erste Kuppel und der notdürftig zusammengezimmerte Feldunterstand für die Verwundeten das Hospital.

Im Innern der Plastikugel gab es keine Sitze; es waren nur ein paar Leinen-Zeltbahnen ausgebreitet und leere Vorratskisten aufgestellt worden, und irgend jemand hatte einen Klappstuhl für Captain Leicester heruntergeholt. Neben ihm saß Camilla Del Rey auf einer Kiste, eine Schreibplatte mit einem Notizbuch auf den Oberschenkeln: ein großes, schlankes, dunkelhaariges Mädchen mit einem langen, ausgezackten Schnitt quer über die Wange, der mit Plastikspangen zusammengedrückt wurde. Sie war in die warme Arbeitsuniform eines Mannschaftsmitglieds gehüllt, hatte das schwere parkaähnliche Oberteil jedoch abgelegt, und darunter trug sie nur ein dünnes, enganliegendes Baumwollhemd. MacAran sah hastig weg ... *Verdammt, was hat sie vor – warum sitzt sie so gut wie in der Unterwäsche dort vorn – vor der halben Mannschaft! Zu einer Zeit wie dieser ist das nicht anständig* ... Aber dann sah er das verzerrte und verwundete Gesicht des Mädchens und entschuldigte ihr Verhalten. Ihr war heiß – jetzt und hier drinnen war es *wirklich* heiß –, und schließlich war sie im Dienst, und sie hatte das Recht darauf, sich behaglich zu fühlen.

Wenn hier jemand aus der Reihe tanzt, dann bin ich das ... weil ich zu einer solchen Zeit ein Mädchen derart ansehe ...

Streß. Das ist alles. Es gibt verdammt zu viele Dinge, an die sich zu erinnern oder darüber nachzudenken nicht ratsam ist ... Captain Leicester hob sein graues Haupt. *Er sieht aus wie der Tod,* dachte MacAran. *Wahrscheinlich hat auch er seit dem Absturz nicht mehr geschlafen.* Er fragte das Del Rey-Mädchen: »Sind das alle?«

»Ich glaube, ja.«

»Damen und Herren«, begann der Captain. »Wir wollen keine Zeit mit Formalitäten verschwenden, deshalb sind die Vorschriften der Etikette für die Dauer dieses Notfalls aufgehoben. Da mein Protokolloffizier im Hospital liegt, hat sich Erster Offizier Del Rey freundlicherweise bereit erklärt, in dieser Versammlung als Nachrichten-Protokollführer zu fungieren. Zuallererst: Ich habe sie zusammengerufen, einen Vertreter von jeder Gruppe, damit sie ihren Mannschaften zuverlässig darüber berichten, was hier vor sich geht, und damit wir das Anwachsen von Gerüchten und ähnlichem Geschwätz über unsere Lage verhindern können. Und überall, wo mehr als fünfundzwanzig Leute versammelt sind, erheben sich nun einmal Gerüchte und Klatsch – wie ich von meinen Pensacola-Tagen her noch recht gut weiß. Also holen Sie sich

Ihre Informationen hier, und verlassen sie sich nicht darauf, was irgend jemand irgend jemandes bestem Freund vor ein paar Stunden erzählt und jemand anders im Messeraum gehört hat – in Ordnung? Maschinenbau – ihr fangt an. Wie ist die Lage bei den Anstriebsmaschinen?«

Der Chefingenieur – sein Name war Patrick, aber MacAran kannte ihn nicht persönlich – stand auf. Er war ein hochaufgeschossener, hagerer Mann, der dem Volkshelden Lincoln ähnlich sah. »Schlecht«, antwortete er lakonisch. »Ich will nicht behaupten, daß sie nicht repariert werden können, aber der ganze Antriebsraum ist ein Schlachtfeld. Geben Sie uns eine Woche, ihn in Ordnung zu bringen, und wir können abschätzen, wie lange es dauern wird, die Maschinen zu reparieren. Wenn der ganze Schlamassel erst einmal weggeräumt ist, würde ich sagen – drei Wochen bis einen Monat. Aber auf diese Schätzung würde ich ungern mein Gehalt verwetten – ich habe keine Ahnung, wie nahe ich der tatsächlichen Dauer gekommen bin.«

Leicester sagte: »Aber sie können repariert werden? Sie sind nicht hoffnungslos zerstört?«

»Das würde ich nicht meinen«, erwiderte Patrick. »Verdammt, das ist besser nicht der Fall! Eventuell müssen wir nach Treibstoffen schürfen, aber mit dem großen Konverter ist das kein Problem, jede Art von Kohlenwasserstoff wird genügen ... selbst Zellulose. Das betrifft natürlich nur die Energie-Umwandlung für das Lebenserhaltungssystem. Der Antrieb selbst funktioniert mit Antimaterie-Implosionen.« Er erging sich in technischen Erklärungen, doch bevor MacAran hoffnungslos überhaupt nicht mehr folgen konnte, unterbrach Leicester.

»Sparen Sie sich das, Chief. Das Wichtigste haben Sie uns gesagt: *Die Antriebsmaschinen können repariert werden* – geschätzte Zeit: drei bis sechs Wochen. Officer Del Rey, wie sieht es auf der Brücke aus?«

»Dort sind die Monteure inzwischen an der Arbeit, Captain, aber sie müssen Schneidbrenner verwenden, um das verbogene Metall herauszubekommen. Die Computer-Konsole ist ein einziges Durcheinander, aber die Haupttafeln sind in Ordnung und das Bibliothekssystem ebenfalls.«

»Wo hat es den schlimmsten Schaden gegeben?«

»Wir werden in der gesamten Brückenkabine neue Sitze und Gurte brauchen – das können die Monteure bewerkstelligen. Und wir werden unser Ziel natürlich von der neuen Position aus neu programmieren müssen – aber sobald wir genau wissen, wo wir sind, müßte das für die Navigationssysteme einfach genug sein.«

»Dann gibt es also auch hier nichts Hoffnungsloses?«

»Ehrlich gesagt – um das behaupten zu können, ist es noch zu früh, Captain, aber ich glaube nicht. Vielleicht ist es nur Wunschdenken, aber ich habe noch nicht aufgegeben.«

Captain Leicester sagte: »Nun, im Moment sieht es ungefähr so schlimm aus, wie es nur aussehen kann – ich denke, wir alle neigen dazu, primär die böse Seite zu betrachten. Vielleicht ist das gut so. Alles, was besser ist als das Schlimmste, wird eine angenehme Überraschung sein. Wo steckt Dr. Di Asturien? Der Mediziner?«

Ewen Ross erhob sich. »Der Chief war der Meinung, nicht weggehen zu können, Sir. Er hat eine Mannschaft zusammengestellt, um sämtliche medizinische Vorräte zu bergen. Er hat mich geschickt. Es hat keine weiteren Todesfälle gegeben, und alle Toten sind begraben. Momentan gibt es kein Anzeichen einer ungewöhnlichen Krankheit unbekannter Herkunft, aber wir sind noch mit der Überprüfung der Luft- und Bodenproben beschäftigt und werden dieselben auch weiterhin durchführen – mit dem Zweck, bekannte und unbekannte Bakterien zu klassifizieren. Auch . . .«

»Fahren Sie fort.«

»Der Chief will einen Befehl darüber ausgegeben wissen, daß nur die ausgewiesenen Latrinenbereiche benutzt werden, Captain. Er hat darauf hingewiesen, daß wir alle nur erdenklichen Arten von Bakterien in unseren Körpern tragen, die der einheimischen Flora und Fauna schaden könnten, und uns ist es möglich, die Latrinenbereiche ziemlich gründlich zu desinfizieren – allerdings sollten wir Vorsichtsmaßnahmen gegen das Infizieren äußerer Bereiche treffen.«

»Ein guter Punkt«, meinte Leicester. »Bitten Sie jemanden, diese Anordnungen anschlagen zu lassen, Del Rey. Und setzen Sie einen Sicherheitsbeauftragten ein, der dafür zu sorgen hat, daß jeder weiß, wo die Latrinen sind – und sie auch benutzt. Kein Wasserlassen im Wald, nur weil man sich zufällig dort aufhält und es keine Abfallbeseitigungsgesetze gibt.«

»Ein Vorschlag, Captain«, wandte Camilla Del Rey ein. »Bitten Sie die Köche, mit ihrem Abfall genauso zu verfahren, für eine Weile jedenfalls.«

»Ihn desinfizieren? Ein guter Vorschlag. Lovat, in welchem Zustand befindet sich der Synthonahrungsprodukter?«

»Zugänglich und funktionierend, Sir, wenigstens zeitweise. Es wäre jedoch keine schlechte Idee, einheimische Nahrungsquellen zu prüfen und uns zu vergewissern, ob wir diese Früchte und Wurzeln notfalls essen *können*. Wenn das Ding erst einmal zu stottern anfängt – und es war nie dafür vorgesehen, für längere Zeiträume unter planetaren Schwerkraftverhältnissen zu laufen –, *dann* wird es zu spät sein, mit dem Durchtesten der hier vorhandenen Vegetation anzufangen.« Judith Lovat, eine kleine stämmig gebaute Frau Ende Dreißig mit dem grünen Emblem der Lebenserhaltungssysteme am Kittel, blickte zur Kuppeltür hinüber. »Dieser Planet scheint dicht bewaldet zu sein; dazu die Sauerstoff-Stickstoff-Verhältnisse dieser Luft . . . es müßte für uns Genießbares geben. Chlorophyll und Photosynthese scheinen sich auf allen Planeten des M-Typs so ziemlich gleich zu sein, und das Endprodukt ist für gewöhnlich eine Anordnung von Kohlehydraten mit Aminosäuren.«

»Ich werde einen Botaniker darauf ansetzen«, versprach Captain Leicester. »Was mich zu Ihnen führt, MacAran. Haben Sie vom Berggipfel nützliche Informationen mitgebracht?«

MacAran erhob sich und sagte: »Es hätte mehr gebracht, wenn wir im Flachland gelandet wären – vorausgesetzt, es gibt solche Gebiete auf diesem Planeten –, aber ich habe doch ein paar interessante Details entdeckt. Vorab: Wir befinden uns hier etwa tausend Fuß über dem Meeresspiegel, zweifellos auf der Nordhalbkugel und – zieht man in Betracht, daß die Sonne für gewöhnlich ihre Bahn hoch am Himmel zieht – nicht allzu viele Breitengrade vom Äquator entfernt. Wir sind offenbar in den Vorbergen einer gewaltigen Gebirgskette heruntergekommen, und die Berge sind alt genug, um bewaldet zu sein – das heißt, es sind keine eindeutig erkennbaren aktive Vulkane in der Nähe und keine Berge, die wie ein Resultat vulkanischer Aktivität innerhalb der letzten paar Jahrtausende aussehen.«

»Anzeichen von Leben?« fragte Leicester.

»Massenhaft Vögel. Kleine Tiere, vielleicht Säugetiere, aber ich bin mir nicht sicher. Mehr Baumarten, als ich zu identifizieren in der Lage war. Eine ganze Menge davon sehen unseren Koniferenarten ähnlich, aber es scheint auch Hartholzbäume zu geben, jedenfalls sehen sie so aus, des weiteren ein paar Büsche, die Früchte oder andere Samen tragen. Ein Botaniker könnte Ihnen diesbezüglich eine Menge mehr erzählen. Allerdings keine Anzeichen von irgendwelchen Artefakten, kein Hinweis darauf, daß jemals irgendwo irgend etwas kultiviert und berührt worden ist. Soweit ich das sagen kann, ist der Planet bisher weder von menschlichen – noch von irgendwelchen anderen – Händen berührt worden. Aber wir können natürlich inmitten der Entsprechung unserer sibirischen Steppen oder der Wüste Gobi gelandet sein – weit, weit entfernt von allem Ungewöhnlichen.«

Er hielt inne, dann sagte er: »Etwa zwanzig Meilen genau östlich von hier gibt es einen alle anderen überragenden Berggipfel – man kann ihn nicht verfehlen –, von dem aus wir Sichtungen vornehmen und eine grobe Einschätzung der Planetenmasse bekommen können, selbst ohne komplizierte Instrumente. Wir könnten auch nach Flüssen, Ebenen, einer eventuellen Wasserversorgung oder irgendwelchen anderen Anzeichen von Zivilisation Ausschau halten.«

»Aus dem Raum war kein Anzeichen von Leben feststellbar«, wandte Camilla Del Rey ein.

Moray, der schwere dunkelhäutige offizielle Vertreter des Kolonialen Expeditions-Korps und verantwortlich für die Kolonisten, warf ruhig ein: »Sie meinen doch sicher – keine Anzeichen einer technologischen Zivilisation, nicht wahr, Erster Offizier? Vergessen Sie nicht: Bis vor kaum vier Jahrhunderten hätte auch ein Sternenschiff, das sich der Erde nähert, dort kein Anzeichen intelligenten Lebens ausmachen können.«

»Selbst wenn es irgendeine Form prätechnologischer Zivilisation gäbe, was praktisch keiner Zivilisation nach unseren Maßstäben entspräche«, sagte Captain Leicester knapp, »und unabhängig davon, was für eine Lebensform hier auch immer existieren mag, intelligent oder nicht – sie wird keinen Einfluß auf unsere Arbeit haben. Sie könnten uns bei der Reparatur unseres Schiffes nicht helfen, und vorausgesetzt, wir sind vorsichtig genug, ihr Ökosystem nicht zu verunreinigen, besteht für uns auch kein Anlaß, ihnen gegenüberzutreten und einen Kulturschock hervorzurufen.«

»Ich pflichte Ihrer letzten Bemerkung bei«, sagte Moray langsam, »doch ich möchte gerne eine Frage aufwerfen, die Sie noch nicht gestellt haben, Captain. Genehmigt?«

»Das erste, was ich vorhin klargestellt habe, war, daß die Etikette für die Dauer unseres Hierseins aufgehoben ist – also los«, knurrte Leicester.

»Was wird getan, um diesen Planeten auf seine Bewohnbarkeit hin zu überprüfen – ich meine: für den Fall, daß die Antriebsmaschinen *nicht* repariert werden können und wir hier festhängen?«

MacAran empfand einen Augenblick des Schocks, der ihn erstarren ließ, dann eine kleine Woge der Erleichterung. Ein anderer hatte es ausgesprochen. Ein anderer hatte ebenfalls darüber nachgedacht. Er brauchte nicht derjenige zu sein, der es zur Sprache brachte.

Doch auf Captain Leicesters Gesicht war der Schock nicht verschwunden, er war zu steifem, kaltem Zorn erstarrt: »Dafür besteht nur eine sehr geringe Wahrscheinlichkeit.«

Moray erhob sich gewichtig. »Ja, ich habe gehört, was Ihre Leute gesagt haben, aber ich bin nicht restlos überzeugt. Ich denke, wir sollten augenblicklich damit anfangen, eine Inventur dessen zu machen, was wir haben und was hier ist – für den Fall, daß wir auf Dauer gestrandet sind.«

»Unmöglich«, wehrte Captain Leicester schroff ab. »Wollen Sie etwa behaupten, Sie würden über den Zustand unseres Schiffes besser Bescheid wissen als meine Mannschaft, Mr. Moray?«

»Nein. Ich habe verdammt noch mal keine Ahnung von Sternenschiffen und weiß auch gar nicht, ob ich überhaupt Ahnung davon haben will. Aber ich erkenne *Trümmer*, wenn ich welche sehe. Ich weiß, daß ein gutes Drittel Ihrer Mannschaft tot ist, einschließlich einiger wichtiger Techniker. Ich habe den Ersten Offizier Del Rey sagen hören, sie glaube – sie glaube –, der Navigationscomputer könne repariert werden, und ich weiß bestimmt, daß im interstellaren Raum ohne Computer niemand einen M-AM-Antrieb steuern kann. Wir müssen in Betracht ziehen, daß das Schiff vielleicht *nirgendwo* mehr hinfliegt. Und in diesem Fall werden auch wir nirgendwo mehr hinfliegen. Es sei denn, wir haben ein jugendliches Genie unter uns, das im Laufe der nächsten fünf Jahre mit den hier vorhandenen Rohstoffen und unserer Handvoll Leute einen interstellaren Kommunikationssatelliten bauen und eine Nachricht zur Erde oder zu den Kolonien auf Alpha Centauri oder Coronis senden kann, auf daß man komme, um die armen verirrten Schäflein abzuholen.«

»Was wollten Sie damit erreichen, Mr. Moray?« fragte Camilla Del Rey mit leiser Stimme. »Uns noch mehr demoralisieren? Uns ängstigen?«

»Nein. Ich versuche, realistisch zu sein.«

Leicesters Gesicht verfärbte sich rot, und er unternahm eine vortreffliche Anstrengung, seine Wut zu beherrschen. »Ich denke, Sie liegen falsch, Mr. Moray«, sagte er. »Unsere vordringlichste Aufgabe ist es, das Schiff zu reparieren, und für diesen Zweck mag es eventuell vonnöten sein, jeden Mann heranzuziehen, einschließlich der Passagiere aus Ihrer Kolonistengruppe. Wir können keine großen Kontingente abzweigen, die sich um irgendwelche andere, fernliegende Dinge kümmern«, fügte er nachdenklich hinzu. »Wenn das also eine Forderung war, betrachten Sie sie als abgelehnt. Gibt es noch eine weitere Angelegenheit?«

Moray setzte sich nicht. »Was geschieht, wenn wir in sechs Wochen entdecken, daß Sie Ihr Schiff *nicht* reparieren können? Oder in sechs Monaten?«

Leicester machte einen tiefen Atemzug. MacAran konnte die große Müdigkeit in seinem Gesicht sehen – und sein Bemühen, sie nicht zu zeigen. »Ich schlage vor, wir überqueren diese Brücke, falls und wenn wir sie in der Ferne auftauchen sehen, Mr. Moray. Es gibt da ein sehr altes Sprichtwort, das lautet: Kommt Zeit, kommt Rat. Ich glaube nicht, daß eine Verzögerung von sechs Wochen gravierend genug ist, daß wir uns alle mit der Hoffnungslosigkeit und dem Tod abfinden. Was mich betrifft, so habe ich vor, zu überleben und dieses Schiff wieder nach Hause zu bringen, und jeder, der irgendwelches defätistisches Gerede aufbringt, wird mit mir rechnen müssen. Habe ich mich klar genug ausgedrückt?«

Moray war offenbar nicht zufrieden, aber irgend etwas, vielleicht nur der Wille des Captains, ließ ihn schweigen. Er setzte sich, aber er blickte noch immer finster drein.

Leicester zog Camillas Schreibplatte zu sich herüber. »Gibt es noch etwas? Sehr gut. Ich glaube, das ist dann alles, Damen und Herren. Die Listen der Überlebenden und Verwundeten und deren Gesundheitszustand werden heute abend angeschlagen. Ja, Pater Valentine?«

»Sir, man hat mich gebeten, an den Massengräbern ein Requiem für die Toten zu halten. Da der protestantische Geistliche bei dem Absturz getötet worden ist, entbiete ich meine Dienste gerne jedem, gleich welchen Glaubens, der sie für was auch immer gebrauchen kann.«

Captain Leicesters Gesicht wurde sanft, als er den jungen Priester ansah, der den Arm in einer Schlinge trug und dessen eine Gesichtshälfte stark bandagiert war. »Halten Sie Ihren Gottesdienst auf jeden Fall ab, Pater«, sagte er. »Ich schlage den morgigen Tagesanbruch vor. Wählen Sie jemanden aus, der sich um die Errichtung eines angemessenen Gedenksteins für die Gräber kümmern soll; eines Tages, vielleicht erst in ein paar hundert Jahren, wird dieser Planet vielleicht kolonisiert werden, und jene, die dann kommen, sollten davon wissen. Wir werden genügend Zeit dafür haben, nehme ich an.«

»Danke, Captain. Entschuldigen Sie mich jetzt, bitte? Ich muß ins Hospital zurückkehren.«

»Ja, Pater, gehen Sie. Jeder, der jetzt aufbrechen will, ist entschuldigt – oder gibt es noch Fragen? Sehr gut.«

Leicester lehnte sich in seinem Sitz zurück und schloß kurz die Augen. »MacAran und Dr. Lovat – bleiben Sie bitte noch einen Moment?«

MacAran ging langsam nach vorn, sprachlos überrascht. Er hatte noch nie zuvor mit dem Captain gesprochen, hatte nicht einmal geahnt, daß dieser ihn auch nur vom Sehen kannte. Was konnte er von ihm wollen? Der Reihe nach verließen die anderen die Kuppel. Ewen berührte ihn flüchtig an der Schulter und flüsterte. »Heather und ich nehmen an der Totenmesse teil, Rafe. Ich muß gehen. Komm im Hospital vorbei und laß mich nach deiner Gehirnerschütterung sehen. Nur ruhig, Rafe, bis bald.« Dann huschte er davon.

Captain Leicester war auf seinem Stuhl zusammengesunken, und er sah erschöpft und alt aus, doch als sich Judith Lovat und MacAran näherten, richtete er sich mühelos auf. »MacAran«, sagte er, »Ihre Kurzbiografie besagt, daß Sie Bergerfahrung haben. Was ist Ihr berufliches Spezialgebiet?«

»Geologie. Es stimmt, ich habe viel Zeit in den Bergen verbracht.«

»Dann setze ich Sie als Leiter einer kurzen Vermessungsexpedition ein. Erklettern Sie diesen Berg, wenn Sie das können, und nehmen Sie vom Gipfel aus Ihre Sichtungen vor – schätzen Sie die Masse des Planeten und so weiter. Gibt es in der Kolonistengruppe einen Meteorologen oder Wetterspezialisten?«

»Das nehme ich an, Sir. Mr. Moray dürfte es bestimmt wissen.«

»Das wird er in der Tat, und es wäre wohl eine gute Idee meinerseits, ihn mit Nachdruck zu fragen«, sagte Leicester. Er war so müde, daß er fast murmelte. »Wenn abzusehen ist, wie sich das Wetter in den nächsten paar Wochen entwickelt, können wir entscheiden, wie wir den Leuten am besten Unterschlupf gewähren können. Außerdem könnte dem Kolonialen Expeditions-Korps jede Information über Rotationsperiode und dergleichen wertvoll sein. Und Sie, Dr. Lovat, spüren einen Zoologen und einen Botaniker auf, vorzugsweise bei den Kolonisten, und schicken sie mit MacAran los. Nur für den Fall, daß der Synthonahrungsprodukter seinen Geist aufgibt. Sie können Tests machen und Proben nehmen.«

»Dürfte ich noch einen Bakteriologen vorschlagen, falls einer zur Verfügung steht?« erkundigte sich Judith.

»Gute Idee. Plündern Sie die Reparaturmannschaften nicht allzu sehr, aber nehmen Sie, wen Sie brauchen, MacAran. Noch jemand, den Sie mitnehmen wollen?«

»Einen Medotechniker oder wenigstens eine Krankenschwester«, bat MacAran, »falls jemand in eine Felsspalte stürzt oder von der einheimischen Entsprechung der *Tyrannosaurus Rex* angenagt wird.«

»Oder ein scheußliches einheimisches Insekt aufgabelt«, sagte Judith. »Ich hätte daran denken sollen.«

»Also, in Ordnung – wenn der Medo-Chef jemanden erübrigen kann«, stimmte Leicester zu. »Noch etwas. Der Erste Offizier Del Rey begleitet Sie.«

»Darf ich fragen, weshalb?« erkundigte sich MacAran leicht verblüfft. »Nicht daß sie nicht willkommen wäre, obgleich es für eine Frau ein recht anstrengendes Unternehmen sein könnte. Wir sind hier nicht auf der Erde, und diese Berge sind nicht mit Sesselliften ausgestattet.«

Camillas Stimme war leise und etwas rauh. Er fragte sich, ob das der Kummer oder Schock verursachte oder ob es ihr natürlicher Tonfall war. Sie sagte: »Captain, MacAran weiß offenbar das Schlimmste noch nicht. Also: Was wissen Sie über den Absturz und dessen Ursache?«

Er zuckte mit den Schultern. »Nur Gerüchte und den üblichen Klatsch. Alles, was ich wirklich weiß, ist, daß die Alarmglocken zu läuten begannen, daß ich einen Sicherheitsbereich aufgesucht habe – einen sogenannten«, setzte er bitter hinzu, als er Jennys verstümmelten Körper vor Augen hatte, »und dann erinnere ich mich nur noch daran, daß ich plötzlich aus der Kabine gezogen und eine Leiter hinuntergehievt wurde. Punkt.«

»Also gut, dann passen Sie auf. Wir wissen nicht, wo wir sind. Wir wissen nicht, was für eine Sonne das ist. Wir wissen nicht einmal annähernd, in welchem Sternhaufen wir sind. Ein Gravitationssturm hat uns aus unserem Kurs geschleudert – das ist die Laienerklärung, und ich werde mir nicht die Mühe machen zu erklären, was ihn verursacht hat. Bereits beim ersten Stoß waren unsere Orientierungssysteme verloren, und dabei mußten wir erst noch das nächste Sonnensystem mit einem potentiell bewohnbaren Planeten ausfindig machen und in aller Eile herunterkommen. Ich muß also astronomische Beobachtungen vornehmen, so gut es geht, und darauf hoffen, ein paar bekannte Sterne zu entdecken – das läßt sich mit spektorskopischen Beobachtungen schaffen. Von diesem Punkt an bin ich etwa in der Lage, anhand einer Dreiecksberechnung unsere Position im Galaktischen Arm zu ermitteln und später wenigstens einen Teil der Computer-Neuprogrammierung von der Planetenoberfläche aus vorzunehmen. Astronomische Beobachtungen sind ab einer gewissen Höhe leichter vorzunehmen, weil dort die Luft dünner ist. Selbst wenn ich den Gipfel des Berges also nicht erreiche, werden mir jede zusätzlichen hundert Meter Höhe bessere Bedingungen für genaue Beobachtungen bieten.« Das Mädchen sah ernst und nachdenklich aus, und er spürte, daß sie mit ihrer absichtlich didaktischen und professionellen Art ihre Furcht im Zaum hielt. »Wenn Sie mich also auf Ihre Expedition mitnehmen wollen – ich bin stark und leistungsfähig, und einen langen Marsch fürchte ich nicht. Ich würde meinen Assistenten mitschicken, aber der hat auf über dreißig Prozent seiner Hautfläche Verbrennungen, und selbst wenn er sich erholt – und es ist nicht sicher, daß es dazu kommt –, wird er für eine lange, lange Zeit nirgendwo hingehen. Und ich fürchte, außer mir gibt es niemand, der so viel über Navigation und Galaktische Geographie weiß, und deshalb würde ich meinen eigenen Beobachtungen mehr trauen als denen irgendeines anderen.«

MacAran zuckte mit den Schultern. Er war kein Chauvinist, und wenn die junge Frau der Meinung war, sie könne die langen Märsche der Expedition durchstehen, dann konnte sie das vermutlich auch. »In Ordnung«, sagte er, »es liegt bei Ihnen. Wir werden eine Verpflegungsration für mindestens vier Tage brauchen, und wenn Ihre Ausrüstung schwer ist, sorgen Sie besser dafür, daß sie von jemand anders getragen wird. Jeder wird seine eigenen wissenschaftlichen Instrumente dabeihaben.« Er starrte auf das dünne Hemd, das feucht an ihrem Oberkörper klebte, und setzte hinzu – ein wenig grob: »Und ziehen Sie sich verflixt noch mal warm genug an . . . sonst holen Sie sich eine Lungenentzündung.«

Sie wirkte verblüfft, verwirrt, dann plötzlich ärgerlich; ihre Blicke schnellten zu ihm hin, aber MacAran beachtete sie schon nicht mehr.

»Wann wollen Sie, daß wir aufbrechen, Captain? Morgen?«

»Nein, zu viele von uns haben nicht genügend Schlaf bekommen«, erwiderte Leicester und zog sich abermals aus einer anscheinend mühseligen Benommenheit hoch. »Sehen Sie sich Ihr Gegenüber an, mit dem Sie reden ... und meine halbe Mannschaft ist in demselben Zustand. Ich werde jedem außer einem halben Dutzend Wachmännern befehlen, heute nacht zu schlafen. Morgen werden wir alle bis auf die notwendigen Arbeitsmannschaften freistellen ... Und es gibt eine ganze Menge Inventurarbeiten zu machen, von den Bergungsarbeiten ganz zu schweigen. Sie brechen in – nun, zwei, drei Tagen auf. Würden Sie einen bestimmten medizinischen Offizier bevorzugen?«

»Kann ich Ewen Ross mitnehmen – vorausgesetzt, sein Chef kann ihn entbehren?«

»Von mir aus geht das in Ordnung«, erklärte Leicester und sank wieder in sich zusammen, offenbar für einen Sekundenbruchteil im Sitzen eingeschlafen. MacAran murmelte ein leises »Danke, Sir« und wandte sich ab. Camilla legte eine Hand auf seinen Arm; es war wie die Berührung einer Feder.

»Wagen Sie nicht, ihn deswegen zu verurteilen«, sagte sie mit leiser, zorniger Stimme. »Er war schon zwei Tage vor dem Absturz rund um die Uhr auf den Füßen, und seither hält er sich mit einer ständigen Schlaflosen-Ernährung wach ... obwohl er dafür zu alt ist! Ich werde dafür sorgen, daß er vierundzwanzig Stunden durchschlafen kann, und wenn ich das ganze Lager schließen muß!«

Leicester richtete sich wieder auf. »Bin nicht eingeschlafen«, sagte er energisch. »Noch etwas, MacAran, Lovat?«

»Nein, Sir«, entgegnete MacAran respektvoll, glitt leise davon und überließ den Captain seiner Ruhe und seinem weiblichen Ersten Offizier; eine Vorstellung tauchte wie ein Schock in seinem Verstand empor: Sie wachte über ihn wie eine fanatische Tigerin über ihr Junges wacht. *Oder über den alten Löwen?* Und warum ging es ihn überhaupt etwas an?

2

Der Großteil der Passagiersektionen war entweder vom Feuerschutz-Schaum überflutet oder ölglatt und gefährlich; aus diesem Grund hatte Captain Leicester den Befehl gegeben, allen Teilnehmern der Expedition in die Berge Boden-Uniform auszugeben, jene warmen, vor Wind und Wetter schützenden Kleidungsstücke, die dafür vorgesehen waren, daß sie vom Raumschiffpersonal beim Betreten der Oberfläche eines fremden Planeten getragen wurden. Ihnen war gesagt worden, sie sollten unmittelbar nach Sonnenaufgang abmarschbereit sein, und sie waren bereit und hatten die Rucksäcke mit ihren Essensrationen, der wissenschaftlichen Ausrüstung und den behelfsmäßigen Gerätschaften für das Lagern im Freien geschultert. MacAran stand da und wartete auf Camilla Del Rey, die einem Mannschaftsmitglied von der Brücke letzte Anweisungen gab.

»Die Sonnenaufgangs- und Sonnenuntergangs-Zeiten sind so exakt wie nur möglich bestimmt, und Sie haben genaue Azimut-Messungen bezüglich der Himmelsrichtung, in der die Sonne aufgeht. Den Mittag werden wir schätzen müssen. Aber jeden Abend bei Sonnenuntergang lassen Sie die stärkste Lichtquelle des Schiffes in diese Richtung strahlen – genau zehn Minuten lang. Auf diese Weise können wir eine Richtungslinie dorthin ziehen, wohin wir gehen, und Osten und Westen genau festlegen. Über die Mittagswinkel-Messungen wissen Sie ja bereits Bescheid.«

Sie wandte sich ab und sah MacAran hinter sich stehen. »Lasse ich Sie warten?« fragte sie lakonisch. »Es tut mir leid, aber Sie müssen die Notwendigkeit genauer Messungen verstehen.«

»Dem könnte niemand mehr beipflichten als ich«, erwiderte MacAran. »Außerdem ... warum fragen Sie mich? Sie sind der ranghöchste Offizier in dieser Gruppe, nicht wahr, Ma'am?«

Sie hob ihre feingeschwungenen Augenbrauen und sah ihn direkt an. »Oh, ist es *das*, was Sie beunruhigt? Eigentlich: nein. Nur auf der Brücke. Captain Leicester hat *Sie* mit der Leitung dieser Gruppe beauftragt, und glauben Sie mir, ich bin ganz zufrieden damit. Vom Bergsteigen verstehe ich ungefähr soviel wie Sie von der Himmelsnavigation – wenn überhaupt. Ich bin in der Alpha-Kolonie aufgewachsen, und Sie wissen, wie dort die Wüsten beschaffen sind.«

MacAran fühlte sich beträchtlich erleichtert – und verärgert. Diese Frau war einfach verdammt zu scharfsichtig! Oh ja, es würde die Spannungen vermindern, wenn er sie als vorgesetzten Offizier nicht bitten mußte, diesen oder jenen Befehl oder Vorschlag, die Reise betreffend, weiterzugeben. Aber die Tatsache blieb bestehen: Sie hatte es irgendwie geschafft, daß er sich übereifrig, tölpelhaft und wie ein verdammter Narr vorkam!

»Nun«, sagte er, »jederzeit, sobald Sie fertig sind. Wir haben einen recht langen Weg vor uns, durch ziemlich rauhes Gelände. Setzen wir diesen Zirkus also in Bewegung.«

Er ging dorthin, wo der Rest der Gruppe versammelt stand, und machte in Gedanken eine knappe Bestandsaufnahme. Ewen Ross trug einen großen Teil von Camilla Del Reys astronomischer Ausrüstung, da, wie er zugegeben hatte, sein Medokoffer nur ein Leichtgewicht war. Heather Stuart, wie die anderen in eine Boden-Uniform gehüllt, sprach leise zu ihm, und MacAran dachte schmerzlich daran, daß es wohl Liebe sein mußte, wenn ein Mädchen zu dieser unheiligen Stunde aufstand, um jemanden zu verabschieden. Dr. Judith Lovat, klein und untersetzt, hatte ein Sortiment kleiner Probenkästen über ihre Schulter zusammengeschnallt. Die anderen beiden, die – ebenfalls in Uniform – warteten, kannte er nicht, und bevor sie aufbrachen, ging er zu ihnen und sprach mit ihnen.

»Wir haben uns in den Freizeiträumen gesehen, glaube ich, aber ich kenne sie nicht. Sie sind . . .«

Der erste Mann, ein großer dunkelhäutiger Bursche mit einer Falkennase, etwa Mitte Dreißig, sagte: »Marco Zabal. Xenobotaniker. Ich komme auf Dr. Lovats Bitte hin mit. Ich habe Bergerfahrung. Ich bin im Baskenland aufgewachsen und habe an einigen Expeditionen in den Himalaya teilgenommen.«

»Freut mich, Sie dabeizuhaben.« MacAran schüttelte seine Hand. Es würde nützlich sein, jemanden dabeizuhaben, der sich in den Bergen auskannte. »Und Sie?«

»Lewis MacLeod. Zoologe, Veterinärspezialist.«

»Mannschaftsmitglied oder Kolonist?«

»Kolonist.« MacLeod lächelte knapp. Er war klein, dick und hellhäutig. »Und bevor Sie fragen: nein, keine formelle Bergerfahrung – aber ich bin im schottischen Hochland aufgewachsen, und dort muß man auch heutzutage noch weite Wege zu Fuß zurücklegen, will man irgendwohin kommen, und es gibt da eine Menge mehr vertikales als horizontales Land.«

»Gut«, nickte MacAran, »das ist eine Hilfe. Und jetzt, nachdem wir alle soweit sind – Ewen, küß dein Mädchen zum Abschied, und dann gehen wir!«

Heather lachte leise, drehte sich um und schob die Kapuze ihrer Uniformjacke zurück – sie war ein kleines Mädchen, schmächtig und zart gebaut, und in dieser Uniform, die für eine größere Frau gedacht gewesen war, wirkte sie noch kleiner. »Komm von deinem hohen Roß herunter, Rafe. Ich gehe mit euch. Ich bin graduierte Mikrobiologin, und ich bin hier, weil ich für den Medo-Chef Proben einsammeln soll.«

»Aber . . .« MacAran runzelte verwirrt die Stirn. Er konnte verstehen, weshalb Camilla mitkommen wollte – sie war für diesen Job besser qualifiziert als jeder Mann. Und Dr. Lovat fühlte sich vielleicht verständlicherweise besorgt. »Ich habe für diesen Ausflug um Männer gebeten«, sagte er. »Es ist ein verdammt rauhes Gelände.« Er sah Ewen um Unterstützung bittend an, aber der jüngere Mann lachte nur.

»Muß ich dir die terranische Menschenrechtserklärung vorlesen? *Kein Gesetz soll formuliert oder verabschiedet werden, das die Rechte irgendeines menschlichen Wesens auf gleichgestellte Arbeit einschränkt, wobei unerheblich ist, welcher rassischen Herkunft, welcher Religion oder welchen Geschlechts . . .*«

»Oh, verdammt, du brauchst mir den Artikel 4 nicht aufzusagen«, murmelte MacAran. »Wenn Heather ihr Schuhleder unbedingt abnutzen will und du damit einverstanden bist, wer bin ich, daß ich über diesen Punkt streite?« Er vermutete nach wie vor, daß Ewen es arrangiert hatte. Eine verdammte Art, eine Reise anzutreten! Und er . . . er war trotz des ernsthaften Zwecks der Mission aufgeregt gewesen, tatsächlich eine Chance bekommen zu haben, einen unerforschten Berg zu erklettern – nur um sich jetzt vor die Tatsache gestellt zu sehen, daß er nicht nur ein weibliches Mannschaftsmitglied mitschleppen mußte (das wenigstens ausdauernd und durchtrainiert aussah), sondern auch noch Dr. Lovat, die wohl nicht alt war, andererseits aber auch bestimmt nicht mehr so jung und vital, wie er sich dies hätte wünschen können, und jetzt, als Zugabe sozusagen, auch noch die zart aussehende Heather. Er sagte: »Also gut, brechen wir auf.« Und er hoffte, sich nicht so verdrießlich anzuhören, wie er sich fühlte.

Er wies sie an, sich in einer Reihe aufzustellen – er würde vorausgehen, Dr. Lovat und Heather plazierte er mit Ewen unmittelbar hinter sich, damit er wußte, ob das eingeschlagene Tempo für sie durchzuhalten war, als nächstes Camilla mit MacLeod, der bergerfahrene Zabal sollte die Nachhut bilden. Als sie sich von dem Schiff entfernten und durch den kleinen Wirrwarr behelfsmäßig errichteter Gebäude und Unterstände gingen, machte sich die große, rote Sonne daran, sich über die ferne Hügellinie zu erheben – wie ein riesiges, entzündetes, blutunterlaufenes Auge. Dichter Nebel wogte in der Senke, in der das Schiff lag, doch je höher sie auf ihrem Weg, das Tal zu verlassen, kamen, desto dünner wurde er, und schließlich riß er auf, und sich selbst zum Trotz begann sich auch MacArans Laune zu heben. Schließlich war es keine unbedeutende Sache, auf einem völlig neuentdeckten Planeten einen kleinen Forschungstrupp anzuführen – möglicherweise für Hunderte von Jahren der einzige Forschungstrupp.

Sie gingen schweigend, denn es gab eine Menge zu sehen. Als sie den Talrand erreichten, hielt MacAran an und wartete, bis sie alle zu ihm aufgeschlossen hatten.

»Ich habe sehr wenig Erfahrung mit fremden Planeten«, sagte er. »Aber stolpern Sie nicht in fremdartiges Unterholz hinein, passen Sie auf, wohin Sie treten, und ich hoffe, ich brauche Sie nicht extra davor zu warnen, von irgendeinem Wasser zu trinken oder irgend etwas zu essen, bevor Dr. Lovat nicht ihr persönliches Okay dazu gegeben hat. Sie beide sind die Spezialisten . . .« Er deutete auf Zabal und MacLeod. »Ist dem noch etwas hinzuzufügen?«

»Nur allgemeine Vorsicht«, erwiderte MacLeod. »Soviel wir wissen, könnte es auf diesem Planeten von giftigen Schlangen und Reptilien nur so wimmeln, doch unsere Boden-Uniformen werden uns gegen die meisten unsichtbaren Gefahren schützen. Für den äußersten Notfall habe ich eine Handfeuerwaffe dabei – falls uns ein Dinosaurier oder irgendein anderes gewaltiges Raubtier anfällt –, aber im allgemeinen wäre es besser, wegzulaufen als zu schießen. Denken Sie alle daran, dies ist eine Vorausuntersuchung, und verlieren Sie sich nicht im Klassifizieren und Probensammeln – das kann das nächste Team besorgen, das hierherkommt.«

»Wenn es ein nächstes Team gibt«, murmelte Camilla. Sie hatte im Flüsterton gesprochen, aber Rafe hörte es und warf ihr einen stechenden Blick zu. Er sagte nur: »Jeder nimmt eine Kompaßmessung auf den Gipfel vor und notiert sich, wenn wir eines zu unwegsamen Geländes wegen von dieser Messung abweichen. Von hier aus können wir den Gipfel sehen, aber sobald wir weiter in die Vorberge hineinkommen, sind wir vielleicht nur mehr in der Lage, die nächste Hügelspitze oder Bäume zu sehen.«

Anfangs war es ein leichtes, angenehmes Wandern – zwischen hohen, tief verwurzelten immergrünen Bäumen, deren Durchmesser für ihre Höhe überraschend gering war und deren schmale Zweige mit langen, blaugrünen Nadeln besetzt waren, ging es sanft ansteigende Hügelhänge empor. Abgesehen von der Schwäche der roten Sonne hätten sie durchaus in einem Waldreservat auf der Erde unterwegs sein können. Hin und wieder fiel Marco Zabal kurz zurück, um einen Baum, ein Blatt oder ein Wurzelwerk zu inspizieren, und einmal huschte ein kleines Tier in den Wald davon. Lewis MacLeod blickte ihm bedauernd nach. »Damit steht eines fest: Es gibt hier bepelzte Säugetiere«, sagte er zu Dr. Lovat. »Wahrscheinlich Beuteltiere, aber ich bin mir nicht sicher.«

Die Frau entgegnete: »Ich dachte, Sie würden Muster mitnehmen?«

»Das werde ich – auf dem Rückweg. Ich habe unterwegs keine Möglichkeit, lebende Tiere zu halten – woher soll ich wissen, womit ich sie füttern kann? Aber wenn Sie hinsichtlich der Nahrungsversorgung Bedenken haben, sollte ich vielleicht erwähnen, daß sich bisher noch jedes Säugetier auf jedem nur erdenklichen Planeten – ohne Ausnahme – als eßbar und bekömmlich erwiesen hat. Einige sind nicht gerade wohlschmeckend, aber milchspendende Tiere sind in ihrer Körperchemie offenbar allesamt gleich.«

Judith Lovat bemerkte, daß der dicke kleine Zoologe vor Anstrengung keuchte, aber sie sagte nichts. Sie konnte die Faszination durchaus verstehen, der erste zu sein, der die Natur eines völlig fremden Planeten sah und klassifizierte, eine Aufgabe, die für gewöhnlich hochspezialisierten Erstlandeteams vorbehalten war, und sie nahm an, daß ihn MacAran für diese Exkursion wohl nicht akzeptiert hätte, wäre er körperlich nicht in der geeigneten Verfassung gewesen.

Derselbe Gedanke kam Ewen Ross in den Sinn, als er neben Heather herging, wobei keiner von ihnen den Atem mit Reden verschwendete. Er dachte: Rafe gibt kein sehr hartes Tempo vor, aber andererseits bin ich mir nicht allzu sicher, wie es die Frauen auffassen. Als MacAran nach wenig mehr als einer Stunde nach ihrem Aufbruch anhalten ließ, schlenderte er zu ihm hinüber.

»Sag mir, Rafe, wie hoch ist dieser Gipfel?«

»Unmöglich, das genau zu sagen, weil ich ihn nur aus der Ferne gesehen habe – doch ich würde ihn auf achtzehn- bis zwanzigtausend Fuß schätzen.«

»Denkst du, die Frauen können das schaffen?« fragte Ewen.

»Camilla wird es schaffen müssen; sie muß die astronomischen Beobachtungen machen. Zabal und ich können ihr helfen, wenn es sein muß, und ihr übrigen könnt weiter unten auf den Hängen warten, wenn ihr es nicht schaffen könnt.«

»Ich kann es schaffen«, erklärte Ewen. »Vergiß nicht, der Sauerstoffgehalt dieser Luft ist höher als derjenige auf der Erde. Also wird sich so schnell kein Sauerstoffmangel bemerkbar machen.« Er blickte sich in der Gruppe der Männer und Frauen um; außer Heather Stuart, die eine Bodenprobe ausgrub und in eine ihrer Röhren steckte, saßen sie alle am Boden und ruhten sich aus. Nur Lewis MacLeod hatte sich mit geschlossenen Augen in voller Länge ausgestreckt und atmete schwer. Ewen beobachtete ihn mit einiger Sorge, als sein geübter Blick entdeckte, was nicht einmal Judith Lovat aufgefallen war, doch er sprach nicht darüber. Er konnte nicht anordnen, daß der Mann aus dieser Entfernung zurückgeschickt wurde – jedenfalls nicht allein.

Es kam dem jungen Arzt so vor, als habe MacAran denselben Gedankengang verfolgt, denn er sagte ganz unvermittelt: »Läuft dies alles nicht fast zu leicht, zu gut? Es muß *irgendwo* einen Haken an diesem Planeten geben. Alles erinnert zu sehr an ein Picknick in einem Waldreservat.«

Ewen dachte: *Ein Picknick ... und beim Absturz hat es rund fünfzig Tote gegeben und über hundert Verletzte* ... aber er sprach es nicht aus, denn er dachte daran, daß Rafe seine Schwester verloren hatte. »Warum nicht, Rafe? Gibt es ein Gesetz, das besagt, ein unerforschter Planet *müsse* gefährlich sein? Vielleicht sind wir nur von der Erde her zu sehr an ein Leben ohne Risiken gewöhnt und fürchten uns deshalb, uns auch nur einen Schritt weit aus unserer hübschen sicheren Technologie hinauszuwagen.« Er lächelte. »Habe ich dich nicht darüber meckern hören, auf der Erde seien – deinen eigenen Worten zufolge – alle Berge und selbst die Skihänge so geglättet, daß es kein Gefühl der persönlichen Eroberung mehr gäbe? Nicht, daß ich es wüßte – ich habe mich noch niemals mit Gefahrensport befaßt.«

»Vielleicht hast du recht«, stimmte MacAran zu, aber er sah noch immer düster drein. »Doch wenn das so ist, warum macht man dann solch ein Aufhebens um die Erstlandeteams, wenn man sie zu einem neuen Planeten ausschickt?«

»Frag mich etwas Leichteres. Aber vielleicht haben sich auf einem Planeten, auf dem sich kein humanoides Leben entwickelt hat, auch dessen natürlichen Feinde nicht entwickelt?«

Das hätte ihn, MacAran, beruhigen sollen, aber statt dessen empfand er ein kaltes Frösteln. Wenn der Mensch überhaupt nicht *hierhergehörte* – konnte er dann hier *überleben*? Aber das sagte er nicht. »Besser, wir setzen uns wieder in Bewegung. Wir haben noch einen langen Weg vor uns, und ich wäre gerne noch vor Einbruch der Dunkelheit auf den Hängen.«

Er hielt neben MacLeod an, als sich der ältere Mann auf die Füße hochmühte. »Alles in Ordnung, Dr. MacLeod?«

»Mac«, sagte der ältere Mann mit einem schwachen Lächeln. »Schließlich stehen wir hier nicht mehr unter der Borddisziplin. Ja, mir geht es gut.«

»Sie sind der Tierspezialist. Irgendwelche Theorien, weshalb wir bisher nichts Größeres als ein Eichhörnchen gesehen haben?«

»Zwei«, sagte MacLeod mit einem breiten Lächeln. »Wobei die erste natürlich lautete: Es gibt eine. Die zweite, diejenige, die ich für die Wahrscheinlichere halte, lautet: Wenn sechs, nein, sieben Herrschaften unseres Kalibers derart durch das Unterholz krachen, dann ist es für alles, was über ein größeres Gehirn als ein Eichhörnchen verfügt, nur natürlich, sich auf Distanz zu halten!«

MacAran gluckste und revidierte seine Meinung von dem dikken kleinen Mann um eine ganze Menge Kerben nach oben. »Sollen wir versuchen, leiser zu sein?«

»Ich wüßte nicht, wie wir das fertigkriegen könnten. Heute abend wird die Gelegenheit günstiger sein. Da werden die größeren Raubtiere – falls es eine Analogie zur Erde gibt – herauskommen, da sie ihre natürliche Beute schlafend vorzufinden hoffen.«

McAran sagte: »Dann machen wir es besser zu unserem erklärten Ziel, nicht versehentlich zerkaut zu werden«, doch als er beobachtete, wie die anderen ihr Gepäck schulterten und sich in Marschformation aufstellten, dachte er nur stumm daran, daß er diese Tatsache nicht bedacht hatte. Es stimmte; das auf der Erde vorherrschende überwältigende Bedürfnis nach Sicherheit hatte buchstäblich alle bis auf die von Menschen verursachten Gefahren beseitigt. Sogar Dschungelsafaris wurden in Glaswandlastern unternommen, und es wäre ihm nie in den Sinn gekommen, die Nacht könne auf eine derartige Weise gefährlich sein.

Sie waren weitere vierzig Minuten marschiert, zwischen dichten zusammenrückenden Bäumen und spärlich dichtem Unterholz, so daß sie Zweige beiseite schieben mußten, als Judith plötzlich anhielt und sich die schmerzenden Augen rieb. Etwa zur gleichen Zeit hob Heather die Hände und starrte sie voller Entsetzen an; Ewen an ihrer Seite war sofort alamiert.

»Was ist los?«

»Meine Hände . . .« Heather hielt sie hoch, ihr Gesicht war bleich. Ewen rief: »Rafe, halt einen Augenblick an«, und die auseinandergezogene Reihe kam zum Stehen. Er nahm Heathers schlanke Finger zwischen die seinen und untersuchte die hervortretenden grünlichen Tupfer sorgfältig; hinter ihm rief Camilla aus: »Judy! Gott, seht euch ihr Gesicht an!«

Ewen zuckte herum und starrte Dr. Lovat an. Ihre Wangen und Augenlider waren mit den grünlichen Tupfern übersät – und diese Flecken breiteten sich aus, vergrößerten sich, schienen anzuschwellen, noch während er sie betrachtete. Sie preßte die Augen zusammen. Camilla ergriff sanft ihre Hände, als sie sie an ihr Gesicht heben wollte.

»Berühren Sie Ihr Gesicht nicht, Judy – Dr. Ross . . . was ist das?«

»Woher, zum Teufel, soll ich das wissen?« Ewen blickte sich um, als sich die anderen ringsum versammelten.

»Wird noch jemand grün?« Er fügte hinzu: »Also, in Ordnung. Dafür bin ich da, und alle anderen halten Abstand, bis wir genau wissen, womit wir es zu tun haben. Heather!« Er schüttelte sie heftig an der Schulter. »Hör auf damit! Du wirst nicht gleich tot umfallen – soweit ich feststellen kann, sind alle deine Lebensfunktionen noch völlig in Ordnung.«

Mühsam beherrschte sich das Mädchen. »Tut mir leid.«

»Also – was genau fühlst du? Tun diese Flecken weh?«

»Nein, verdammt, sie *jucken*!« Sie errötete; ihr Gesicht leuchtete krebsrot. Ihre kupferfarbenen Haare fielen locker auf ihre Schultern, und sie hob eine Hand, um sie zurückzustreifen, doch Ewen ergriff ihr Handgelenk, darauf bedacht, nur ihren Uniformärmel zu berühren. »Nein, du darfst dein Gesicht nicht berühren«, wies er an. »Genau das hat Dr. Lovat gemacht. Dr. Lovat, wie fühlen Sie sich?«

»Nicht so gut«, sagte sie mit einiger Mühe, »mein Gesicht brennt, und meine Augen . . . nun, Sie können es ja selbst sehen.«

»Das kann ich wirklich.« Ewen stellte fest, daß die Lider anschwollen und sich grünlich verfärbten: Sie sah grotesk aus.

Insgeheim fragte er sich, ob er so ängstlich aussah, wie er sich fühlte. Wie jeder von ihnen war er mit Geschichten von fremden Planeten und dort vorzufindenden exotischen Plagen aufgezogen worden. Aber jetzt war er Arzt, und dies hier war seine Aufgabe. »In Ordnung, ihr anderen bleibt zurück«, sagte er mit einer Stimme, die er so energisch wie nur möglich klingen ließ. »Aber geratet nicht in Panik . . . würde es sich um eine durch die Luft übertragene Seuche handeln, hätten wir sie alle bekommen, und wahrscheinlich noch in der gleichen Nacht, in der wir hier gelandet sind. Dr. Lovat, irgendwelche weiteren Symptome?«

»Keine«, antwortete Judy, wobei sie zu lächeln versuchte. »Außer daß ich Angst habe.«

»Das zählen wir nicht mit – noch nicht«, sagte Ewen. Er zog ein paar Gummihandschuhe aus einer Sterilverpackung seines Arztkoffers und fühlte schnell Judys Puls. »Keine Tachykardie, kein geschwächtes Atmen. Und du, Heather?«

»Mir geht es gut, bis auf das verdammte Jucken.«

Ewen untersuchte den kleinen Hautausschlag peinlich genau. Anfangs waren nur nadelspitzengroße Male festzustellen, die jedoch rasch zu Pusteln und schließlich zu Bläschen anschwollen. Er sagte: »Tja, fangen wir also an auszusondern. Was habt ihr, du und Dr. Lovat, gemacht, was kein anderer getan hat?«

»Ich habe Bodenproben genommen«, antwortete sie. »Ich wollte sie auf Bodenbakterien und Kieselalgen untersuchen.«

»Ich habe mir ein paar Blätter näher angesehen«, sagte Judy, »wollte festzustellen versuchen, ob sie einen angemessenen Chlorophyllgehalt haben.«

Marco Zabal schlug seine Uniform-Manschetten zurück: »Ich werde den Sherlock Holmes spielen«, sagte er. »Da haben Sie Ihre Antwort.« Er reckte seine Hände vor und zeigte die Gelenke: Dort waren zwei oder drei winzige grüne Punkte zu sehen. »Miß Stuart, mußten Sie Blätter beiseite räumen, um Ihre Proben ausgraben zu können?«

»Nun ... ja, ein paar flache, rötliche«, sagte sie, und er nickte. »Da haben Sie Ihre Antwort. Wie jeder gute Xenobotaniker gehe ich mit jeder Pflanze nur mit Handschuhen um, bis ich mir darüber im klaren bin, was sich darin oder darauf befindet, und ich habe dabei das flüchtige Öl bemerkt – es jedoch einfach hingenommen. Wahrscheinlich ein entfernter Verwandter von Urushiol – *rhus toxicodendron* –, für Sie: Giftranke. Ich vermute, daß es sich, wenn es so schnell herauskommt, um eine einfache Kontakt-Dermatitis handelt ... um eine Hautentzündung. Somit dürfte es auch keine ernsten Nebenwirkungen geben.« Er lächelte, und sein langes, schmales Gesicht wirkte belustigt. »Versuchen Sie es mit einer Antihistaminsalbe, wenn Sie welche haben, oder geben Sie Dr. Lovat eine Spritze, weil ihre Augen so zugeschwollen sind, daß es ihr schwerfallen dürfte zu sehen, wohin sie tritt. Und von jetzt an bewundern Sie die hübschen Blätter erst, nachdem ich sie mir angesehen habe, okay?«

Ewen befolgte seine Anweisungen mit einer so großen Erleichterung, daß sie fast einem Schmerz gleichkam. Er fühlte sich vollkommen unfähig, mit fremden Seuchen fertig zu werden. Eine starke hypodermische Infektion sorgte rasch dafür, daß Judith Lovats Augenlider auf Normalgröße zurückschrumpften, obgleich die grüne Färbung blieb. Der große Baske zeigte ihnen alle seine in durchsichtige Plastikfolien eingehüllten Blätter-Proben. »Die rote Gefahr, die Sie grün färbt«, sagte er trocken. »Lernen Sie, sich von fremden Pflanzen fernzuhalten, wenn Sie können.«

MacAran ordnete an: »Wenn alles halbwegs wieder in Ordnung ist, gehen wir weiter«, und als sie ihre Ausrüstung aufnahmen, fühlte er sich halb krank vor Erleichterung und erneuter Furcht. Welche anderen Gefahren konnten in einem harmlos aussehenden Baum oder einer ebensolchen Blume lauern? »Ich hab's gewußt . . . dieser Ort war zu gut, um wahr zu sein«, sagte er halblaut zu Ewen.

Zabal hörte es und kicherte. »Mein Bruder war im Erstlandeteam der Coronis-Kolonie. Das ist mit ein Grund, weshalb ich dort hinaus unterwegs war. Der einzige Grund, weshalb ich dies alles zufällig weiß. Das Koloniale Expeditions-Korps denkt nicht daran zu veröffentlichen, wie trügerisch gewisse Planeten sein können, weil sich dann nämlich niemand mehr von unserer hübschen sicheren Erde fortwagen würde. Und bis dann die größeren Besiedelungsgruppen dort ankommen . . . also wir . . . haben die Technischen Mannschaften die offensichtlichen Gefahren beseitigt und – nun, sagen wir mal – die Dinge ein wenig geglättet.«

»Gehen wir«, befahl MacAran, ohne zu antworten. Dies hier war ein unerschlossener Planet, aber was konnte er schon dagegen tun? Er hatte gesagt, er scheue sich nicht, Risiken einzugehen; jetzt hatte er Gelegenheit dazu.

Doch sie setzten ihren Weg ohne weitere Zwischenfälle fort, hielten gegen Mittag an, nahmen eine aus ihren Rationen zusammengestellte Mahlzeit ein und gaben Camilla Gelegenheit, ihr Chronometer zu überprüfen und daran zu arbeiten, den exakten Mittagszeitpunkt zu bestimmen. Sie beobachtete eine kleine Stange, die sie in den Boden gerammt hatte, und MacAran schlenderte langsam näher.

»Wie funktioniert das?«

»In dem Augenblick, in dem der Schatten am kürzesten ist, ist exakt Mittag. Deshalb notiere ich alle zwei Minuten die Längen, und wenn er wieder größer zu werden beginnt, weiß ich den exakten Mittagszeitpunkt – die Sonne ist innerhalb dieser Zweiminutenspanne dann genau auf dem Meridian. Dies liegt für unsere Messungen nahe genug am tatsächlichen örtlichen Mittag.« Sie drehte sich zu ihm herum und fragte mit leiser Stimme: »Ist mit Heather und Judy wirklich alles in Ordnung?«

»Oh ja. Ewen hat sie bei jedem Halt untersucht. Wir wissen zwar nicht, wie lange es dauert, bis die Färbung verblaßt, aber es geht ihnen gut.«

»Ich bin fast in Panik geraten«, murmelte sie. »Und Judith Lovat hat mich vor mir selbst beschämt. Sie war so gefaßt.«

Er registrierte, daß das »Leutnant Del Rey«, »Dr. Lovat« und »Dr. MacLeod« vom Schiff – wo man außer zu formellen Anlässen nur seine engsten Mitarbeiter zu Gesicht bekam – unmerklich zu Camilla, Judy und Mac zusammenschmolz. Er billigte es. Vielleicht waren sie für eine lange Zeit hier. Er sagte irgend etwas in der Art, dann fragte er ganz unvermittelt: »Haben Sie eine Ahnung, wie lange uns die Reparatur hier festhalten wird?«

»Keine«, erwiderte sie. »Aber Captain Leicester schätzt: sechs Wochen, wenn wir das Schiff reparieren können.«

»Wenn?«

»Natürlich können wir es reparieren«, sagte sie plötzlich und scharf und wandte sich ab. »Wir müssen es. Wir können nicht hierbleiben.«

Er hätte zu gerne gewußt, ob dies Tatsache oder Optimismus war, fragte aber nicht. Als er wieder sprach, geschah dies, um eine banale Bemerkung über die Qualität der Essensrationen zu machen, die sic bei sich trugen, und darüber, daß er hoffe, Judy werde hier einige neue Nahrungsquellen erschließen.

Als sich die Sonne gemächlich zu den fernen Bergketten hinuntersenkte, wurde es wieder kalt, und ein scharfer Wind kam auf. Camilla betrachtete abschätzend die sich zusammenziehenden Wolken.

»Soweit also die astronomischen Beobachtungen«, murmelte sie. »Regnet es auf dieser abscheulichen Welt eigentlich *jede* Nacht?«

»Scheint so«, erwiderte MacAran knapp. »Vielleicht ist es eine Sache der Jahreszeiten. Aber bisher jede Nacht; zumindest in dieser Jahreszeit . . . ein heißer Mittag, rasche Abkühlung, am Nachmittag Wolken, am Abend Regen . . . gegen Mitternacht Schnee. Und am Morgen – Nebel.«

Sie zog die Augenbrauen hoch, und kurz sah es so aus, als

sträubten sie sich. »Demzufolge, soweit es sich anhand der Zeitveränderungen beurteilen läßt – nicht, daß uns fünf Tage sonderlich großartige Erkenntnisse erbracht hätten –, ist es Frühling; jedenfalls werden die Tage länger, etwa drei Minuten pro Tag. Der Planet scheint ein wenig mehr Neigung zu haben als die Erde, was die heftigen Wetterschwankungen erklären würde. Aber vielleicht wird der Himmel ein wenig aufklaren, nachdem der Schnee geschmolzen ist und bevor die Nebel aufsteigen ...« Dann verfiel sie in nachdenkliches Schweigen. MacAran störte sie nicht, doch als ein feiner Nieselregen zu fallen begann, machte er sich daran, nach einem Lagerplatz Ausschau zu halten. Besser, sie suchten unter einer Zeltplane Schutz, bevor er zu einem Wolkenbruch wurde.

Sie befanden sich auf einem Abhang; unter ihnen erstreckte sich ein breites und fast baumloses Tal – nicht direkt auf ihrem Weg, jedoch lieblich und grün – etwa zwei oder drei Meilen weit nach Süden. MacAran spähte hinunter und wägte die wenigen verlorenen Meilen gegen die Probleme des Lagerns unter den Bäumen ab. Offenbar waren diese Vorberge von solchen kleinen Tälern durchsetzt, und durch jenes dort führte so etwas wie ein schmaler Wasserlauf – ein Fluß? Ein Bach? Könnten sie dort ihre Wasservorräte auffüllen? Er warf diese Frage auf, und MacLeod antwortete: »Das Wasser prüfen, gewiß. Aber wir werden sicherer sein, wenn wir hier inmitten des Waldes lagern.«

»Warum?«

Zur Antwort zeigte MacLeod geradeaus, und MacAran entdeckte einige vereinzelt stehende Tiere – Herdentiere, wie es schien. Es fiel schwer, Einzelheiten auszumachen, doch sie waren etwa so groß wie kleine Ponies. »Darum«, räumte MacLeod ein. »Und soviel wir bisher wissen, sind sie wohl friedlich – oder sogar zahm. Da sie grasen, sind sie keine Fleischfresser. Aber wenn sie sich in der Nacht entschließen durchzugehen, dann möchte ich ihnen nur ungern im Wege stehen. Zwischen den Bäumen können wir der Dinge harren, die da kommen.«

Judy gesellte sich zu ihnen. »Ihr Fleisch könnte durchaus eßbar sein. Und sollte dieser Planet jemals von irgend jemandem besiedelt werden, so lassen sie sich vielleicht sogar zähmen, das spart die Mühe, Nahrungs- und Lasttiere von der Erde zu importieren.«

Während MacAran die langsame, über den graugrünen Grasteppich hinwegfließende Bewegung der Herde beobachtete, dachte er daran, was für eine Tragödie es war, daß der Mensch

Tiere nur in Begriffen seiner eigenen Bedürfnisse sehen konnte. *Aber verdammt, ich mag ein gutes Steak so gern wie jeder andere ... wer bin ich, daß ich predige ...?* Und innerhalb einiger Wochen würden sie wieder fort sein, und die Herdentiere, was immer sie waren, konnten für alle Zeiten unbehelligt bleiben.

Im strömenden Nieselregen errichteten sie auf dem Hang ein Lager, und Zabal machte sich daran, ein Feuer zu entzünden. Camilla sagte: »Ich muß bei Sonnenuntergang den Hügelkamm erreicht haben – ich brauche Sichtkontakt zum Schiff. Sie schalten die Strahler ein, damit wir die Richtung festlegen können.«

»In diesem Regen können Sie nichts sehen«, sagte MacAran bestimmt. »Die Sichtweite beträgt momentan etwa eine halbe Meile. Selbst ein starkes Licht wäre da nicht zu sehen. Gehen Sie ins Zelt, Sie sind ja völlig durchnäßt!«

Sie fuhr ihn an. »Mister MacAran – muß ich Sie daran erinnern, daß ich meine Befehle nicht von Ihnen bekomme? Sie sind für den Erkundungstrupp verantwortlich – aber ich bin in Schiffsangelegenheiten hier und habe gewisse Pflichten zu erfüllen!« Sie wandte sich von dem kleinen kuppelförmigen Zelt aus Plastikplanen ab und stieg den Hang hinauf. MacAran verfluchte alle dickköpfigen weiblichen Offiziere und folgte ihr.

»Gehen Sie zurück«, sagte sie scharf. »Ich habe meine Instrumente, ich kann allein klarkommen!«

»Sie haben es gerade selbst gesagt: Ich bin für diesen Trupp verantwortlich. Also gut, verdammt, einer *meiner* Befehle lautet, daß sich niemand allein von den anderen entfernt! *Niemand* – und das schließt den weiblichen Ersten Offizier des Schiffes ein!«

Sie wandte sich ohne ein weiteres Wort ab, mühte sich den Hang hinauf und zog ihre Parka-Kapuze zum Schutz gegen den kalten, stürmischen Regen tiefer in die Stirn. Je höher sie kamen, desto stärker regnete es, und irgendwann hörte er sie im Unterholz ausrutschen und stolpern, obwohl sie eine starke Handlampe bei sich trug. Er holte sie ein und legte eine starke Hand unter ihren Ellenbogen. Sie machte eine Bewegung, sie abzuschütteln, aber er sagte grob: »Seien Sie kein Dummkopf, Leutnant! Wenn Sie sich einen Knöchel brechen, dann werden wir Sie tragen müssen – oder umkehren! Zwei können vielleicht einen Halt finden, wo ein einzelner das nicht kann. Kommen Sie – nehmen Sie meinen Arm!« Sie blieb reglos stehen, und er fauchte: »Verdammt, wenn Sie ein Mann wären, würde ich Sie nicht erst höflich *bitten*, mich helfen zu lassen – ich würde es *befehlen*!«

Sie lachte kurz: »Schon gut«, sagte sie dann und ergriff seinen Unterarm, so daß die Lichtkegel ihrer Handlampen nebeneinander her über den Boden spielten und nach einem begehbaren Weg suchten. Er hörte ihre Zähne aufeinanderklappern, aber sie äußerte kein Wort der Klage. Der Hang wurde steiler, und auf den letzten paar Metern mußte MacAran dem Mädchen vorausklettern und nach unten greifen, um es hochzuziehen. Sie blickte sich um, versuchte sich zu orientieren – und zeigte dorthin, wo durch den blindmachenden Regen ein sehr schwacher Lichtschimmer zu sehen war.

»Könnte es das sein?« fragte sie unsicher. »Die Kompaßrichtung scheint in etwa zu stimmen.«

»Wenn sie einen Laser benutzen . . . ja, ich nehme an, er wäre so weit zu sehen, selbst in diesem Regen.« Das Licht schien von einem düsteren Samt verdeckt zu werden, leuchtete wieder kurz auf, war abermals ausgelöscht, und MacAran fluchte. »Dieser Regen verwandelt sich in Hagelschauer – kommen Sie, machen wir, daß wir wieder hinunterkommen, bevor wir hinunterrutschen müssen . . . mit blankem Eis unter den Füßen!«

Der Hang war steil und rutschig, und einmal verlor Camilla auf dem eisigen Laubhumus den Halt und rutschte und kullerte davon – bis sie sich taumelnd an einem großen Baumstamm festklammern konnte; halb benommen lag sie da, bis MacAran, der sein Licht umherblitzen ließ und nach ihr rief, sie in seinem Lichtstrahl einfing. Sie keuchte und schluchzte vor Kälte, aber als er ihr die Hand reichte, ihr beim Aufstehen behilflich sein wollte, schüttelte sie den Kopf und mühte sich allein auf die Füße. »Ich schaffe es auch so. Aber danke«, setzte sie widerstrebend hinzu.

Sie fühlte sich erschöpft, völlig erniedrigt. Sie war darauf trainiert worden, mit Männern wie mit ihresgleichen zusammenzuarbeiten, und in der Welt, an die sie gewöhnt war, die sie kannte, eine Welt von zu drückenden Tasten und automatisch funktionierenden Maschinen, war körperliche Kraft ein Faktor, den sie niemals in Betracht zu ziehen gehabt hatte. Niemals hatte sie sich mit der Überlegung aufgehalten, daß sie in ihrem ganzen Leben keine größere Anstrengung als Gymnastik im Sportraum eines Schiffes oder einer Raumstation gekannt hatte. Und jetzt beschämte es sie, daß sie die in sich gesetzten eigenen hohen Erwartungen nicht hatte erfüllen können – sie kam sich vor, als habe sie irgendwie einen Verrat an ihrer hohen Stellung begangen. Ein Schiffsoffizier hatte fähiger zu sein als *jeder* Zivilist! Müde trottete sie mit ihm den steilen Hang hinunter, setzte Schritt für Schritt die Füße mit verbissener Sorgfalt und fühlte, wie die Tränen der Erschöpfung und der Müdigkeit auf ihren kalten Wangen gefroren.

MacAran, der langsam folgte, war sich ihres inneren Kampfes nicht bewußt, aber ihre herunterhängenden Schultern verrieten ihm, wie müde sie sein mußte. Nach einer Weile legte er den Arm um ihre Hüfte und sagte sanft: »Ich habe es Ihnen schon vorhin gesagt – wenn Sie wieder fallen und sich schlimm verletzten, dann werden wir Sie tragen müssen. Tun Sie uns das nicht an, Camilla.« Zögernd setzte er hinzu: »Von Jenny hätten Sie sich helfen lassen, nicht wahr?« Sie antwortete nicht, aber sie lehnte sich gegen ihn. Er lenkte ihre Schritte auf den winzigen Lichtpunkt und das Zelt zu. Irgendwo über ihnen, in den dichten Baumkronen, brach der rauhe Schrei eines Nachtvogels durch den prasselnden Hagel, doch das blieb das einzige Geräusch. Selbst ihre Schritte klangen hier seltsam und fremd.

Im Innern des Zeltes sank MacAran zusammen und nahm dankbar den Plastikbecher mit dem kochendheißen Tee, den MacLeod ihm reichte, wonach er vorsichtig dorthin ging, wo sein Schlafsack neben dem Ewens ausgebreitet lag. Er nippte an der heißen Flüssigkeit, wischte dabei Eiskristalle von seinen Augenlidern und hörte Heather und Judy beruhigend mit Camilla reden. Sie frottierten ihr froststarres Gesicht, fuhrwerkten in den beengten Quartieren herum, brachten ihr heißen Tee und eine trockene Decke und waren ihr dabei behilflich, den vereisten Parka auszuziehen. Ewen fragte: »Wie sieht es draußen aus – Regen? Hagel? Graupelschauer?«

»Ein Gemisch von all dem, würde ich sagen. Sieht so aus, als wären wir direkt in einen Sonnenwendsturm geraten . . . jedenfalls stelle ich mir das so vor. Es *kann* nicht das ganze Jahr hindurch so verrückt zugehen.«

»Und . . . habt ihr eure Sichtungen machen können?« Auf MacArans bejahendes Nicken sagte er: »Einer von uns hätte gehen sollen. Der Leutnant ist für diese Art von Aufstieg nicht gerade geeignet . . . erst recht nicht bei diesem Wetter. Warum hat sie es wohl versucht?«

MacAran schaute zu Camilla hinüber, die unter einer Decke zusammengekauert lag und den kochenden Tee schlürfte, während Judy ihre nassen, zerzausten Haare trockenrieb. Er sagte etwas, das ihn selbst überraschte: *»Noblesse oblige.«*

Ewen nickte. »Ich weiß, was du meinst. Komm, ich hole dir etwas Suppe. Judy hat aus der abendlichen Ration ein paar herrliche Dinge gezaubert. Gut, eine Nahrungsexpertin dabeizuhaben.«

Sie alle waren erschöpft und sprachen wenig von dem, was sie gesehen hatten. Das Heulen des Windes und das Prasseln der Hagelkörner erschwerte jede Unterhaltung. Innerhalb einer halben Stunde hatten sie ihr Essen beendet und krochen in ihre Schlafsäcke. Heather kuschelte sich dicht an Ewen, legte den Kopf an seine Schulter, und MacAran, nahe bei ihnen, betrachtete ihre aneinandergeschmiegten Körper mit einem langsam anschwellenden, eigenartigen Neid. Dort schien es eine Nähe zu geben, die wenig mit Sexualität zu tun hatte. Dies kam in der Art zum Ausdruck, wie sie ihr Gewicht verlagerten, fast unbewußt, jeder, um es dem anderen bequemer zu machen. Gegen seinen Willen dachte er an den Moment, in dem sich Camilla gegen ihn gelehnt hatte, und lächelte gequält in die Dunkelheit hinein. Von allen Frauen des Schiffes war sie vermutlich diejenige, die sich am wenigsten für ihn interessierte, und zudem diejenige, die er am wenigsten leiden konnte. Aber verdammt, er mußte sie bewundern!

Er lag noch eine ganze Weile wach, lauschte der Melodie des Windes in den dichten Bäumen, dem Geräusch eines Stammes, der irgendwo im Sturm brach und herniederkrachte – *Gott! Wenn einer auf das Zelt stürzt, dann werden wir alle getötet* –, fremden Lauten, welche von Tieren verursacht sein konnten, die durch das Unterholz brachen. Irgendwann schlief er unruhig ein, doch mit einem Ohr lauschte er noch immer angespannt, so daß er einmal MacLeod im Schlaf keuchen und stöhnen, dann Camilla aufschreien hörte, ein alptraumhafter Schrei . . . dann war wieder alles still, und er fiel erneut in erschöpften Schlaf. Gegen Morgen legte sich der Sturm, der Regen versiegte, und er schlief wie ein Toter und hörte die Geräusche fremder Tiere und Vögel, die im nächtlichen Wald und auf den unbekannten Hügeln umherstreiften, nur mehr in seinen Träumen.

3

Irgendwann kurz vor Morgengrauen wachte er auf, als er Camilla sich bewegen hörte – durch die Dunkelheit innerhalb des Zeltes sah er, wie sie sich in ihre Uniform mühte. Leise glitt er aus seinem Schlafsack. »Was ist los?« fragte er leise.

»Der Regen hat aufgehört, und der Himmel ist klar. Ich möchte ein paar Himmelssichtungen und Spektrograph-Messungen vornehmen, bevor der Nebel aufzieht.«

»Richtig. Brauchen Sie Hilfe?«

»Nein, Marco kann mir helfen, die Instrumente zu tragen.«

Er wollte protestieren, zuckte dann jedoch mit den Schultern und kroch in seinen Schlafsack zurück. Es war nicht seine Angelegenheit. Sie kannte ihre Aufgabe und brauchte seine vorsichtige Wachsamkeit nicht. Das hatte sie ihm weitgehend klargemacht.

Eine unbestimmte Vorahnung hielt ihn jedoch davon ab, wieder einzuschlafen, und so lag er in einem unbehaglichen Dämmerzustand, halb wach, halb schlafend, und hörte ringsum die Laute des erwachenden Waldes. Vögel zwitscherten von Baum zu Baum, manche rauh und heiser, manche leise und zirpend. Leises Quaken wehte aus dem Unterholz heran – dazu die Geräusche verstohlener Bewegungen, schließlich ein fernes Kläffen, dem Bellen eines Hundes nicht unähnlich.

Und dann wurde die Stille von einem entsetzlichen Schrei zerrissen – ein Kreischen in unzweifelhaft menschlicher Qual, ein heiserer Angstschrei, der zweimal wiederholt wurde und in einem scheußlichen, gurgelnden Stöhnen abbrach. Dann herrschte wieder Stille.

MacAran war bereits aus seinem Schlafsack und aus dem Zelt, nur halb angezogen, Ewen weniger als einen halben Schritt hinter sich, und all die anderen drängten hinterher, noch schläfrig, verwirrt, ängstlich. Er stürmte den Hang hinauf, hörte Camilla um Hilfe rufen und rannte noch schneller.

Auf einer Lichtung nahe dem Hügelkamm hatte sie ihre Ausrüstung aufgebaut, aber jetzt lag diese umgestoßen; ganz in der Nähe lag Marco Zabal auf dem Boden, wand sich und stöhnte unartikuliert. Sein Gesicht war angeschwollen und zeigte ein schreckliches, blutunterlaufenes Aussehen. Camilla wischte sich wie rasend mit den behandschuhten Händen über ihren Körper. Ewen ließ sich neben dem sich windenden Mann auf die Knie fallen und wandte sich mit einer hastigen Frage an Camilla:

»Schnell – was ist passiert?«

»Irgendwelche Dinger ... wie Insekten!« keuchte sie und zitterte, als sie die Hände ausstreckte. Auf der behandschuhten Handfläche lag ein kleines, zerdrücktes Etwas, weniger als zwei Zoll lang, mit einem gekrümmten Schwanz, der an den eines Skorpions erinnerte; aus dem winzigen Maul ragte ein bösartiger

Giftzahn. Es war hellorange und grünlich gefärbt. »Er ist auf den Erdhügel getreten, und ich hörte ihn schreien, und dann ist er umgefallen . . .«

Ewen zog seine medizinische Ausrüstung hervor und massierte Zabals Herz. Er gab Heather, die sich neben ihm niedergelassen hatte, schnelle Anweisung, die Kleidung des Mannes aufzuschneiden: Das Gesicht des Verletzten war blutgefüllt und verfärbte sich dunkel, sein Arm war ebenfalls gewaltig angeschwollen. Zabal war jetzt bewußtlos und stöhnte und redete irres Zeug.

Ein starkes Nervengift, dachte Ewen. Sein Herzschlag wird langsamer und seine Atmung vermindert. Alles, was er jetzt tun konnte, war, dem Mann ein starkes Stimulans zu injizieren und sich bereitzuhalten, falls er künstlich beatmet werden mußte. Er wagte nicht einmal, ihm etwas zu verabreichen, was die Schmerzen milderte – fast alle Narkotika waren Atemhemmer. Er wartete, atmete kaum selbst, das Stetoskop auf Zabals Brust . . . dann begann das stockende Herz des Mannes ein wenig regelmäßiger zu schlagen, und er hob den Kopf, starrte kurz zu dem Erdhügel hinüber und fragte Camilla, ob sie ebenfalls gebissen worden sei – sie war es nicht, obgleich zwei dieser schrecklichen Insekten ihren Arm hinaufgekrochen waren. Dann wies er alle an, eine ordentliche Distanz zu dem Erdhaufen oder Ameisenhügel oder was immer es war zu halten. *Unverschämtes Glück, daß wir in der Dunkelheit nicht gerade dort unser Lager aufgeschlagen haben! MacAran und Camilla hätten direkt hineinstolpern können . . . aber vielleicht sind die Biester im Schnee passiv!*

Die Zeit verging schleppend. Zabals Atem wurde wieder gleichmäßiger, er stöhnte schwach, erlangte das Bewußtsein jedoch nicht wieder. Die große rote Sonne erhob sich langsam, nebeltriefend über die sie umgebenden Vorberge.

Ewen bat Heather, ihm den Rest seiner medizinischen Ausrüstung aus dem Zelt zu holen. Judy und MacLeod machten sich daran, das Frühstück zu richten. Camilla notierte stoisch die wenigen astronomischen Meßwerte, die sie bis zum Angriff der Skorpionameisen – MacLeod hatte sie nach der Untersuchung des toten Exemplars vorläufig so getauft – hatte erhalten können. Dann kam MacAran und blieb neben dem besinnungslosen Mann und dem neben ihm knienden jungen Arzt stehen.

»Wird er am Leben bleiben?«

»Ich weiß es nicht. Wahrscheinlich. Seit ich meinen einzigen Klapperschlangenbiß behandelt habe, habe ich nichts dergleichen mehr erlebt. Aber eines steht fest – heute wird er nirgends mehr hingehen, wahrscheinlich auch morgen nicht.«

»Sollten wir ihn nicht zum Zelt hinuntertragen?« fragte MacAran. »Vielleicht krabbeln hier noch mehr von diesen Dingern herum.«

»Ich möchte ihn lieber nicht bewegen. Vielleicht in ein paar Stunden.«

MacAran stand da und sah bestürzt auf den bewußtlosen Mann hinunter. Sie durften sich nicht aufhalten – und doch war die Größe ihrer Gruppe genau berechnet, sie konnten niemanden erübrigen, der zum Schiff hätte zurückgehen können, um Hilfe zu holen. Schließlich sagte er: »Wir müssen weitergehen. Ich schlage vor, wir bringen Marco zum Zelt zurück, sobald das zu verantworten ist, und du bleibst und kümmerst dich um ihn. Die anderen können ihre Forschungsarbeiten genausogut hier wie anderswo machen und Boden- und Pflanzenproben nehmen und die Tiere beobachten. Aber ich muß vom Gipfel aus vermessen, was ich nur dort kann, und Leutnant Del Rey muß ihre astronomischen Beobachtungen aus größtmöglicher Höhe vornehmen. Wir werden weitergehen, so weit wir können. Wenn sich der Gipfel als unbesteigbar herausstellt, werden wir nichts riskieren, sondern nur die Messungen vornehmen, die wir vornehmen können, und zurückkehren.«

»Wäre es nicht besser abzuwarten, ob wir nicht doch gemeinsam weitergehen können? Wir haben keine Ahnung, welche Gefahren in diesen Wäldern hier lauern.«

»Es ist eine Frage der Zeit«, sagte Camilla energisch. »Je früher wir wissen, wo wir sind, desto früher haben wir die Chance . . .« Sie sprach den Satz nicht zu Ende.

MacAran sagte: »Das wissen wir nicht. Für eine sehr kleine Gruppe, sogar für eine einzelne Person, könnten die Gefahren wesentlich geringer sein. So oder so – es kommt auf das gleiche heraus. Ich glaube, es bleibt uns keine Wahl.«

Sie kamen überein, so zu verfahren, und als Zabal auch nach weiteren zwei Stunden noch kein Anzeichen zeigte, das Bewußtsein wiederzuerlangen, trugen ihn MacAran und die beiden anderen Männer auf einer improvisierten Trage zum Zelt hinunter. Gegen die Teilung der Gruppe erhob sich schwacher Protest, doch niemand focht sie ernsthaft an, und MacAran bemerkte, daß sie ihn bereits als Anführer akzeptiert hatten, dessen Wort Gesetz war. Als die Sonne über ihnen im Zenit stand, hatten sie die Gepäckstücke auseinandersortiert und waren abmarschiert – sie würden nur das kleine Not-Schutzzelt, Lebensmittel für ein paar Tage und Camillas Instrumente mitnehmen.

Im Schutzzelt sahen sie auf den halb besinnungslosen Zabal hinunter. Er hatte angefangen, sich zu bewegen und zu stöhnen, zeigte jedoch keine anderen Anzeichen einer Rückkehr ins Bewußtsein. MacAran fühlte sich seinetwegen verzweifelt unwohl, aber er konnte ihn nur in Ewens Obhut zurücklassen. Die primär wichtige Angelegenheit war die vorläufige Einschätzung dieser Welt – und Camillas Beobachtungen, damit sie herausfinden konnten, wo in der Galaxis sie sich befanden!

Er war nervös. Hatte er etwas vergessen? Plötzlich zog Heather ihren Uniformmantel aus, dann die grobmaschige gestrickte Jacke, die sie darunter trug. »Camilla . . . sie ist wärmer als Ihre«, sagte sie leise. »Bitte, tragen Sie sie. Es schneit hier so. Und ihr habt nur den kleinen Unterstand dabei.«

Camilla lachte und schüttelte den Kopf. »Hier wird es auch kalt sein.«

»Aber . . .« Heathers Gesicht war angespannt und verzerrt. Sie biß sich auf die Unterlippe und flehte: »Bitte, Camilla. Wenn Sie mögen, dann nennen Sie mich eine törichte Närrin. Nennen Sie es Vorahnung – aber *bitte* nehmen Sie sie!«

»Sie auch?« fragte MacLeod trocken. »Besser, Sie nehmen sie, Leutnant. Ich dachte, ich wäre der einzige, der dieses ausgeflippte Zweite Gesicht hat. Ich habe die ASW nie sonderlich ernst genommen, aber wer weiß, auf einem fremden Planeten könnte sich das sehr schnell als Überlebungsfaktor herausstellen. Überhaupt – was verlieren Sie schon, wenn Sie ein paar zusätzliche warme Kleidungsstücke mitnehmen?«

MacAran erkannte, daß seine Beunruhigung *tatsächlich* irgendwie mit dem Wetter zusammenhing. Er sagte: »Wenn sie besonders warm ist, Camilla, dann nehmen Sie sie. Ich werde auch Zabals Bergparka mitnehmen, sie ist besser gefüttert als meine; ihm werde ich meine hierlassen. Und ein paar zusätzliche Pullover, wenn ihr welche habt. Ihr sollt nichts entbehren, aber es stimmt – wenn es schneit, dann habt ihr mehr Schutz als wir, und manchmal wird es auf den Höhen empfindlich kalt.« Er sah Heather und MacLeod forschend an; grundsätzlich hielt er nicht viel von dem, was er über ASW gehört hatte, doch wenn es zwei Leute in der Gruppe spürten und auch er eine dunkle Ahnung hatte – nun, vielleicht war es nur eine Sache unbewußter sensorischer Hinweise, etwas, das sie nicht bewußt wahrnehmen konnten. Jedenfalls brauchte man keine ASW, um auf den Berghöhen eines fremden Planeten mit einem unberechenbar verrückten Klima schlechtes Wetter vorherzusagen! »Nehmt alle Kleidungsstücke, die erübrigt werden können – und eine Decke . . . wir haben genügend eingepackt«, befahl er. »Und dann brechen wir auf.«

Während Heather und Judy packten, nahm er sich Zeit, um mit Ewen kurz unter vier Augen zu sprechen. »Wartet hier mindestens acht Tage auf uns«, sagte er. »Jeden Abend, bei Sonnenuntergang, werden wir euch ein Signal geben, wenn wir können. Wenn ihr bis dahin keine Nachricht und kein Signal bekommen habt, kehrt ihr zum Schiff zurück. Wenn uns etwas zustößt, übernimmst du die Verantwortung über die Gruppe – aber das bleibt vorerst unter uns. Wenn wir es schaffen zurückzukommen, haben wir die anderen unnötig beunruhigt.«

Ewen widerstrebte es, ihn gehen zu lassen. »Was soll ich machen, wenn Zabal stirbt?«

»Ihn begraben«, erwiderte MacAran schroff. »Was sonst?« Er drehte sich um und winkte Camilla. »Gehen wir, Leutnant.«

Sie entfernten sich von der Lichtung, ohne zurückzusehen, und MacAran legte ein gleichmäßiges Tempo vor, nicht zu schnell, nicht zu langsam.

Als sie höher kamen, veränderte sich die Landschaft: Der Boden unter ihren Füßen war spärlicher bewachsen, es gab mehr nackte Felsen, der Baumbewuchs wurde spärlicher. Die Steigung der Vorberge war nicht beunruhigend, doch als sie sich dem Kamm des Hanges näherten, auf dem sie gelagert hatten, hielt MacAran an, legte eine kurze Rast ein und kaute ein paar Bissen von ihrer gemeinsamen Essensration. Von ihrem momentanen Standort aus konnten sie das kleine, orangefarbene Rechteck des Schutzzeltes durch die struppigen Baumkronen leuchten sehen – aus dieser Höhe nur ein Fliegendreck.

»Wie weit sind wir gekommen, MacAran?« fragte die Frau und schob die pelzgesäumte Kapuze der Jacke zurück.

»Ich habe keine Möglichkeit, das festzustellen. Fünf, sechs Meilen vielleicht – etwa zweitausend Fuß Höhe. Kopfschmerzen?«

»Nur ein bißchen«, log das Mädchen.

»Das ist der veränderte Luftdruck. Sie werden sich bald daran gewöhnen«, beruhigte er sie. »Gute Sache, daß der Boden gleichmäßig ansteigt.«

»Es ist schwer, sich vorzustellen, daß wir letzte Nacht wirklich dort unten geschlafen haben – so weit entfernt«, sagte sie ein wenig zittrig.

»Wenn wir diesen Kamm hinter uns haben, wird der Lagerplatz außer Sicht sein. Wenn Sie umkehren wollen – das ist die letzte Gelegenheit. In ein, zwei Stunden könnten Sie wieder unten sein.«

Sie zuckte mit den Schultern. »Führen Sie mich nicht in Versuchung.«

»Haben Sie Angst?«

»Natürlich. Ich bin kein Feigling. Aber ich werde nicht durchdrehen, wenn Sie das meinen.«

MacAran schluckte seinen letzten Bissen hinunter und stand auf. »Also gut, gehen wir. Passen Sie auf, wohin Sie treten . . . weiter oben gibt es Felsen.«

Doch zu seiner Überraschung ging sie auf den nahe am Gipfel angehäuften Felsen sicheren Fußes, und er brauchte ihr nicht zu helfen oder nach einem leichteren Weg zu suchen. Vom Hügelkamm aus konnten sie ein weites Panorama unter und hinter sich bewundern: das Tal, an dessen Hang sie gelagert hatten, die langgezogene Ebene, das weiter entfernte Tal, in dem das Sternenschiff lag . . . MacAran konnte allerdings selbst mit dem starken Feldstecher nur einen winzigen dunklen Fleck ausmachen, der das Schiff sein *mochte*. Deutlicher zu sehen war die unregelmäßige Lichtung, dort, wo sie Bäume für die Unterkünfte geschlagen hatten. Als er Camilla den Feldstecher reichte, sagte er: »Die erste Markierung des Menschen auf einer neuen Welt.«

»Und die letzte, hoffe ich«, murmelte sie. Er wollte sie fragen, sie direkt damit konfrontieren: *Konnte* das Schiff repariert werden? Aber momentan war nicht der richtige Zeitpunkt, darüber nachzudenken. »Zwischen den Felsen gibt es Bäche, und Judy hat das Wasser vor ein paar Tagen getestet. Wir können vermutlich soviel Wasser finden, wie wir nur brauchen, um unsere Feldflaschen wieder aufzufüllen – Sie brauchen also nicht übertrieben zu rationieren.«

»Meine Kehle fühlt sich schrecklich trocken an. Ist das wirklich nur die Höhe?«

»Wahrscheinlich. Auf der Erde könnten wir ohne Sauerstoffmasken nicht mehr viel höher steigen, aber die Luft dieses Planeten hat einen höheren Sauerstoffgehalt.« MacAran blickte ein letztes Mal auf das orangefarbene Zelt hinunter, verstaute den Feldstecher und hängte den Trageriemen über seine Schulter. »Nun, der letzte Gipfel wird höher sein. Gehen wir also weiter.«

Sie betrachtete ein paar kleine orangerote Blumen, die in Felsspalten wuchsen. »Sie berühren sie besser nicht. Wer weiß, was für eine Teufelei sie für uns bereithalten.«

Sie drehte sich herum, eine kleine orangerote Blume in den Händen. »Schon zu spät«, sagte sie mit einem schiefen Lächeln. »Besser, ich finde jetzt gleich und nicht erst später heraus, ob ich tot umfalle, wenn ich eine Blume berühre. Ich bin mir nämlich gar nicht so sicher, ob ich weiterleben *möchte*, wenn dies eine Welt ist, auf der ich nichts *anfassen* kann.« Ernster fügte sie hinzu: »Wir müssen ein paar Risiken eingehen, Rafe – und selbst wenn wir das nicht tun würden, könnte uns noch immer etwas töten, bei dem wir nicht damit gerechnet hätten. Ich glaube, wir können nur die auf der Hand liegenden Vorsichtsmaßnahmen treffen – und ansonsten werden wir wohl oder übel unsere Risiken eingehen müssen.«

Dies war seit dem Absturz das erste Mal, daß sie ihn bei seinem Vornamen genannt hatte, und beinahe widerwillig war er milder gestimmt. »Sie ... du hast natürlich recht ... Solange wir hier nicht gerade in Raumanzügen herumgeistern, haben wir sowieso keinen echten Schutz – also hat es gar keinen Sinn, paranoid zu werden. Wenn wir ein Erstlandeteam wären, dann wüßten wir, welche Risiken wir nicht eingehen sollten, aber so, wie es aussieht, vermute ich, bleibt uns gar nichts anderes übrig, als etwas zu riskieren.« Es wurde wärmer, und er zog die Parka aus. »Ich wüßte gern, wieviel Wert ich Heathers Vorahnungen von dem schlechten Wetter beimessen sollte.«

Sie machten sich daran, auf der gegenüberliegenden Seite des Kamms hinunterzugehen. Auf halbem Wege hangabwärts, nach zwei oder drei Stunden Suche nach einer begehbaren Route, entdeckten sie eine kleine kristallklare Quelle, die aus einem gespaltenen Felsen hervorströmte: Hier füllten sie ihre Feldflaschen auf. Das Wasser schmeckte süß und rein, und auf MacArans Vorschlag hin folgten sie dem Bachlauf abwärts; das Wasser würde bestimmt den kürzesten Weg nehmen.

In der Abenddämmerung jagten schwere Wolken vor der untergehenden Sonne dahin. Sie befanden sich in einem Tal, und es gab keine Möglichkeit, dem Schiff oder dem anderen Lager ihrer Gruppe ein Signal zu geben. Während sie ihr winziges Schutzzelt aufbauten und MacAran Feuer machte, über dem sie ihre Essensrationen erwärmen konnten, begann ein dünner, feiner Regen zu fallen. Fluchend verlegte er das kleine Feuer unter die Zeltklappe, wo er es ein wenig vor dem Regen abzuschirmen versuchte. Es gelang ihm, Wasser aufzuwärmen – zum Kochen brachte er es jedoch nicht mehr, denn böige Graupelschauer erstickten die Flammen, und so gab er schließlich auf und warf die löslichen Rationen in das nur lauwarme Wasser. »Hier. Nicht gerade köstlich, aber eßbar und nahrhaft, hoffe ich.«

Camilla verzog das Gesicht, als sie es probierte, sagte aber zu seiner Erleichterung nichts. Der Graupelregen peitschte gegen sie, und sie krochen ins Innere und zogen die Klappe zu. Die Notzelte waren im Grund genommen nur für eine Person vorgesehen – es gab kaum genügend Platz, um sich auszustrecken, und wenn dies doch einer von ihnen tat, so war der andere gezwungen, aufrecht zu sitzen. MacAran wollte ein paar kecke Bemerkungen über hübsche, gemütliche Quartiere fallenlassen, sah jedoch ihr starres Gesicht an und unterließ es. Bedächtig wand er sich aus seiner Sturmparka, rückte das Gepäck zurecht und rollte schließlich seinen Schlafsack aus. »Ich hoffe, du leidest nicht an Klaustrophobie.«

»Ich bin schon seit meinem siebzehnten Lebensjahr Raumschiffsoffizier. Wie könnte ich da wohl mit Klaustrophobie klarkommen?« Im Dunkeln stellte er sich ihr Lächeln vor. »Im Gegenteil.«

Danach hatte keiner von ihnen mehr viel zu sagen. Einmal sagte sie in der Dunkelheit: »Ich wüßte gern, wie es Marco geht.« Aber darauf konnte ihr MacAran keine Antwort geben, und es hatte auch keinen Sinn, daran zu denken, um wie vieles besser dieser Ausflug mit Marco Zabals Kenntnis vom Hochhimalaya zu bewältigen gewesen wäre. Kurz bevor er im Schlaf versank, fragte er jedoch: »Möchtest du vor Tagesanbruch aufstehen und es mit ein paar Sternenbeobachtungen versuchen?«

»Nein. Ich glaube, ich warte damit, bis wir auf dem Gipfel sind – wenn wir je so weit kommen.« Ihr Atem beruhigte sich zu leisen, erschöpften Seufzern, und er wußte, daß sie schlief. Er lag wach und grübelte daran herum, was wohl noch vor ihnen lag. Draußen peitschten die Regen- und Schneeschauer in die Zweige der Bäume, und es entstand ein Rascheln, das sowohl vom Wind als auch von einem Tier hätte stammen können, das durch das Unterholz stürmte. Sein Schlaf war leicht – er war ständig auf der Hut, lauerte auf ungewöhnliche Geräusche. Ein- oder zweimal schrie Camilla im Schlaf, und er schreckte hoch, alamiert und mit angehaltenem Atem. Zeigte sie erste Spuren einer Höhenkrankheit?

Sauerstoffgehalt der Luft hin, Sauerstoffgehalt her – die Gipfel waren ziemlich hoch, und jeder folgende war ein wenig höher. Nun, sie würde sich akklimatisieren – oder auch nicht. Kurz, am Abgrund des Schlafes, überlegte MacAran, daß ihre augenblickliche Situation für die Unterhaltungsmedien eigentlich ein gefundenes Fressen wäre – ein Mann allein mit einer schönen Frau auf einem fremden Planeten voller Gefahren. Er war sich darüber im klaren, daß er sie wollte – verdammt, er war nur ein Mensch und ein Mann, aber unter den gegenwärtigen Umständen lag ihm nichts ferner als Sex. *Vielleicht bin ich einfach zu zivilisiert.* Und mit diesem Gedanken schlief er ein, vom Klettern dieses Tages erschöpft.

Die nächsten drei Tage waren Wiederholungen dieses Tages. Der einzige Unterschied bestand darin, daß sie in der Dämmerung des dritten Abends – der nächtliche Regen hatte noch nicht eingesetzt – einen hohen Paß erreichten. Camilla stellte ihr Teleskop auf und machte ein paar Beobachtungen. Während er in der Finsternis das Schutzzelt aufbaute, konnte er es nicht unterlassen, zu fragen: »Glück gehabt! Weißt du jetzt, wo wir gelandet sind?«

»Nicht sicher. Mir war klar, daß diese Sonne nicht zu den katalogisierten gehört, und die einzigen Konstellationen, die ich anhand zentraler Koordination ausmachen kann, sind ausnahmslos nach links verdreht. Ich vermute, wir befinden uns außerhalb des galaktischen Spiralarms ... achte mal darauf, wie wenig Sterne es gibt, selbst im Vergleich zur Erde – und ganz zu schweigen von einem zentral gelegenen Kolonieplaneten! Oh, wir sind verflucht weit davon entfernt zu wissen, wohin wir fliegen sollen!« Ihre Stimme klang angespannt und verzerrt, und als er näher kam, sah er, daß Tränen auf ihren Wangen glitzerten.

Er verspürte einen schmerzhaften Drang, sie zu trösten. »Nun, wenn wir wieder unterwegs sind, werden wir wenigstens einen neuen bewohnbaren Planeten entdeckt haben. Vielleicht bekommst du sogar einen Teil des *Finderlohns* ...«

»Aber das ist so weit ...« Sie unterbrach sich. »Können wir dem Schiff ein Signal geben?«

»Wir können es versuchen. Wir sind mindestens tausend Fuß höher als sie – vielleicht gibt es ja eine Sichtverbindung. Hier, nimm den Feldstecher, sieh zu, ob du irgendwo etwas aufblitzen siehst. Aber sie können natürlich genausogut hinter irgendeiner Erhebung verborgen liegen.«

Er legte den Arm um sie und stützte ihre Hand mit dem Feldstecher. Sie wich nicht aus. »Hast du die Lage des Schiffes?« wollte sie wissen.

Er nannte sie ihr, und sie bewegte den Feldstecher leicht von rechts nach links, wobei sie immer wieder die Kompaßanzeige gegenkontrollierte. »Ich sehe ein Licht – nein, ich glaube, es ist ein Blitzen. Oh, was macht es für einen Unterschied?« Ungeduldig steckte sie den Feldstecher in das Futteral. Er spürte, daß sie zitterte.

»Du *magst* diese weiten, offenen Gegenden, nicht wahr?«

»Nun ja«, sagte er bedächtig. »Ich habe die Berge schon immer geliebt. Du nicht?«

In der Düsternis schüttelte sie den Kopf. Über ihnen verlieh das bleiche violette Licht eines der vier kleinen Monde dem Dunkel eine vage unruhig stimmende Eigenschaft. »Nein«, erwiderte sie leise. »Ich habe Angst davor.«

»Angst?«

»Seit sie mich damals, mit fünfzehn, für den Raum ausgewählt haben, war ich stets entweder auf einem Satelliten oder einem Ausbildungsschiff. Man . . .« Ihre Stimme schwankte, »man wird irgendwie . . . agoraphobisch.«

»Und du hast dich freiwillig für diese Exkursion gemeldet!« sagte MacAran, doch sie mißverstand seine Überraschung und Bewunderung als Kritik. »Was hätte ich sonst tun sollen?« sagte sie grob, wandte sich ab und ging in das winzige Zelt.

Nachdem sie ihre Mahlzeit beendet hatten – an diesem Abend eine heiße Mahlzeit, da es keinen Regen gab, der ihr Feuer löschte –, lag MacAran wieder einmal lange wach, als das Mädchen schon schlief. Normalerweise existierte in der Nacht lediglich das Geräusch herangewehten Regens und knarrender, peitschender Äste, doch heute schien der Wald von fremden Klängen und Geräuschen lebendig, als würde in dieser seltenen schneelosen Dunkelperiode all ihr unbekanntes Leben erwachen. Einmal vernahm er ein fernes Heulen, das sich wie der per Tonband abgespielte Ruf eines ausgestorbenen Lobo-Wolfs anhörte – ein solches Band hatte er auf der Erde einmal gehört –, dann war ein fast katzenhaftes Fauchen zu hören, leise und heiser, der entsetzte Schrei eines kleinen Tieres folgte . . . und dann: Stille. Später gegen Mitternacht, gellte ein schriller, unheimlicher Schrei, ein langes jaulendes Klagen, das sogar in seinen Knochen das Mark gefrieren ließ.

Er klang so unheimlich wie der Schrei, den Marco ausgestoßen hatte, nachdem er von den Skorpionameisen gebissen worden war, und MacAran schreckte hoch und verspürte für einen traumzeitartigen Moment den Impuls aufzuspringen ... Als sich Camilla, durch seine Bewegung geweckt, voller Angst aufsetzte, entspannte er sich wieder und begriff, daß unmöglich ein menschliches Wesen geschrien haben konnte. Es war ein schriller, jaulender Schrei, der endlos weiterging, in immer höhere Regionen kletterte, anscheinend in Ultraschallbereiche ... Er glaubte ihn noch zu hören, als er bereits vestummt war.

»Was war das?« flüsterte Camilla zitternd.

»Das weiß nur Gott allein. Irgendeine Art Vogel oder Wirbeltier, nehme ich an.«

Ein neuer ohrenbetäubender Schrei brach durch die Finsternis, und sie lauschten schweigend. Sie schlängelte sich ein wenig näher an ihn heran und murmelte: »Das klingt, als empfände es Todesqualen.«

»Red' dir das nicht ein. Vielleicht ist das seine normale Stimme – was wissen wir schon von dieser Welt und ihren Lebewesen?«

»*Nichts und niemand* hat eine derartige normale Stimme«, wiedersprach sie energisch.

»Wie können wir das wissen?«

»Wie kannst du nur so sachlich sein? Ohh!« Sie zuckte zusammen, als der lange, kreischende Schrei erneut zu hören war. »Er läßt mir das Mark in den Knochen gefrieren!«

»Vielleicht benutzt er diesen Ton, um seine Beute zu lähmen«, überlegte MacAran halblaut. »Er macht mir auch Angst, verdammt! Wenn wir auf der Erde wären ... nun, meine Familie kommt aus Irland und demzufolge würde ich also glauben, die alte Arran-Banshee sei gekommen, um mich fortzutragen.«

»Wenn wir herausgefunden haben, was es ist, werden wir es *Banshee* nennen müssen«, sagte Camilla, doch sie lachte nicht. Der schreckliche Ton wiederholte sich abermals, und sie preßte die Hände über die Ohren und schrie: »Hör auf! *Hör auf!*«

MacAran ohrfeigte sie – allerdings nicht sehr fest. »Du auch! Sei still, verdammt! Es könnte durchaus da draußen herumschleichen und groß genug sein, um uns beide samt Zelt aufzufressen! Bleiben wir also still und einfach liegen, bis es weggeht.«

»Das ist leichter gesagt als getan«, murmelte Camilla und prallte zurück, als der unheimliche Banshee-Schrei erneut heranwehte. Im beengten Raum des Zeltes kroch sie näher zu ihm heran. »Würdest ... würdest du meine ... Hand halten?« flüsterte sie sehr leise.

Er tastete in der Dunkelheit nach ihren Fingern. Sie fühlten sich kalt und steif an, und er begann sie sanft zwischen den seinen warmzureiben. Sie lehnte sich an ihn, und er beugte sich hinab und küßte sie sanft auf die Schläfe. »Hab' keine Angst. Das Zelt besteht aus Plastik, und ich bezweifle, daß wir sonderlich eßbar riechen. Hoffen wir nur, daß sich dieses Etwas, die Banshee oder Todesfee, wenn du möchtest, bald ein hübsches Abendessen fängt und den Mund hält.«

Der heulende Schrei erklang wieder, dieses Mal jedoch weiter entfernt und ohne diese scheußliche, markerschütternde Eigenart. Er fühlte das Mädchen an seiner Schulter zusammensinken und schob sie sanft hinunter, bis ihr Kopf an seiner Brust ruhte. »Schlaf weiter«, sagte er sanft.

Ihr Flüstern war fast unhörbar. »Danke, Rafe.«

Als er am Klang ihres gleichmäßigen Atmens erkannte, daß sie wieder schlief, beugte er sich vor und küßte sie sanft. Dies ist eine verdammt schlechte Zeit, so etwas anzufangen, sagte er sich, ärgerlich über die eigenen Reaktionen. Sie hatten eine Aufgabe zu erledigen, und dabei gab es keinen Platz für persönliche Gefühle. Jedenfalls sollte es keine geben. Aber trotzdem dauerte es lange, bis er einschlief.

Am Morgen traten sie aus dem Zelt – und in eine verwandelte Umgebung hinaus. Der Himmel war klar und unbefleckt von Wolken oder Nebeln, und das winterfeste, farblose Gras am Boden war überraschenderweise mit schnell aufblühenden, sich schnell ausbreitenden bunten Blumen durchsetzt. MacAran war kein Biologe, aber er hatte Ähnliches in Wüsten und anderen unfruchtbaren Gebieten erlebt, und so wußte er, daß Orte mit extremen Klimata oft Lebensformen hervorbrachten, die aus den winzigsten günstigen Veränderungen von Temperatur oder Feuchtigkeit ihren Vorteil zogen – ganz gleich, wie kurz. Camilla war von den bunten, niedrig wachsenden Blumen und den bienenartigen Wesen, die dazwischen eifrig umhersummten, verzaubert, obwohl sie darauf achtete, sie nicht zu stören.

MacAran stand da und überblickte das vor ihnen ausgebreitete Land. Jenseits eines weiteren engen Tales, das von einem schmalen Bach mit eilends strömendem Wasser durchquert wurde, erhoben sich die letzten Hänge des hohen Gipfels, der ihr Ziel war.

»Mit ein bißchen Glück müßten wir heute abend in der Nähe

des Gipfels sein, und morgen, genau zur Mittagszeit, können wir unsere Vermessungsergebnisse notieren. Du kennst die Theorie – zuerst die Triangulation der Entfernung zwischen unserem Standort und dem des Schiffes; dann die Berechnung des Schattenwinkels; und darauf basierend können wir die Größe des Planeten schätzen. Archimedes oder irgend jemand aus dieser Fakultät hat es auf die Erde angewandt, und das Tausende von Jahren, bevor die höhere Mathematik überhaupt erfunden worden ist. Und wenn es heute nacht nicht regnet, dann wirst du erstklassige Sichtungen vornehmen können.«

Sie lächelte. »Ist es nicht wunderbar, was selbst eine kleine Wetterveränderung bewirken kann? Wird der Aufstieg schwierig?«

»Ich glaube nicht. Von hier sieht es so aus, als könnten wir den Hang geradewegs hinaufmarschieren – offenbar liegt die Waldgrenze auf diesem Planeten höher als auf den meisten anderen Welten. Nahe dem Gipfel gibt es keine Bäume mehr – nur noch bloßen Fels, aber nur ein paar tausend Fuß unterhalb existiert noch Vegetation. Wir haben die Schneegrenze noch nicht erreicht.«

Auf den höheren Hängen fand MacAran trotz allem zu seinem alten Enthusiasmus zurück. Dies hier mochte zwar eine fremde Welt sein, aber dennoch . . . ein Berg erhob sich vor ihm und damit die Herausforderung eines Aufstiegs. In der Tat ein leichter Aufstieg, ohne Felsen oder Eisspalten, aber das gab ihm nur Gelegenheit, das Bergpanorama, die dünne, klare Luft zu genießen. Nur Camillas Gegenwart, das Wissen, daß sie die freien Höhen fürchtete, war es, was ihn überhaupt noch mit der Realität in Kontakt hielt. Er hatte erwartet, sich über die Notwendigkeit zu ärgern, einer Amateurin über leichte Strecken hinweghelfen zu müssen, die er selbst sogar mit einem Bein im Gipsverband hätte klettern können, über das Warten, bis sie auf steilen steinigen Geröllhängen Halt fand, aber statt dessen bemerkte er, daß er mit ihrer Furcht, ihrem langsamen Höherkommen seltsam in Einklang stand. Ein paar Fuß unterhalb des hohen Gipfels hielt er an.

»Wir sind da. Von hier aus können wir eine hervorragende Sichtlinie zum Schiff ziehen, und auf der ebenen Stelle dort können wir deine Ausrüstung aufbauen. Hier weden wir auf den Mittag warten.«

Er hatte angenommen, sie würde Erleichterung zeigen, aber statt dessen sah sie ihn mit einer seltsamen Schüchternheit an und sagte: »Ich dachte, du würdest den Gipfel besteigen, Rafe. Wenn du möchtest, dann geh ... es macht mir nichts aus.«

Er wollte sie anfauchen, ihr sagen, es mache mit einer ängstlichen Amateurin überhaupt keinen Spaß, aber dann erkannte er, daß dies nicht mehr stimmte. Er zog sein Bündel von den Schultern, lächelte sie an und legte eine Hand auf ihren Arm. »Das kann warten«, sagte er sanft. »Das Ganze ist keine Vergnügungstour, Camilla. Und dies hier ist eine Stelle, die für unser Vorhaben bestens geeignet ist. Hast du dein Chronometer eingestellt, damit wir den Mittag erwischen?«

Seite an Seite rasteten sie auf dem Hang und schauten hinunter auf das Panorama von Wäldern und Hügeln, das unter ihnen ausgebreitet lag. *Schön*, dachte er. *Eine Welt, die man lieben, eine Welt, auf der man leben kann.*

Beiläufig fragte er: »Meinst du, die Coronis-Kolonie ist auch so schön.«

»Wie sollte ich das wissen? Ich war noch niemals dort. Überhaupt weiß ich nicht sonderlich viel über Planeten. Aber dieser hier ist schön. Ich habe noch niemals eine Sonne von dieser Farbe gesehen, und die Schatten ...« Sie schwieg, als sie auf das Muster von Grün und dunkelvioletten Schatten in den Tälern hinunterstarrte.

»Es wäre leicht, sich an einen Himmel von dieser Färbung zu gewöhnen«, sagte MacAran und war wieder still.

Es dauerte nicht lange, bis die kürzer werdenden Schatten das Nahen des Mittagszeitpunktes kennzeichneten. Nach all ihren Vorbereitungen kam ihm dies wie ein eigenartiger Anti-Höhepunkt vor: die hundert Fuß lange Aluminiumstange ausklappen, die Schatten exakt messen, auf den Millimeter genau. Als er fertig war und die lange Stange wieder zusammenklappte, sagte er beinahe gequält:

»Vierzig Meilen und ein Achtzehntausendfuß-Aufstieg für eine hundertzwanzig Sekunden dauernde Messung.«

Camilla zuckte mit den Schultern. »Und Gott weiß wie viele Lichtjahre, um hierherzukommen. Wissenschaft ist immer so, Rafe.«

»Bleibt nur mehr, auf die Nacht zu warten, damit du deine Sichtungen machen kannst.« Rafe packte die Stange ein, setzte sich auf die Steine und genoß die seltene Wärme des Sonnenlichts. Camilla ging noch eine Weile unruhig auf ihrem Lagerplatz umher, kehrte dann zurück und gesellte sich zu ihm.

»Meinst du wirklich, du kannst die Position dieses Planeten festlegen, Camilla?«

»Ich hoffe es. Ich werde es zumindest versuchen und nach bekannten Cepheiden-Variablen Ausschau halten ... meine Beobachtungen über einen längeren Zeitraum hinweg fortsetzen, und wenn ich mindestens drei davon aufspüre, dann kann ich berechnen, wo wir uns – bezogen auf den Zentraldrift der Galaxis – befinden.«

»Dann laß uns um ein paar weitere sternenklare Nächte beten«, sagte Rafe und war still.

Er betrachtete die Felsen, die weniger als hundert Fuß über ihnen emporragten, als sie unvermittelt sagte: »Mach schon, Rafe. Du weißt, daß du ihn ersteigen willst. Geh schon, es macht mir nichts aus.«

»Nein? Es macht dir nichts aus, hier zu warten?«

»Wer hat gesagt, daß ich warten will? Ich denke, ich kann es schaffen. Und ...« Sie lächelte schwach. »Ich glaube, ich bin so neugierig wie du ... einen Blick auf das werfen zu können, was dahinter liegt.«

Voller Eifer erhob er sich. »Außer den Feldflaschen können wir alles hierlassen«, sagte er. »Es ist *wirklich* ein recht einfacher Aufstieg – eigentlich überhaupt keine Klettertour; nur eine steil emporführende Krabbelei.« Er fühlte sich erleichtert, erfreut darüber, daß sie seine Stimmung teilte. Er ging voraus, suchte die leichteste Route und zeigte ihr, wohin sie ihre Füße setzen sollte. Die Vernunft sagte ihm, dieser Aufstieg, allein aus der Neugier erwachsen zu sehen, was hinter jenen Bergen lag, und nicht den Notwendigkeiten ihres Auftrages zuzurechnen, sei ein wenig tollkühn – wer von ihnen wollte schon einen gebrochenen Knöchel riskieren? –, aber er konnte sich nicht zurückhalten. Schließlich mühten sie sich die letzten paar Fuß hoch und richteten sich auf – und schauten über den Gipfel hinaus. Camilla schrie vor lauter Überraschung und Bestürzung auf. Der Bergsattel, auf dem sie standen, hatte die wirkliche Bergkette verdeckt, die dahinter lag: eine gewaltige Bergkette, die scheinbar endlos und, soweit sie sehen konnten, in ewigen Schnee gehüllt war, riesig und zerklüftet und mit Gletschergraten und Gipfel überzogen, und unterhalb dieser Gipfel trieben Wolken – träge und langsam.

Rafe stieß einen Pfiff aus. »Guter Gott«, dagegen sieht der Himalaya wie ein harmloses Vorgebirge aus«, murmelte er.

»Es sieht so aus, als würde sich diese Felswildnis bis in alle

Ewigkeit erstrecken! Ich glaube, wir haben sie bisher nur deshalb nicht gesehen, weil die Sicht so schlecht war . . . die Wolken, der Nebel und Regen, aber . . .« Camilla schüttelte staunend den Kopf. »Es sieht aus, wie . . . wie eine Mauer um die Welt!«

»Das hier erklärt jedenfalls eine ganze Menge«, sagte Rafe langsam. »Das verrückte Wetter. Kein Wunder, daß es fast ständig Regen, Nebel, Schnee gibt, wenn die Winde zuvor über eine derartige Gletscherreihe wehen . . . du sagst es! Und wenn sie wirklich so hoch sind, wie sie aussehen – keine Ahnung, wie weit sie entfernt liegen, aber dem Eindruck an einem klaren Tag wie diesem nach könnten es leicht hundert Meilen sein –, würde das auch die Achsenneigung dieser Welt erklären. Auf der Erde nennt man den Himalaya einen dritten Pol. Dies hier ist ein *wirklicher* dritter Pol! Eine dritte Eiskappe auf jeden Fall.«

»Ich sehe lieber in die andere Richtung«, sagte Camilla und wandte sich dem Faltenteppich grünvioletter Täler und Wälder zu. »Ich ziehe Welten mit Blumen und Bäumen vor – und Welten mit Sonnenschein, selbst wenn er blutrot ist.«

»Hoffen wir, daß uns diese Welt heute nacht ein paar Sterne sehen läßt – und ein paar Monde.«

4

»Ich verstehe dieses Wetter einfach nicht«, sagte Heather Stuart, und Ewen, der in den Zelteingang trat, spottete lächelnd: »Und wie steht es mit deinen Schneesturm-Warnungen?«

»Ich bin froh, daß ich mich geirrt habe«, erwiderte Heather mit fester Stimme. »Wenn Rafe und Camilla auf dem Berg sind, werden sie sich darüber freuen.« Ein Ausdruck von Besorgnis huschte über ihr Gesicht. »Doch ich bin mir nicht so sicher, *daß* ich mich geirrt habe . . . Irgend etwas an diesem Wetter macht mir Angst. Es scheint einfach nicht zu diesem Planeten zu passen.«

Ewen kicherte. »Verteidigst du noch immer die Ehre deiner alten Highlands-Oma und ihres Zweiten Gesichts?«

Heather lächelte nicht. »Ich habe nie an das Zweite Gesicht geglaubt. Nicht einmal in den Highlands. Aber jetzt bin ich mir nicht mehr so sicher. Wie geht es Marco?«

»Keine große Veränderung, obwohl es Judy doch immerhin fertiggebracht hat, ihm ein wenig Brei einzuflößen. Es scheint ihm ein bißchen besser zu gehen, aber sein Puls flattert noch immer ganz schrecklich. Apropos – wo ist Judy überhaupt?«

»Sie ist mit MacLeod in den Wald gegangen. Allerdings hat sie mir versprechen müssen, nicht außer Sichtweite der Lichtung zu gehen.« Ein Geräusch im Zeltinnern ließ sie beide zurückeilen: zum ersten Mal seit drei Tagen etwas anderes als unartikuliertes Stöhnen von Zabal. Er bewegte sich, versuchte mühsam hochzukommen. *»Que paso? O Dio, mi duele . . . duele tanto . . .«* murmelte er mit heiserer, erstaunter Stimme.

Ewen beugte sich über ihn und sagte sanft: »Alles ist gut, Marco, du bist hier, und wir sind bei dir. Hast du Schmerzen?«

Er murmelte etwas auf Spanisch. Ewen sah ausdruckslos zu Heather empor, die den Kopf schüttelte. »Ich spreche kein Spanisch . . . nur Camilla – mehr als ein paar Worte kann ich nicht.« Doch bevor sie davon welche aufbieten konnte, murmelte Zabal: »Schmerzen? Das könnt ihr glauben! Was *waren* das für Dinger? Wie lange . . . wo ist Rafe?«

Ewen überprüfte den Herzschlag des Mannes, bevor er antwortete. »Versuche nicht, dich aufzusetzen. Ich werde dir ein Kissen unter den Kopf legen. Du bist sehr krank . . . Wir haben schon geglaubt, du würdest nicht durchkommen.« *Und ich bin mir dessen noch immer nicht sicher*, dachte er verbissen, noch während er seinen zusätzlichen Mantel zusammenrollte und hinter den Kopf des verletzten Mannes steckte und Heather ihn ermutigte, etwas Suppe zu sich zu nehmen. *Nein, bitte, es hat schon zu viele Todesfälle gegeben.* Aber er wußte, daß dies nichts ändern würde. Auf der Erde starb man höchstens an Altersschwäche. Hier – nun, hier war das anders. Verdammt anders.

»Verschwende deinen Atem nicht mit Reden. Spar dir deine Kraft, und wir werden dir alles erzählen«, sagte er.

Die Nacht brach an, noch immer wundervoll klar und frei von Nebel oder Regen. Nicht einmal auf den Höhen zog Nebel auf, und Rafe, der Camillas Teleskop und die anderen Instrumente auf dem ebenen Lagerplatz aufstellte, sah zum erstenmal die Sterne über den Gletschern leuchten – klar und hell, jedoch sehr weit entfernt. Er konnte eine Cepheiden-Variable nicht von einer Konstellation unterscheiden, und auch so vieles andere von dem, was sie tat, war für ihn völlig unverständlich, dennoch war er ihr behilflich, so gut es ging, und schrieb – um die Anpassung ihrer Augen an die Dunkelheit nicht zu beeinträchtigen – im sorgfältig abgeschirmten Lichtkegel einer der Handlampen konzentriert Reihe um Reihe von Koordinaten und Ziffern nieder, die sie ihm nannte. Nach einer kleinen Ewigkeit seufzte sie und dehnte ihre verkrampften Muskeln.

»Das ist vorläufig alles, was ich tun kann. Weitere Messungen kann ich unmittelbar vor Tagesanbruch vornehmen. Noch immer keine Anzeichen von Regen?«

»Nein, Gott sei Dank.«

Um sie her war der Duft von Blumen von den unteren Hängen süß und betäubend, und in weitem Umkreis blühten nun auch schnelltreibende Sträucher, von zwei Tagen der Wärme und Trokkenheit belebt. Die unbekannten Düfte machten sie ein wenig benommen. Über dem Berg schwebte ein großer glänzender Mond – in eine fahle, schillernde Aura gehüllt. Dann, nur ein paar Augenblicke später, war ein zweiter zu sehen, der einen hellvioletten Glanz verströmte.

»Sieh dir den Mond an«, flüsterte sie.

»Welchen von den beiden?« Rafe lächelte in der Dunkelheit. »Die Erdenmenschen haben sich daran gewöhnt, *der* Mond zu sagen; ich nehme an, irgendwann wird ihnen irgend jemand Namen geben . . .«

Sie saßen auf dem weichen, trockenen Gras und beobachteten, wie die Monde höherschwebten, sich über die Berge erhoben. Rafe zitierte leise: »Würden die Sterne in tausend Jahren nur in einer Nacht scheinen, wie würden die Menschen schauen und sie bewundern und anbeten.«

Sie nickte. »Ich merke schon nach zehn Tagen, wie sehr ich sie vermisse.«

Rein verstandesmäßig wußte Rafe natürlich, daß es Wahnsinn war, hier im Dunkeln zu sitzen. Wenn schon nichts anderes, so konnten Vögel oder Raubtiere – möglicherweise der Banshee-Schreier von den Höhen, den sie in der letzten Nacht gehört hatten – in der Finsternis umherstreifen. Das gab er schließlich zu bedenken, und Camilla schreckte hoch, als sei ein Zauberbann gebrochen. »Du hast recht«, stimmte sie zu. »Und ich muß lange vor dem Morgengrauen aufstehen.«

Rafe zögerte kaum merklich, sich der stickigen Dunkelheit des Schutzzeltes anzuvertrauen. Er sagte: »In den alten Zeiten pflegte man zu glauben, es sei gefährlich, im Mondenschein zu schlafen – daher das englische Wort ›lunatic‹ . . . wahnsinnig. Ich frage mich, ob es viermal so gefährlich ist, unter vier Monden zu schlafen.«

»Nein, aber es wäre – Wahnsinn«, erwiderte Camilla mit einem kaum hörbaren Lachen. Er blieb stehen, nahm ihre Schultern in einen sanften Griff, und für einen Sekundenbruchteil glaubte das Mädchen in einer seltsamen Mischung aus Furcht und Vorfreude, er werde sich zu ihr herunterbeugen und sie küssen, aber dann wandte er sich ab und sagte: »Wer will schon immer bei Verstand sein? Gute Nacht, Camilla. Bis morgen, eine Stunde vor Sonnenaufgang.« Und er schritt davon, damit sie vor ihm in den Unterstand treten konnte.

Eine sternenklare Nacht über dem Planeten der vier Monde. Banshees streiften auf den Höhen umher, und ihre grauenvollen Schreie ließen die warmblütigen Opfer erstarren, und dann tappten sie auf sie zu, angezogen von der Hitze ihres Blutes ... Doch sie kamen nicht über die Schneegrenze herunter; in einer schneefreien Nacht war alles, was sich auf Gestein oder Gras befand, sicher. Über den Tälern kreisten gewaltige Raubvögel; den Erdenmenschen noch unbekannte Tiere huschten durch die Tiefen des dunklen Waldes, lebten und starben, und Bäume krachten ungehört zu Boden. Unter dem Mondlicht, in der gewohnten Hitze und Trockenheit eines warmen Windes, der von den Gletschergraten herunterwehte, erblühten zahllose Blumen und öffneten ihre Blütenkelche und verströmten ihren Duft und ihre Pollen. Nachtblütler ... fremdartig, mit einem intensiven und betäubenden Duft ...

Am nächsten Morgen ging die rote Sonne an einem wolkenlosen Himmel auf, ein strahlendes Morgengrauen, der rote Sonnenball ein gigantischer Rubin am klaren granatroten Himmel ... Rafe und Camilla hatten zwei Stunden lang am Teleskop gearbeitet, und jetzt saßen sie da und betrachteten sie mit der angenehmen Erschöpfung nach einer leichten Aufgabe, die für eine Weile sicher vollbracht war.

»Sollten wir uns nicht an den Abstieg machen? Dieses Wetter ist zu schön, um allzu lange anzudauern«, sagte Camilla. »Obschon ich mich an den sonnenbeschienenen Berg gewöhnt habe ... ich glaube nicht, daß ich hier gerne auf Eis und Schnee herumtappen würde.«

»Richtig. Pack die Instrumente ein – du kennst dich mit den Dingern besser aus –, und ich werde uns einen Appetithappen zubereiten und das Zelt abbauen. Wir werden zurückgehen, solange das Wetter noch hält – nicht, daß dieser Tag nicht großartig zu werden verspricht. Wenn es heute abend noch immer schön ist, können wir ja auf einer der Hügelketten haltmachen und im Freien lagern, und du kannst ein paar weitere Messungen vornehmen.«

Innerhalb von vierzig Minuten waren sie unterwegs. Rafe warf der riesigen unbekannten Bergkette noch einen wehmütigen Blick zu, bevor er ihr den Rücken kehrte. Seine eigene unentdeckte Bergkette, und er würde sie wahrscheinlich niemals wiedersehen.

Sei dir nicht zu sicher, bemerkte eine Flüsterstimme direkt in seinem Verstand, aber er ignorierte sie achselzuckend. Er glaubte nicht an Präkognition.

Er roch die leichten Blumendüfte, war halb verführt, sie zu genießen, doch ihre bittere Süße verwirrte ihn auch. Am bemerkenswertesten waren die winzigen orangeroten Blumen, die Camilla am vorhergehenden Tag gepflückt hatte, doch da gab es auch noch schöne weiße Blumen, sternförmig, mit goldener Blütenkrone, und tiefblaue glockenförmige Blüten mit Innenstielen, die mit schimmerndem goldfarbenem Staub überzogen waren. Camilla beugte sich vor, um den würzigen Wohlgeruch einzuatmen. Rafe überlegte kurz, dann warnte er sie.

»Denk hin und wieder an Heather und Judy – und an ihre grünangeschwollenen Lider . . . Geschieht dir recht, wenn es dir auch so ergeht!«

Sie schaute auf und lachte. Ihr Gesicht war hauchzart mit goldenem Blütenstaub überzogen. »Wenn sie mir etwas antun wollten, dann hätte ich das bestimmt schon gemerkt . . . die Luft ist erfüllt von ihrem Geruch, oder ist dir das noch nicht aufgefallen? Oh, es ist so schön, so schön, ich fühle mich selbst wie eine Blume, ich fühle mich, als könnte ich von diesen Blumen trunken werden . . .«

Sie blieb reglos stehen, in Gedanken versunken, und starrte die schöne glockenförmige Blüte an, und in ihrem Gesicht schien der goldene Staub zu glänzen. *Trunken*, dachte Rafe, *trunken von Blumen*. Er ließ das Bündel von seinen Schultern rutschen.

»Du *bist* eine Blume«, sagte er heiser. Er umarmte und küßte sie, und sie hob ihre Lippen den seinen entgegen, zuerst schüchtern, dann mit zunehmender Leidenschaft. Auf der Wiese aus schwankenden Blumen klammerten sie sich aneinander, doch dann riß sie sich los und rannte auf den Bach zu, dessen Wasser den Hang hinuntersprudelte, und sie lachte, bückte sich und stieß die Hände in die erfrischende Kühle.

Rafe dachte erstaunt: *Was geschieht mit uns?* Doch dieser Gedanke glitt kaum bemerkt durch seinen Sinn und verschwand. Camillas schmächtiger Körper war abwechselnd deutlich und vage zu sehen. Sie zog ihre Kletterstiefel und die dicken Wollsocken aus und planschte mit den Füßen im Wasser. Rafe beugte sich über das Mädchen und zog es ins hohe Gras.

Im Lager auf den unteren Hängen erwachte Heather Stuart nur zögernd, als sie die warmen Sonnenstrahlen durch die orangefarbene Seite des Zeltes hindurch spürte. Marco Zabal döste noch in seiner Ecke, die Decken bis über den Kopf hochgezogen, doch als sie ihn anblickte, begann er sich zu bewegen und lächelte zu ihr herüber.

»Du schläfst also auch noch?«

»Und die anderen sind vermutlich draußen, auf der Lichtung«, sagte Heather und richtete sich auf. »Judy wollte ein paar von den Nüssen auf eßbare Kohlenhydrate hin überprüfen ... und wie ich sehe, sind ihre Prüfgeräte nicht hier. Wie fühlst du dich, Marco?«

»Besser«, antwortete er und streckte sich. »Ich glaube, ich werde heute vielleicht für ein paar Minuten aufstehen. Irgend etwas in dieser Luft tut mir gut ... und die Sonne ist herrlich.«

»Sie ist wunderbar«, pflichtete sie bei. Auch sie war sich eines besonderen Gefühles des Wohlbefindens und der Euphorie bewußt – und beides schien von der wohlriechenden Luft herbeigezaubert zu werden. *Es muß der höhere Sauerstoffgehalt sein.*

Sie trat in die Helligkeit hinaus und streckte sich wie eine Katze im Sonnenschein.

Ein deutliches Bild entstand in ihrem Sinn, hell und aufdringlich und seltsam erregend: Rafe, wie er Camilla in seine Arme zog ...
»Das ist wunderbar!« jubelte sie laut und atmete tief ein, als sie den eigenartigen, irgendwie goldenen Duft wahrnahm, der den leichten warmen Wind erfüllte.

»Was ist wunderbar? Oder müßte ich fragen – wer? Ich wüßte niemand anderen als dich«, sagte Ewen und umrundete das Zelt und lachte: »Komm, wir gehen in den Wald ...«

»Marco ...«

»Marco geht es besser. Ist dir eigentlich klar, daß ich seit dem Absturz nicht mehr mit dir allein gewesen bin ... immer waren all diese Leute dabei!«

Hand in Hand schlenderten sie auf die Bäume zu. MacLeod kam ihnen vom Waldrand her entgegen, die Hände mit reifen, runden, grünlich-durchscheinenden Früchten vollgepackt; er reichte ihnen eine Handvoll. Seine Lippen trieften von ihrem Saft. »Hier. Sie schmecken wundervoll . . .«

Lachend biß Heather in die runde, glatte Kugel. Sie platzte auf und versprühte einen süßen wohlriechenden Saft. Und sie aß sie ganz auf, fast gierig, und griff nach einer weiteren. Ewen versuchte sie wegzuziehen.

»Heather, du bist verrückt – sie sind noch nicht einmal getestet . . .«

»Ich habe sie getestet«, meinte MacLeod lachend, »ich habe ein halbes Dutzend zum Frühstück gegessen, und ich fühle mich wunderbar! Sag meinetwegen, ich sei medial veranlagt, wenn du willst. Sie werden dir nichts anhaben, und sie sind mit jedem nur vorstellbaren Vitamin, das wir von der Erde her kennen, und einigen weiteren, die wir noch nicht kennen, vollgestopft. Ich weiß es, sage ich dir!«

Er erwiderte Ewens Blick, und der junge Arzt, in dem ein eigenartiges Bewußtsein anwuchs, sagte langsam: »Ja. Ja, du weißt es wirklich, natürlich sind sie gut. Genau wie jene Pilze dort . . .« Er zeigte auf einen grau-weißen Schwamm, der an manchen Bäumen wuchs, »bekömmlich und voller Proteine sind, wohingegen der Genuß jener dort . . .«, dieses Mal zeigte er auf erlesen aussehende goldfarbene Nüsse, »tödlich ist . . . zwei Bissen werden dir bereits gewaltige Bauchschmerzen verursachen, und eine halbe Tasse davon wird dich umbringen – aber woher, zum Teufel, weiß ich das alles?« Er rieb sich die Stirn, spürte das eigenartige Prickeln seines Gehirns durch den Schädelknochen hindurch und nahm schließlich von Heather eine Frucht.

»Also gut, dann werden wir alle miteinander verrückt spielen! Köstlich! Besser als unsere Tagesrationen . . . Wo ist Judy?«

»Mit ihr ist alles in Ordnung«, sagte MacLeod lachend. »Ich gehe los und suche nach ein paar weiteren Früchten!«

Marco Zabal lag allein, mit geschlossenen Augen, in dem Schutzzelt und träumte von der Sonne über den baskischen Hügeln seiner Kindheit. Weit entfernt, im Wald, schien es ihm, hörte er ein Singen, ein Singen, das nicht mehr aufhören wollte – hoch und klar und süß. Er erhob sich, hielt sich nicht damit auf, auch nur ein Kleidungsstück anzulegen, und mißachtete auch das warnende Klopfen seines Herzens. Ein ungeheuerlicher Glanz des Wohlbefindens und der Schönheit durchwogte ihn. Der Sonnenschein lag als strahlende Aura über der schräg abfallenden Lichtung, die

Bäume kamen ihm wie ein dunkler und schützend herniederhängender Baldachin vor, ein sanft bewegter, winkender Baldachin, die Blumen funkelten und glitzerten in einem Hauch von Gold, Orange und Blau, und Farben, die er nie zuvor gesehen hatte, tanzten und gleißten vor seinen Augen.

Aus den Tiefen des Waldes wehte der Gesang herbei, hoch, schrill, unglaublich süß ... Die Flöten des Pan, die Leier des Orpheus, der Ruf der Sirenen. Er fühlte seine Schwäche versiegen – er erlangte seine Jugend wieder.

Jenseits der Lichtung sah er drei seiner Gefährten, wie sie lachend im Gras lagen, das Mädchen trat mit den bloßen Zehen Blumen in die Luft. Verzückt blieb er stehen, sie zu beobachten, einen Augenblick lang verstrickt in den Netzen ihrer Phantasie ... *Ich bin eine Frau, aus Blumen gemacht* ... Doch das ferne Singen lockte ihn weiterzugehen. Sie winkten ihm, sich zu ihnen zu gesellen, doch er lächelte nur, hauchte dem Mädchen einen Kuß entgegen und eilte wie ein junger Mann in den Wald.

Weit voraus sah er einen hellen Schimmer – einen Vogel? Einen nackten Körper? Er sollte niemals mehr erfahren, wie weit er rannte, wie lange er das hastige Pochen seines Herzens kaum spürte, wie lange er, in die herrliche Euphorie der Schmerzlosigkeit gehüllt, dem weißen Schimmer der fernen Gestalt – oder eines Vogels? – hinterherjagte und in einer Mischung aus Entsetzen und Qual ausrief: »Warte ... warte ...«

Der Gesang gellte und schien seinen gesamten Schädel und sein Herz auszufüllen. Sanft, ohne den geringsten Schmerz zu empfinden, stürzte er in das hohe süß duftende Gras. Das Singen dauerte an und an, und schließlich sah er ein hübsches Gesicht über sich schweben; lange, farblose Haare fielen tief in ihre Stirn, eine Stimme, zu lieblich, zu herzzerreißend süß, um menschlich sein zu können, sang weiter und weiter, und die Sonnenstrahlen, die schräg durch die Bäume einfielen, verwandelten ihr Haar in Silber, und als das Gesicht der Frau, süß und wahnsinnig, in seine sterbenden Augen eingeprägt war, tauchte er glücklich und freudig in die Finsternis hinunter ...

Rafe stürmte mit heftig klopfendem Herzen durch den Wald, rutschte auf dem steilen Pfad aus und fiel. »Camilla!« rief er im Laufen. »Camilla!«

War was geschehen? Noch vor wenigen Minuten hatte sie friedlich in seinen Armen gelegen – und plötzlich war pures Entsetzen in ihr Gesicht geätzt gewesen, und sie hatte geschrien und etwas von Gesichtern auf den Höhen, Gesichtern in den Wolken, in weiten, offenen Räumen, gestammelt, von Gesichtern, die darauf lauerten, auf sie zu fallen und sie zu zermalmen –, und im nächsten Moment hatte sie sich von ihm losgerissen und war wild schreiend zwischen den Bäumen untergetaucht.

Die Bäume schienen vor seinen Augen zu wanken, sich zu heben und zu senken, lange Hexenklauen zu bilden und damit nach ihm zu greifen; sie wollten ihn in ihrem Gespinst verstricken, wollten ihn straucheln lassen und ihn der vollen Länge nach in jene Dornensträucher werfen, die an seinen Armen entlangkratzten und wie Feuer brannten. Ein Blitz von der Farbe des Schmerzes loderte in seinem Arm empor, und er verspürte ein wildes und jähes Grauen, als sich vor ihm ein unbekanntes Tier seine Bahn durch den Wald brach, eine wilde Panik ... wirbelnde, schlagende Hufe, Hufe, die ihn zermalmten ... Er warf die Arme um den Stamm eines Baumes und klammerte sich daran fest, und das Pochen seines Herzens trieb alles andere Denken aus. Die Baumrinde war weich und glatt, wie der Pelz eines Tieres. Er preßte sein erhitztes Gesicht dagegen. Gesichter beobachteten ihn aus den Bäumen heraus, Gesichter, Gesichter ...

»Camilla«, murmelte er benommen, rutschte zu Boden und blieb besinnungslos liegen.

Auf den Höhen sammelten sich Wolken; Nebel begann aufzusteigen. Der Wind legte sich, und ein dünner, feiner Regen strömte vom Himmel und verwandelte sich langsam in Graupelschauer – zuerst auf den Höhen, dann im Tal. Die Blumen schlossen ihre Blütenkelche; die Bienen und Insekten suchten ihre Löcher in den Baumstämmen und im Unterholz auf, und die Blütenpollen sanken nach vollbrachtem Werk zu Boden ...

Camilla erwachte benommen in düsterer Finsternis. Sie konnte sich an nichts von dem erinnern, was nach ihrem Davonlaufen geschehen war – nach diesem schreienden Loslaufen, in Panik wegen dieser Weite, die an die Weite des interstellaren Raumes erinnerte, nichts zwischen sich und den sich ausdehnenden Sternen ... Nein. Das war Delirium gewesen. War *alles* Delirium gewesen? Konzentriert und forschend starrte sie in die Dunkelheit und wurde mit einem hellen Fleck belohnt – ein Höhlenausgang. Sie kroch darauf zu und zitterte vor plötzlicher Eiseskälte.

Sie trug nur ein dünnes Baumwollhemd und ebensolche Hosen, zerrissen und unordentlich – nein. Gott sei Dank – ihre Parka war mit den Ärmeln um ihren Hals gebunden. Rafe hatte das getan, als sie gemeinsam am Bachufer gelegen hatten.

Rafe. Wo war er? Und weil sie gerade daran herumgrübelte – wo war sie selbst? Wieviel von den wilden und wirren Träumen war echt gewesen und wieviel wahnsinnige Phantasie? Offenbar hatte sie Fieber bekommen – irgendeine heimtückische Krankheit. Dieser fürchterliche Planet! Dieser fürchterliche Ort! Wieviel Zeit mochte vergangen sein? Warum war sie allein ...? Wo waren ihre wissenschaftlichen Instrumente, wo ihr Bündel? Wo – und dies war die auf den Nägeln brennende Frage –, wo war Rafe?

Sie mühte sich in ihre Parka und spürte, wie sich das schlimmste Zittern legte, aber ihr war nach wie vor kalt und übel, und sie hatte Hunger, und ihr Körper brannte und pochte von hundert Kratzern und blauen Flecken. Hatte Rafe sie hier im Schutze der Höhle zurückgelassen – war er aufgebrochen, Hilfe zu holen? Hatte sie lange in Fieber und Delirium gelegen? Nein, er hätte eine Nachricht zurückgelassen, für den Fall, daß sie ihr Bewußtsein wiedererlangte.

Sie schaute in den fallenden Schnee hinaus und strengte sich an festzustellen, wo sie sich befinden mochte. Über ihr stieg ein dunkler Hang empor. Sie mußte in wahnsinnigem Entsetzen vor den freien Räumen rings um sie her in diese Höhle gestürzt sein, um Dunkelheit und Schutz gegen die Angst zu finden, die sie bedrückte. Vielleicht war MacAran irgendwo in diesem Teufelswetter unterwegs und suchte nach ihr ... Sie konnten stundenlang in der Dunkelheit umherstreifen und sich im Schneetreiben doch jedesmal nur um einige wenige Schritte verfehlen.

Die Logik gebot ihr, sich aufzusetzen und eine Bestandsaufnahme ihrer augenblicklichen Situation zu machen. Sie war jetzt warm gekleidet, und diese Höhle konnte ihr bis zum Morgengrauen Schutz gewähren. Aber angenommen, MacAran hatte sich ebenfalls auf dem Hang verirrt? *Hatte sie sie beide befallen, diese plötzliche Angst, diese Panik? Und woher war sie gekommen, diese Freude, diese Hingabe ... Nein, das konnte sie sich für später aufheben, darüber konnte sie jetzt nicht nachdenken.*

Wo würde MacAran sie suchen? Es wäre das beste, wieder hochzuklettern, dem Gipfel entgegen ... Ja. Dort hatten sie ihre Bündel liegenlassen, und es war der einzige Ort, von dem aus sie sich orientieren konnten, wenn die Sonne aufging und das Schneetreiben versiegte. Sie würde wieder hinaufsteigen und darauf setzen, daß die Logik MacAran veranlaßte, dasselbe zu tun. Wenn nicht, wenn sie ihn dort oben nicht vorfand, so konnte sie sich noch immer zum Lager zurück durchschlagen, wo ihr die anderen helfen konnten – oder aber zurück zum Schiff.

Im dunklen, vom Himmel stürmenden Schnee kletterte sie empor, setzte sorgfältig einen Fuß vor den anderen und prüfte jeden Halt, bevor sie ihm vertraute. Nach einer Weile glaubte sie, auf dem Weg zu sein, den sie bei ihrem Aufstieg genommen hatten.

Ja. Dies ist richtig. Da war eine Sicherheit in ihr, die sie trotz der Dunkelheit schneller voraneilen ließ, und bald darauf sah sie ohne Überraschung ein kleines, auf und ab tanzendes Licht, einen orangefarbenen Kontrast zu den Schneeflocken, und dann kam MacAran direkt auf sie zu und drückte ihre Hände.

»Woher hast du gewußt, wo du mich findest?« fragte sie.

»Es war eine dunkle Ahnung ... oder etwas in der Art«, antwortete er. Im schwachen Licht der Handlampe konnte sie gerade noch den Schnee erkennen, der an seinen Augenbrauen und Wimpern klebte. »Ich wußte es einfach, Camilla – verschwenden wir jetzt keine Kraft damit, sämtliche Rätsel zu lösen. Es ist noch ein langer Aufstieg bis zu der Stelle, an der wir unsere Bündel und Ausrüstung zurückgelassen haben.«

Voller Bitterkeit verzog sie die Lippen, als sie daran dachte, wie sie ihr Gepäck von sich geschleudert hatte. »Glaubst du wirklich, daß sie noch dort liegen, wo wir sie zurückgelassen haben?« fragte sie.

MacArans Hand schloß sich sanft um die ihre. »Mach dir darüber keine Sorgen. Komm«, fügte er sanft hinzu. »Du brauchst Ruhe. Wir können ein anderes Mal darüber reden.«

Sie entspannte sich, ließ ihn ihre Schritte durch die Dunkelheit führen. MacAran ging neben ihr, ergründete diese neugewonnene Sicherheit und wunderte sich, woher sie kam. Nie hatte er auch nur einen Moment lang bezweifelt, trotz der Finsternis direkt auf Camilla zuzugehen – er hatte sie irgendwo vor sich *fühlen* können, doch es war unmöglich, etwas Derartiges zu behaupten, ohne daß es sich völlig verrückt anhörte.

Sie fanden das kleine Schutzzelt im Windschatten der Felsen aufgestellt. Camilla kroch dankbar hinein, froh darüber, daß MacAran ihr diese Mühe im Dunkeln erspart hatte. MacAran jedoch war verwirrt – wann hatten sie das Zelt aufgestellt? Für ihn bestand kein Zweifel daran: Sie hatten es abgebaut und in ihren

Bündeln verstaut, bevor sie sich heute morgen an den Abstieg gemacht hatten. Wann war das gewesen – bevor oder nachdem sie am Bachesrand gelegen hatten? Die Sorge bedrückte ihn, doch er tat sie ab – wir waren beide ganz schön verrückt, wir hätten *alles* mögliche tun können und wären uns dessen nicht einmal mehr bewußt. Er empfand eine beträchtliche Erleichterung, als er ihre Bündel im Innern des Zeltes ordentlich aufgestapelt sah ... *Gott, wir haben Glück gehabt ... wir hätten alle unsere Aufzeichnungen und Berechnungen verlieren können ...*

»Soll ich uns etwas zu Essen machen, bevor du schläfst?«

Sie schüttelte den Kopf. »Ich könnte keinen Bissen hinunterbringen. Ich fühle mich, als wäre ich schlafgewandelt! Was ist mit uns geschehen, Rafe?«

»Keine Ahnung.« Er verspürte eine unerklärliche Schüchternheit ihr gegenüber. »Hast du im Wald irgend etwas gegessen – Obst, irgend etwas?«

»Nein. Ich erinnere mich noch daran, daß ich das tun wollte ... es hat so verlockend ausgesehen, aber dann, in letzter Minute ... habe ich doch von dem Wasser getrunken.«

»Vergiß es. Wasser ist und bleibt Wasser, und Judy hat es getestet – das fällt also weg.«

»Nun, irgend etwas muß es gewesen sein«, sagte sie energisch.

»Das bestreite ich ja auch gar nicht. Wir müssen auch darüber reden – aber nicht heute nacht ... bitte. Wir könnten es stundenlang durchkauen und einer Antwort trotzdem nicht näher sein.« Er löschte das Licht. »Versuch zu schlafen. Wir haben bereits einen ganzen Tag verloren.«

In die Dunkelheit hinein sagte Camilla. »Hoffen wir also, daß sich Heather mit dem Schneesturm geirrt hat.«

MacAran antwortete nicht. Er dachte: Hat sie *Schneesturm* gesagt oder nur *schlechtes Wetter*? Konnte das verrückte Wetter etwas mit dem zu tun haben, was geschehen war? Er hatte wieder das unheimliche Gefühl, einer Antwort ganz nahe zu sein, doch er war schrecklich müde – sie entglitt ihm, und noch während er danach tastete, schlief er ein.

5

Sie fanden Marco Zabal nach einer Stunde vergeblichen Suchens und Rufens in den Wäldern; friedlich und der Länge nach ausgestreckt, lag er vor dem grauweißen Stamm eines unbekannten Baumes. Der Schnee hatte ihn sanft in ein Leichentuch von einem Viertelzoll Dicke gehüllt, und an seiner Seite kniete Judith Lovat, so weiß und regungslos in den vom Himmel wehenden Flocken, daß man zuerst voller Bestürzung meinte, auch sie sei gestorben.

Dann bewegte sie sich und sah verwirrt zu ihnen auf, und Heather kniete sich neben sie, wickelte eine Decke um ihre Schultern und versuchte mit sanften Worten ihre Aufmerksamkeit zu gewinnen. Doch sie sprach kein Wort – auch dann nicht, als MacLeod und Ewen Marco zum Zelt zurücktrugen. Heather mußte die ältere Frau führen; es kam ihr so vor, als sei sie mit Drogen betäubt, als befände sie sich in Trance.

Als die kleine düstere Prozession durch den wirbelnden Schnee ging, fühlte Heather ... glaubte sie unvermittelt, die Gedanken der anderen in ihrem Bewußtsein tanzen fühlen zu können – Ewens nachtschwarze Verzweiflung ... *Was bin ich für ein Arzt ... liege im Gras und albere herum, während mein Patient wie rasend in den Wald davonläuft und stirbt* ... Und MacLeods eigenartige Verwirrung verstrickte sich mit ihrer eigenen Phantasie, einer alten Geschichte vom Elfenvolk, die sie in ihrer Kindheit gehört hatte: *Niemals sollte der Held eine Frau zur Gemahlin haben, weder aus Fleisch noch aus Blut, noch aus dem Volk der Elfen, und so schufen sie für ihn eine Frau aus Blumen ... Diese Frau aus Blumen war ich ...*

Im Innern des Zeltes sank Ewen nieder, blickt starr geradeaus und bewegte sich nicht mehr. Doch Heather, verzweifelt besorgt wegen Judys fortwährender Starre, ging zu ihm und schüttelte ihn.

»Ewen! Marco ist tot, es gibt nichts, was du jetzt noch für ihn tun könntest ... aber Judy lebt. Versuch ihr zu helfen – versuch, ob du sie irgendwie aufwecken kannst!«

Schleppend, müde ... *seine Gedanken sehen aus wie eine ihn umhüllende schwarze Wolke,* dachte Heather und fröstelte. Doch Ewen beugte sich über Judith Lovat und überprüfte ihren Puls und ihren Herzschlag. Mit einer kleinen Lampe leuchtete er ihr in die Augen, dann sagte er ruhig: »Judy, hast du Marcos Körper so hingelegt, wie wir ihn gefunden haben?«

»Nein«, hauchte sie. »Nicht ich. Es war die Schöne, die Schöne.

Zuerst habe ich gedacht, es sei eine Frau, eine Vogelfrau, und sie sang, und ihre Augen ... ihre Augen ...«

Verzweifelt wandte sich Ewen ab. »Sie phantasiert noch immer«, sagte er knapp. »Mach ihr etwas zu essen, Heather, und sorge dafür, daß sie es zu sich nimmt. Wir alle haben eine Mahlzeit nötig – und zwar eine große. Ich nehme an, daß primär ein niedriger Blutzuckerspiegel für unseren momentanen Zustand verantwortlich ist ...«

MacLeod ließ ein schiefes Lächeln sehen. »Ich habe einmal von einer Schmuggeldosis Alpha-Freudensaft gekostet«, sagte er. »Danach habe ich mich ungefähr so gefühlt wie heute. Was ist überhaupt mit uns passiert, Ewen? Du bist der Arzt – sag es uns.«

»So Gott mein Zeuge ist – ich weiß es nicht«, versetzte Ewen. »Zuerst habe ich geglaubt, es wären die Früchte, aber wir haben sie erst *hinterher* gegessen. Das Wasser haben wir alle schon seit drei Tagen getrunken und keinen Schaden genommen. Und von dem Obst haben weder Judy noch Marco gekostet.«

Heather drückte eine Schüssel mit heißer Suppe in seine Hand, kniete sich dann neben Judith nieder und träufelte abwechseld Suppe zwischen ihre Lippen und aß selbst ein paar Löffel davon. MacLeod sagte: »Ich habe keine Ahnung, was zuerst geschehen ist. Es kam mir so vor wie ... Ich bin mir nicht sicher. Plötzlich war da etwas ... wie ein kalter Wind, der durch meine Knochen wehte und mich durchrüttelte – der mich irgendwie *frei* schüttelte. Das war der Augenblick, in dem ich wußte, daß man die Früchte gefahrlos essen kann ... der Augenblick, in dem ich die erste Frucht gegessen habe ...«

»Tolldreist«, kommentierte Ewen, aber MacLeod wußte – wußte noch immer mit diesem *Offensein* – daß der junge Arzt allein seine eigene Unterlassung verfluchte. Er sagte: »Warum? Die Früchte *waren* gut, sonst wären wir jetzt alle krank.«

»Ich werde das Gefühl nicht los«, sagte Heather zögernd, »daß es etwas mit dem Wetter zu tun hatte. Mit einer Veränderung.«

»Ein psychedelischer Wind«, spottete Ewen, »ein Geisterwind, der uns vorübergehend alle wahnsinnig gemacht hat.«

»Es sind schon seltsamere Dinge vorgekommen«, beharrte Heather und bugsierte geschickt einen weiteren Löffel Suppe in Judys schlaffen Mund. Die ältere Frau blinzelte benommen und flüsterte: »Heather? Wie bin ich hierhergekommen?«

»Wir haben dich geholt, Liebes. Bald geht es dir wieder besser.«

»Marco . . . ich habe Marco gesehen . . .«

»Er ist tot«, sagte Ewen sanft, »er ist in den Wald gelaufen, als wir alle verrückt geworden sind . . . Ich habe ihn nicht einmal gesehen. Sein Herz . . . er muß sich überanstrengt haben . . . Ich habe ihn gewarnt – er sollte sich nicht einmal aufsetzen.«

»Also *war* es sein Herz? Bist du sicher?«

»So sicher, wie ich ohne Autopsie nur sein kann, ja«, bestätigte Ewen. Er schluckte den letzten Löffel Suppe. Sein Verstand klärte sich, doch die Schuld lastete nach wie vor auf ihm. Er wußte: Er würde nie wieder völlig frei davon sein. »Paßt auf, wir müssen unsere Eindrücke austauschen, solange wir dieses Erlebnis noch frisch im Gedächtnis haben. Es muß einen gemeinsamen Faktor geben, etwas, das wir alle getan haben. Gegessen oder getrunken . . .«

»Oder eingeatmet«, sagte Heather. »Es muß etwas in der Luft gewesen sein, Ewen. Nur wir drei haben die Früchte gegessen. Du hast nichts gegessen, oder, Judy?«

»Doch, einen von den grau-weißen Rinden-Pilzen . . .«

»Aber den haben *wir* nicht angerührt«, sagte Ewen. »Nur MacLeod. Wir drei haben die Früchte gegessen, Marco und Judy jedoch nicht. MacLeod hat etwas von dem grauen Pilzschwamm gekostet, aber von uns keiner. Judy hat an den Blumen geschnuppert, und MacLeod hat sie berührt, aber das haben weder Heather noch ich getan . . . erst hinterher. Wir drei haben im Gras gelegen . . .« Er sah Heather erröten, fuhr jedoch fort: ». . . und wir haben beide mit ihr geschlafen – und alle drei hatten wir Halluzinationen . . . Da Marco aufgestanden und in den Wald gerannt ist, bleibt nur ein Schluß: Auch er muß Halluzinationen gehabt haben. Wie hat es bei dir angefangen, Judy?«

»Ich weiß es nicht mehr«, murmelte sie. »Ich weiß nur noch – die Blumen haben heller geleuchtet, der Himmel sah aus, als würde er aufbrechen . . . alles war plötzlich wie ein Regenbogen. Regenbogen und Prismen. Dann habe ich den Gesang gehört: Es müssen Vögel gewesen sein, aber dessen bin ich mir nicht so sicher. Ich ging dorthin, wo die Schatten waren, und sie waren alle purpurfarben, lila-purpurn und blau. Dann ist *er* gekommen . . .«

»Marco?«

Sie schüttelte den Kopf. »Nein. Er war sehr groß und hatte silbernes Haar . . .«

Ewen sagte mitleidig: »Judy, du hast halluziniert. Ich habe geglaubt, Heather sei aus Blumen gemacht.«

»Die vier Monde – ich konnte sie sehen, obgleich hellichter Tag war«, sagte Judy. »Er hat nichts gesagt, aber ich konnte ihn *denken* hören.«

»*Diese* Täuschung scheinen alle gehabt zu haben«, sagte MacLeod. »Wenn es eine Täuschung war.«

»Das war es bestimmt«, meinte Ewen. »Wir haben hier keine Spur von irgendeiner anderen Form intelligenten Lebens gefunden. Vergiß es, Judy«, setzte er sanft hinzu. »Schlaf jetzt. Wenn wir alle zum Schiff zurückkommen . . . ja, dort wird es dann wohl eine Untersuchung geben müssen.«

Vernachlässigung, Pflichtverletzung . . . und das ist noch das Geringste, was man mir wird vorhalten können. Und ich . . . kann ich auf vorübergehenden Wahnsinn plädieren?

Er sah zu, wie Heather Judy in ihren Schlafsack bettete. Als die ältere Frau schließlich eingeschlafen war, sagte er müde: »Wir sollten Marco begraben. Ich mache es ungern ohne Autopsie, aber die einzige Alternative wäre, ihn zum Schiff zurückzutragen.«

»Wir werden verdammt idiotisch dastehen, wenn wir behaupten, wir seien alle gleichzeitig verrückt geworden«, gab MacLeod zu Bedenken. Er sah Heather und Ewen nicht an, als er ziemlich verzagt hinzufügte: »Ich komme mir wie ein scheußlicher Dummkopf vor . . . Gruppensex hat mich noch nie sonderlich gereizt . . .«

»Wir alle werden einander verzeihen müssen – und das Ganze vergessen«, erklärte Heather bestimmt. »Es ist einfach passiert, das ist alles. Und nach all dem, was wir bisher erlebt haben . . . könnte es da nicht sein, daß es auch ihnen passiert ist . . .« Sie hielt inne, von einem ungeheuerlichen Schrecken gelähmt. »Stellt euch vor, so etwas passiert *zweihundert Leuten* . . .«

»Daran darf man gar nicht denken«, sagte MacLeod mit einem Schaudern.

Ewen erklärte, Massenwahn sei nichts Neues. »Ganze Dörfer. Der tanzende Wahn im Mittelalter. Und Anfälle von Kornstaupe – von zu Brot gebackenem verdorbenem Roggen.«

Heather sagte: »Andererseits . . . ich glaube nicht, daß diese Geheimnisvolle, was immer es auch gewesen sein mag, weit genug den Berg hinuntergekommen ist.«

»Noch eine von deinen Ahnungen, nehme ich an«, brummte Ewen, allerdings nicht unfreundlich. »So weit, so gut. Ich glaube, wir alle stehen noch viel zu sehr unter dem Eindruck des Geschehenen. Hören wir auf, ohne Fakten herumzutheoretisieren, und warten wir, bis wir ein paar Fakten *haben*.«

»Eignet sich dies als Faktum?« wollte Judy wissen und setzte sich abrupt auf. Sie alle hatten geglaubt, sie würde schlafen. Jetzt hantierte sie am zerrissenen Kragen ihres Hemdes herum und zog etwas in Blätter Gehülltes daraus hervor. »Dies . . . oder diese.« Sie reichte Ewen einen kleinen blauen Stein, der wie ein Sternsaphier aussah.

»Schön«, sagte er gedehnt. »Aber du hast ihn im Wald gefunden . . .«

»Das stimmt«, gab sie zu. »Dies hier habe ich ebenfalls gefunden.«

Sie hielt es ihm entgegen, und für einen Augenblick trauten die anderen, die sich herandrängten, buchstäblich ihren Augen nicht mehr.

Es war weniger als sechs Zoll lang. Der Griff war aus einem zurechtgeschliffenen Knochen gefertigt, zierlich, jedoch ohne jede Verzierung. Was den Rest betraf, so stand außer Frage, was es war.

Es war ein kleines Feuersteinmesser.

6

In den zehn Tagen, in denen der Erkundungstrupp unterwegs gewesen war, schien die Lichtung gewachsen zu sein. Zwei oder drei weitere kleine Gebäude waren rings um das Schiff herum entstanden, auf der einen Seite der Lichtung war eine umzäunte Fläche gepflügt worden, und ein kleines Schild verkündete: LANDWIRTSCHAFTLICHES TESTGEBIET.

»Das müßte unserem leiblichen Wohl zugute kommen«, sagte MacLeod. Judith gab keine Antwort, und Ewen beobachtete sie eindringlich. Sie war seltsam apathisch seit Jenem Tag – so nannten sie ihn alle in Gedanken –, und er machte sich ihretwegen schreckliche Sorgen. Er war kein Psychologe, aber er wußte, daß mit ihr irgend etwas ernsthaft nicht stimmte. *Verdammt, ich habe alles falsch gemacht. Ich bin daran schuld, daß Marco gestorben ist, und ich war nicht in der Lage, Judy in die Wirklichkeit zurückzuholen.*

Sie betraten das Lager fast unbemerkt, und für einen Moment empfand MacAran einen scharfen Stich der Besorgnis. Wo waren sie alle? Waren sie an jenem Tag alle Amok gelaufen, hatte der

Wahnsinn auch hier unten die Menschen gepackt? Als er und Camilla in das Hang-Lager zurückgekehrt waren und dort Heather und Ewen und MacLeod vorfanden, wie sie sich noch immer heiser redeten in ihrem Versuch, eine Erklärung zu finden, war dies ein schlimmer Moment gewesen. Wenn auf diesem Planeten der Wahnsinn lauerte, bereit, sie alle zu ergreifen, wie konnten sie dann überleben? Und ... welche schlimmeren Dinge lagen hier noch auf der Lauer? Als MacAran jetzt auf der verlassenen Lichtung umherschaute, verspürte er abermals den scharfen Stich der Furcht; dann sah er eine kleine Personengruppe in Medo-Uniform aus dem Lazarett-Zelt kommen, und weiter im Hintergrund stieg eine Mannschaft ins Schiff hinauf. Er entspannte sich – alles *sah* normal aus.

Aber andererseits – wir sehen auch normal aus ...

»Was machen wir zuerst«, fragte er. »Melden wir uns direkt beim Captain?«

»Ich zumindest sollte das tun«, meinte Camilla. Sie sah dünner aus, fast ausgezehrt. MacAran wollte ihre Hand ergreifen und sie trösten, obwohl ... er war nicht sicher, weswegen. Seit sie sich auf dem Berghang in den Armen gelegen hatten, verspürte er einen intensiven, nagenden Hunger nach ihr, einen fast irrsinnigen Beschützerinstinkt, doch sie hatte sich in jeder Hinsicht von ihm abgewandt und sich in ihre gewohnte konsequente Selbstgenügsamkeit zurückgezogen. MacAran fühlte sich verletzt und aufgebracht und irgendwie verloren. Er wagte nicht, sie zu berühren, und das machte ihn gereizt.

»Ich rechne damit, daß er uns alle sehen will«, sagte er. »Wir haben Marcos Tod zu melden und wo wir ihn begraben haben. Und wir haben eine Menge Informationen für ihn. Ganz zu schweigen von dem Feuersteinmesser.«

»Ja. Wenn dieser Planet tatsächlich bewohnt ist, schafft dies ein weiteres Problem«, brummte MacLeod, aber er führte es nicht weiter aus.

Captain Leicester hielt sich mit einer Mannschaft im Schiff auf, doch ein draußen postierter Offizier teilte der Gruppe mit, er habe Anordnung gegeben, sofort gerufen zu werden, wenn sie zurückkehrten, und so schickte der Mann nach ihm. Sie warteten in der kleinen Kuppel, und keiner von ihnen wußte, was er sagen sollte.

Captain Leicester trat in die Kuppel. Er wirkte auf eigenartige Weise älter, sein Gesicht war von neuen Furchen durchzogen. Camilla erhob sich, als er hereinkam, doch er bedeutete ihr, sich wieder zu setzen.

»Vergessen Sie das Protokoll, Leutnant«, sagte er freundlich. »Sie sehen alle müde aus. War der Marsch anstrengend? Ich sehe, daß Dr. Zabal nicht bei ihnen ist.«

»Er ist tot, Sir«, informierte Ewen ruhig. »Er ist am Biß giftiger Insekten gestorben. Ich werde später einen vollständigen Bericht erstatten.«

»Geben Sie ihn dem Medo-Chef«, sagte der Captain. »Ich bin ohnehin nicht qualifiziert genug, ihn zu verstehen. Die anderen können ihre Berichte auf der nächsten Versammlung abgeben ... heute abend, nehme ich an. Mr. MacAran, haben Sie die Ergebnisse erhalten, die Sie sich erhofft haben?«

MacAran nickte. »Ja. Nach unseren Berechnungen ist dieser Planet ein wenig größer als die Erde, was bei der vorherrschenden geringeren Schwerkraft bedeutet, daß seine Masse ebenfalls ein wenig geringer sein muß. Sir, das kann ich alles später erörtern; im Moment brennt mir eine Frage auf der Zunge. Ist hier etwas Ungewöhnliches vorgefallen, während wir fort waren?«

Das faltige Gesicht des Captains furchte sich ungehalten. »Wie meinen Sie das – Ungewöhnliches? Dieser ganze Planet ist ungewöhnlich, und nichts, was hier geschieht, kann Routine genannt werden.«

Ewen sagte: »Wir meinen etwas ganz Spezielles ... eine Art Krankheit oder ... Massenwahn, Sir.«

Leicester runzelte die Stirn. »Ich habe keine Ahnung, wovon Sie reden«, sagte er. »Nein, aus der Medizin liegen keine Krankheitsmeldungen vor.«

»Dr. Ross spielt darauf an, daß wir alle einen Anfall von ... Delirium hatten«, teilte MacAran mit. »Es geschah am Tag nach der zweiten Nacht ohne Regen. Es war weit genug verbreitet, um Camilla – Leutnant Del Rey – und mich auf den Höhen zu erwischen ... und die andere Gruppe, fast sechstausend Fuß weiter hangabwärts, ebenfalls. Wir haben uns alle ... nun, unverantwortlich verhalten, Sir.«

»Unverantwortlich?« Er blickte finster drein, starrte sie durchdringend an.

»Unverantwortlich.« Ewen erwiderte den Blick des Captains, die Fäuste geballt. »Dr. Zabal hat sich erholt ... Wir sind in den Wald gelaufen und haben ihn allein gelassen, so daß er im Delirium aufstehen und allein davonlaufen konnte ... Er hat sich überanstrengt ... sein Herz ... deshalb ist er gestorben. Unser Urteilsvermögen war eingeschränkt. Wir haben nichtgetestete Früchte und Pilzschwämme gegessen. Es gab zahlreiche ... Wahnvorstellungen.«

Judith Lovat sagte mit fester Stimme: »Es waren nicht nur Wahnvorstellungen.«

Ewen blickte sie an und schüttelte den Kopf. »Meiner Meinung nach befindet sich Dr. Lovat nicht in urteilsfähigem Zustand, Sir. Wie auch immer – wir alle waren der Meinung, die Gedanken der anderen lesen zu können.«

Der Captain machte einen langen gequälten Atemzug. »Das wird die Mediziner beschäftigen müssen. Nein, so etwas hatten wir hier nicht. Ich schlage vor, sie alle geben ihre Berichte bei ihren jeweiligen Vorgesetzten ab oder schreiben sie auf und legen sie bei der Versammlung heute abend vor. Leutnant Del Rey, Ihren Bericht möchte ich selbst haben. Wir anderen sehen uns später.«

»Noch etwas, Sir«, sagte MacAran. »Dieser Planet ist bewohnt.« Er zog das Feuersteinmesser aus seinem Bündel und reichte es dem Captain. Doch der würdigte es kaum eines Blickes. Er sagte: »Bringen Sie es Major Frazer – er ist der Stabs-Anthropologe. Sagen Sie ihm, daß ich bis heute abend einen Bericht haben will. Wenn Sie mich nun bitte entschuldigen würden ...«

Natürlich fiel MacAran die eigenartige Plattheit des abrupten Themenwechsels auf. Sie ließen den Captain und Camilla allein. Während er im Lager nach dem Anthropologen Frazer suchte, identifizierte er das eigenartige Gefühl in sich langsam als Eifersucht. Wie konnte er es mit Captain Leicester aufnehmen? Oh, das war Unsinn, der Captain war alt genug, um Camillas Vater sein zu können. Glaubte er wirklich, Camilla sei in den Captain verliebt?

Nein. Aber sie ist emotionell völlig auf ihn festgelegt, und das ist schlimmer.

Wenn er durch die ausbleibende Reaktion des Captains auf das Messer enttäuscht worden war – die Reaktion Major Frazers ließ nichts zu wünschen übrig.

»Seit wir gelandet sind, habe ich mir immer wieder gesagt: Diese Welt ist bewohnt«, erklärte er, während er das Messer drehte und wendete. »Und das hier ist der Beweis dafür, daß sie bewohnt ist – und zwar von intelligenten Lebewesen!«

»Humanoid?« fragte MacAran, und Frazer zuckte mit den

Schultern. »Woher sollen wir das wissen? Von drei oder vier anderen Planeten sind ebenfalls intelligente Lebensformen gemeldet worden – eine affenartige, eine katzenartige und drei nicht klassifizierbare ... Die Xenobiologie ist nicht gerade meine Spezialität. Ein Gebrauchsgegenstand sagt uns so gut wie nichts – wie viele Möglichkeiten gibt es schon, ein Messer zu gestalten? Aber es paßt recht gut in eine menschliche Hand, auch wenn es ein wenig klein ist.«

Die Mahlzeiten für Mannschaft und Passagiere wurden in einem großen Areal serviert, und als MacAran dorthin unterwegs war, um sein Mittagessen einzunehmen, hoffte er, Camilla zu sehen. Sie kam erst spät und ging geradewegs zu einer Gruppe anderer Mannschaftsmitglieder. MacAran begegnete ihrem Blick und hatte das deutliche Gefühl, daß sie ihm auswich. Während er verdrießlich seinen Teller leerte, kam Ewen zu ihm.

»Rafe, wenn du nichts anderes zu tun hast, will man uns alle auf einer medizinischen Versammlung dabeihaben. Sie wollen analysieren, was mit uns geschehen ist.«

»Glaubst du wirklich, das wird etwas nützen, Ewen? Wir haben doch schon alles durchgesprochen ...«

Ewen zuckte mit den Schultern. »Mir steht es nicht zu, nach dem Sinn zu fragen«, sagte er. »Du unterstehst der Autorität des medizinischen Stabes natürlich nicht, aber dennoch ...«

MacAran fragte: »Sind sie wegen Zabals Tod sehr hart mit dir umgesprungen?«

»Eigentlich nicht. Und Heather und Judy haben bezeugt, daß wir alle nicht mehr Herr unserer Sinne waren. Aber sie wollen deinen Bericht hören und alles, was du ihnen über Camilla sagen kannst.«

MacAran zuckte mit den Schultern und ging mit ihm.

Die Medo-Versammlung wurde in einem Bereich des Lazarettzeltes abgehalten, der momentan halb leer war – die ernsthafter Verletzten waren gestorben, die weniger schwer Verletzten waren wieder dienstfähig geschrieben. Vier qualifizierte Ärzte, ein halbes Dutzend Krankenschwestern und einige Wissenschaftler lauschten den Berichten, die sie abgaben.

Nachdem ihnen der oberste Stabsarzt-Offzier, ein würdevoller weißhaariger Mann namens Di Asturien, aufmerksam zugehört hatte, sagte er langsam: »Das hört sich ganz nach einer durch die Luft übertragenen Infektion an. Möglicherweise ein Virus.«

»Aber unsere Luftproben haben nichts dergleichen ergeben«, wandte MacLeod ein, »und die Wirkung erinnerte mehr an diejenige einer Droge.«

»Eine in der Luft befindlichen Droge? Das scheint mir doch recht unwahrscheinlich«, meinte Di Asturien, »obwohl der aphrodisiakische Effekt beträchtlich gewesen zu sein scheint. Gehe ich recht in der Annahme, daß sie alle eine sexuelle Stimulierungswirkung wahrgenommen haben?«

»Das habe ich bereits erwähnt, Sir«, antwortete Ewen. »Es schien auf uns alle drei einzuwirken – auf Miß Stuart, Dr. MacLeod und mich. Meines Wissens nach hatte es auf Dr. Zabal keine derartige Auswirkung, aber er befand sich in todgeweihtem Zustand.«

»Mr. MacAran?«

Er fühlte sich aus einem eigenartigen Grund verlegen, doch als er Di Asturiens kühlen, allein wissenschaftlich interessierten Blick sah, sagte er: »Ja, Sir. Das kann Ihnen auch Leutnant Del Rey bestätigen, wenn Sie möchten.«

»Hmm. Wenn ich das richtig verstehe, Dr. Ross, dann sind Sie und Miß Stuart gegenwärtig ohnehin ein Paar, somit können wir dies vielleicht unberücksichtigt lassen. Aber Sie, Mr. MacAran, und der Leutnant . . .«

»Ich bin an ihr interessiert«, sagte er ruhig. »Aber soviel ich weiß, steht sie mir völlig gleichgültig gegenüber. Sogar feindselig. Außer unter dem Einfluß von . . . von dem, was immer uns befallen hat.« Er sah der Sache also ins Gesicht. Camilla hatte sich ihm nicht zugewandt, wie sich eine Frau einem Mann zuwendet, der ihr etwas bedeutete. Sie war einfach nur von dem Virus befallen gewesen oder hatte unter dem Einfluß der Droge gestanden . . . dieses eigenartigen Gifts, das sie alle verrückt gemacht hatte. Was für ihn Liebe gewesen war, das war für sie nur Wahnsinn – und jetzt ärgerte sie sich darüber.

Zu seiner ungeheuren Erleichterung verfolgte der Medo-Chef dieses Thema nicht weiter. »Dr. Lovat?«

Judy sah nicht auf. »Ich kann mich nicht dazu äußern«, erklärte sie. »Ich kann mich an nichts erinnern. Alles, was ich in Erinnerung zu haben glaube, kann genausogut perfekte Illusion sein.«

Di Asturien sagte: »Ich wünschte, Sie würden mit uns zusammenarbeiten, Dr. Lovat.«

»Ich möchte lieber schweigen.« Judy fuhr fort, an der Kleidung über ihrem Schoß herumzufingern, und keine Überredungskunst konnte sie zwingen, noch etwas zu sagen.

»In etwa einer Woche werden wir sie alle drei auf eine mögliche Schwangerschaft hin untersuchen müssen.«

»Warum sollte das notwendig sein?« fragte Heather. »Ich zumindest lasse mir regelmäßig Anti-Injektionen geben. Was Camilla betrifft, so bin ich mir nicht sicher, aber ich weiß, daß es die Bordvorschriften für jede Frau zwischen zwanzig und fünfundvierzig verlangen.«

Di Asturien sah verwirrt aus. »Das stimmt«, gab er zu, »aber da gibt es etwas sehr Eigenartiges ... Wir haben es auf unserer gestrigen Medo-Versammlung entdeckt. Sagen Sie es ihnen, Schwester Raimondi.«

Margäret Raimondi sagte: »Ich bin für die Statistik und die Ausgabe von Verhütungsmitteln und sanitären Artikeln an alle Frauen im Menstruationsalter verantwortlich – sowohl Mannschaft als auch Passagiere. Sie alle kennen die strenge Vorschrift: Alle zwei Wochen, zur Zeit der Menstruation und in der Mitte der Zeit dazwischen hat sich eine jede Frau zu melden und sich entweder eine einzelne Hormon-Injektion geben zu lassen, oder, in einigen Fällen, auch einen Pflasterstreifen abzuholen, der kleine Hormon-Mengen direkt in die Blutbahn dringen läßt, was die Ovulation unterbindet. Es gibt eine Gesamtheit von einhundertneunzehn überlebenden Frauen in der betreffenden Altersgruppe, was bei einem durchschnittlichen normalen Zyklus von dreißig Tagen bedeutet, daß sich pro Tag ungefähr vier Frauen melden müßten – entweder hinsichtlich der Mestruationsartikel oder aber der entsprechenden Injektion oder des Pflasters, welches vier Tage nach Einsetzen der Menstruation Verwendung finden sollte. Seit dem Absturz sind zehn Tage vergangen, was bedeutet: Ungefähr zwei Drittel der Frauen hätte sich aus dem einen oder anderen Grund bei mir melden müssen. Sagen wir: vierzig.«

»Und das war nicht der Fall«, übernahm Dr. Di Asturien wieder. »Wie viele Frauen haben sich seit dem Absturz gemeldet?«

»Neun«, sagte die Schwester Raimondi grimmig. »*Neun*. Das bedeutet, daß auf diesem Planeten bei zwei Drittel aller in Frage kommenden Frauen der Bio-Rhythmus unterbrochen worden ist – entweder durch die Veränderung der Schwerkraftverhältnisse oder durch einen Hormonzerfall. Und weil das Standard-Verhütungsmittel, das wir verwenden, völlig mit dem biologischen Zyklus gekoppelt ist, haben wir nunmehr keine Möglichkeit zu sagen, ob es wirksam ist oder nicht.«

Man brauchte MacAran nicht zu erklären, wie ernst diese Angelegenheit war. Eine Schwangerschaftsflut konnte emotionell wirklich zersetzend sein. Säuglinge – oder auch Kleinkinder – konnten einen interstellaren Überlichtflug nicht verkraften, und seit der allgemeinen Anerkennung verläßlicher Verhütungsmittel und der Bevölkerungsgesetze auf der überbevölkerten Erde hatte eine wahre Flut an Emotionen jede Abtreibung völlig undenkbar werden lassen. Ungewollte Kinder wurden einfach gar nicht erst empfangen. Aber würde es hier eine Alternative geben?

»Natürlich«, sagte Dr. Di Asturien, »sind die Frauen auf neuen Planeten oft für mehrere Monate steril, größtenteils wegen der Veränderungen in der Luft und der Gravitation ... Aber darauf können wir nicht hoffen.«

MacAran dachte: *Wenn Camilla schwanger ist – wird sie mich dann hassen?* Der Gedanke daran, daß ihr gemeinsames Kind möglicherweise abgetrieben werden sollte, war beängstigend. Ewen fragte nüchtern: »Was werden wir tun, Doktor? Wir können doch nicht verlangen, daß zweihundert erwachsene Männer und Frauen ein Keuschheitsgelübde ablegen.«

»Zweifellos nicht. Das wäre für die geistige Gesundheit schlimmer als alle anderen Gefahren«, erwiderte Di Asturien. »Aber wir müssen jeden einzelnen warnen – wir müssen den Leuten sagen, daß wir hinsichtlich der Wirksamkeit unseres Empfängnisverhütungsprogrammes nicht mehr sicher sind.«

»Das ist selbstverständlich. Und so schnell wie möglich.«

Di Asturien sagte: »Der Captain hat für heute abend eine Gesamtversammlung einberufen – Mannschaft *und* Kolonisten. Vielleicht kann ich es bei dieser Gelegenheit eröffnen.« Er verzog das Gesicht. »Ich freue mich beileibe nicht darauf. Es wird eine schrecklich unpopuläre Eröffnung werden. Als hätten wir nicht schon genug Sorgen!«

Die Gesamtversammlung wurde im Lazarett-Zelt abgehalten, der einzige Ort, der groß genug war, Mannschaft und Passagiere gleichermaßen aufzunehmen. Am frühen Nachmittag waren die ersten Wolken aufgezogen, und als die Versammlung eröffnet wurde, fiel ein spärlicher, feiner, frostiger Regen, und über den Hügelkämmen waren ferne Blitze zu sehen. Die Mitglieder des Erkundungstrupps saßen vorne, falls sie aufgerufen werden sollten, Bericht zu erstatten, aber Camilla war nicht bei ihnen. Sie kam mit Captain Leicester und den anderen Mannschaftsoffizieren herein, und MacAran registrierte, daß sie alle vorschriftsmäßige Uniformen angelegt hatten. Irgendwie hielt er das für ein schlechtes Zeichen. Warum sollten sie versuchen, auf diese Art und Weise ihre Solidarität und Autorität zu betonen?

Die Mannschafts-Elektriker hatten ein Podium errichtet und ein einfaches Lautsprechersystem für öffentliche Ansprachen zusammengebastelt, damit die leise und ziemlich heisere Stimme des Captains in dem gesamten großen Raum zu hören war.

»Ich habe Sie alle gebeten, heute abend hierherzukommen«, sagte er, »anstatt sich bei Ihren Vorgesetzten zu melden, weil in einer Gruppe von dieser Größe entgegen jeder Vorsichtsmaßnahme Gerüchte in Gang und auch außer Kontrolle geraten können. Zuerst werde ich Sie über alle vorliegenden guten Nachrichten informieren. Nach unserem besten Wissen und Glauben kann sowohl die Luft wie auch das Wasser dieses Planeten unbegrenzt und ohne jeden gesundheitlichen Schaden genossen werden, und der Boden wird sehr wahrscheinlich eine unserem Metabolismus entsprechende Ernte hervorbringen, so daß wir während des Zeitraums, den wir hierzubleiben gezwungen sind, unseren Nahrungsvorrat ergänzen können. Jetzt allerdings muß ich Ihnen die Nachrichten mitteilen, die weniger gut sind. Der Schaden an den Antriebseinheiten und Computern des Schiffes ist weit größer als wir ursprünglich angenommen haben, und es besteht keine Möglichkeit, sofortige oder schnelle Reparaturen durchzuführen.«

Er machte eine Pause, und ein Klang entsetzter und ängstlicher Stimmen erhob sich im Raum. Captain Leicester hob seine Hand.

»Ich behaupte nicht, daß wir jede Hoffnung aufgeben müssen«, erklärte er. »Aber in unserer gegenwärtigen Situation können wir keine Reparaturen durchführen. Dieses Schiff vom Boden abheben zu lassen, erfordert eine weitreichende Veränderung unserer gegenwärtigen Lage, ein gewaltiges Langzeitprojekt, das jedem Mann und jeder Frau in diesem Raum eine totale Kooperationsbereitschaft abverlangt!«

Schweigen – und MacAran grübelte darüber nach, was er damit meinte. Was genau sagte der Captain da? *Konnten* Reparaturen vorgenommen werden oder *nicht*?

»Dies mag sich nach einer widersprüchlichen Erklärung anhören«, fuhr der Captain fort. »Wir haben nicht das Material, um die Reparaturen vornehmen zu können. Allerdings *haben* wir das für die Reparaturen nötige *Wissen*, und wir haben einen unerforschten Planeten zu unserer Verfügung, eine Welt, auf der wir bestimmt die entsprechenden Rohstoffe finden, aus denen die schlußendlich benötigten Materialien hergestellt werden können.«

MacAran runzelte die Stirn, als er sich fragte, wie das gemeint war. Captain Leicester erklärte weiter.

»Viele von euch Leuten, die zu den Kolonien unterwegs waren, haben Fertigkeiten, die dort nützlich sein werden, hier und für uns jedoch von keinem Nutzen sind«, sagte er. »Innerhalb der nächsten beiden Tage werden wir eine Personalabteilung einrichten, die sämtliche vorhandenen Fertigkeiten auflistet. Diejenigen von Ihnen, die sich als Bauern oder Handwerker eintragen, werden der Leitung unserer Wissenschaftler und Ingenieure unterstellt und von ihnen ausgebildet. Ich verlange totale Kooperationsbereitschaft!«

Im Hintergrund des Raumes erhob sich Moray. »Darf ich eine Frage stellen, Captain?«

»Sie dürfen.«

»Behaupten Sie also tatsächlich, die in diesem Raum versammelten zweihundert Personen könnten in fünf oder zehn Jahren eine technologische Kultur entwickeln, die in der Lage ist, ein Sternenschiff zu bauen oder zu reparieren? Wir könnten Metalle entdecken, sie abbauen, sie veredeln, sie maschinell bearbeiten und die notwendigen Maschinen bauen?«

Der Captain sagte gelassen: »Mit der vollen Kooperationsbereitschaft eines jeden einzelnen hier kann dies geschafft werden. Ich schätze, daß es etwa drei bis fünf Jahre dauern wird.«

»Sie sind wahnsinnig«, sagte Moray tonlos. »Sie verlangen von uns, daß wir eine komplette Technologie entwickeln!«

»Was der Mensch einmal vollbracht hat, das kann er abermals vollbringen«, erwiderte Captain Leicester unbeirrt. »Und schließlich will ich sie daran erinnern, Mr. Moray, daß wir keine Alternative haben.«

»Den Teufel haben wir!«

»Sie vergreifen sich im Ton«, sagte der Captain streng. »Bitte nehmen Sie Platz.«

»Nein, verdammt! Wenn Sie wirklich glauben, dies alles sei zu schaffen«, sagte Moray, »dann kann ich nur annehmen, daß sie total übergeschnappt sind. Oder daß der Verstand eines Ingenieurs oder Raumfahrers, verglichen mit dem eines geistig gesunden Menschen, völlig anders arbeitet, was bedeuten würde – es besteht überhaupt keine Möglichkeit der Kommunikation. Sie sagen, das Ganze werde drei bis fünf Jahre dauern. Darf ich Sie respektvoll daran erinnern, daß unser Vorrat an Lebensmitteln und medizinischen Artikeln lediglich für etwa ein Jahr bis achtzehn

Monate reicht? Darf ich Sie auch an das Klima erinnern ... selbst jetzt – da es Sommer wird – ist es rauh und streng, und unsere Unterkünfte sind völlig unzulänglich. Der Winter dürfte auf dieser Welt mit ihrer überstarken Achsenneigung vermutlich ungeheuer brutal sein ... ein Winter, wie ihn noch kein Erdenmensch je erlebt hat.«

»Unterstreicht das nicht die Notwendigkeit, so schnell wie möglich wieder von dieser Welt wegzukommen?«

»Nein, es unterstreicht die Notwendigkeit, verläßliche Nahrungsquellen und Schutz zu finden«, widersprach Moray. »*Dafür* müssen wir unseren vollen Einsatz bringen! Vergessen Sie Ihr Schiff, Captain. Es wird nirgendwo mehr hinfliegen. Nehmen Sie Vernunft an. Wir sind Siedler, keine Wissenschaftler. Wir haben alles, was wir brauchen, um hier zu überleben – um uns hier niederzulassen. Doch wir schaffen es nicht, wenn die Hälfte unserer Energien einem sinnlosen Plan gewidmet wird, wenn alle unsere Reserven darauf verwendet werden, ein hoffnungslos zerstörtes Schiff wiederherzustellen!«

Ein kleiner Aufruhr entstand in der Halle, eine Flut von Schreien, Fragen, Bewegung. Der Captain rief wiederholt zur Ordnung, und schließlich reduzierten sich die Schreie zu dumpfem Gemurmel. Moray verlangte: »Ich fordere eine Abstimmung«, und der Aufruhr erhob sich von neuem.

»Ich weigere mich, Ihren Vorschlag auch nur in Erwägung zu ziehen, Mr. Moray«, sagte der Captain. »Diese Angelegenheit wird nicht zur Abstimmung gelangen. Darf ich Sie daran erinnern, daß ich gegenwärtig den Oberbefehl über dieses Schiff innehabe? Muß ich Ihnen Arrest anordnen?«

»Arrest, verdammt!« zischte Moray höhnisch. »Wir befinden uns nicht mehr im Raum, Captain. Sie stehen nicht mehr auf der Brücke Ihres Schiffes. Sie haben keine Befehlsgewalt mehr über uns, Captain, über keinen einzigen von uns – außer vielleicht über Ihre eigene Mannschaft, falls sie Ihnen noch gehorchen will.«

Leicester stand auf dem Podium, so weiß wie sein Hemd, und seine Augen glitzerten vor Wut. »Ich gebe Ihnen allen zu bedenken, daß MacArans Gruppe, die zur Erkundung ausgeschickt worden ist, Spuren intelligenten Lebens entdeckt hat. Das Expeditionskorps der Erde verfolgt die Grundsatzpolitik, auf bewohnten Planeten keine Kolonien einzurichten. Wenn wir uns hier niederlassen, bedeutet das für die Steinzeitkultur einen Zivilisationsschock!«

Ein weiterer Aufruhr. Moray rief ärgerlich: »Glauben Sie etwa, Ihre Bemühungen, hier eine Technologie für Ihre Reparaturen aus dem Boden zu stampfen, würden etwas anderes bewirken? In Gottes Namen, Sir, wir haben alles, was wir brauchen . . . wir können hier eine Kolonie gründen! Aber wenn wir alle unsere Kräfte auf ihr wahnsinniges Vorhaben konzentrieren, das Schiff zu reparieren, dann ist es zweifelhaft, ob wir überhaupt am Leben bleiben!«

Captain Leicester unternahm eine deutliche Anstrengung, sich zu beherrschen, aber sein Zorn war offensichtlich. Er sagte grob: »Sie schlagen also vor, daß wir dieses Bemühen aufgeben – und wieder in die Barbarei verfallen?«

Moray war plötzlich sehr ernst. Er kam nach vorn, auf das Podium, und blieb neben dem Captain stehen. Seine Stimme war gefaßt; er sprach vernünftig und ruhig.

»Ich hoffe, das wird nicht der Fall sein, Captain. Der Verstand ist es, der den Menschen über die Barbarei erhebt, nicht die Technologie. Vielleicht werden wir ohne eine hochstehende Technologie auskommen müssen, wenigstens für ein paar Generationen, aber das bedeutet schließlich nicht, daß es uns nicht möglich sein sollte, für uns und unsere Kinder eine gute Welt aufzubauen, eine zivilisierte Welt. Es gab Kulturen, die sind über Jahrhunderte hinweg nahezu ohne jede Technologie ausgekommen. Der Glaube, die Kultur des Menschen sei allein die Geschichte seiner Technostrukturen, ist eine Propaganda der Ingenieure, Sir. Er hat weder in der Soziologie eine Grundlage – noch in der Philosophie.«

»An Ihren sozialen Theorien bin ich nicht interessiert, Mr. Moray«, versetzte der Captain grob.

Dr. Di Asturien erhob sich. Er sagte: »Captain – noch eine Sache muß in Betracht gezogen werden. Wir haben heute eine höchst beunruhigende Entdeckung gemacht . . .«

In diesem Augenblick erschütterte ein gewaltiger Donnerschlag das Lazarett-Zelt. Die eilends angeschlossenen Lichter gingen aus. Und vom Eingang her rief einer der Sicherheitsleute:

»Captain! Captain! Die Wälder stehen in Flammen!«

7

Alle bewahrten Ruhe. Captain Leicester brüllte vom Podium herunter: »Sorgen Sie hier drinnen für Licht! Sicherheitsdienst – sorgen Sie für Licht!« Einer der jungen Männer vom Medo-Personal fand eine Handlampe und brachte sie dem Captain, einer der Brückenoffiziere rief: »Alle herhören! Bleiben Sie alle hier, warten Sie auf Ihre Anweisungen – hier besteht keine Gefahr! Montieren Sie so schnell wie möglich neue Lampen!«

MacAran war der Tür nahe genug, um das ferne Lodern gegen die Dunkelheit abgegrenzt zu sehen. Bald darauf wurden Lampen verteilt, und Moray sagte eindringlich vom Podium herunter: »Captain, wir haben genügend Gerätschaften zum Bäumefällen, außerdem mehr als genug Schaufeln und Spitzhacken. Lassen Sie mich einen Trupp befehligen, der rings um das Lager herum eine Feuerschneise zieht.«

»In Ordnung, Mr. Moray! Legen Sie los!« sagte Leicester schroff. »Alle Brückenoffiziere versammeln sich hier. Begeben Sie sich zum Schiff und sichern Sie das brennbare und explosionsgefährdete Material.« Er eilte in die hinteren Bereiche des Zeltes davon. Moray befahl alle körperlich tauglichen Männern auf die Lichtung hinaus und requirierte alle verfügbaren Handlampen, die nicht auf der Brücke in Gebrauch waren. »Sammeln Sie sich zu den Trupps, in denen Sie die Gräben ausgehoben haben«, wies er an. MacAran fand sich in einer Mannschaft mit Pater Valentine und acht Fremden ein; gemeinsam machten sie sich daran, in einem Umkreis von zehn Fuß um die Lichtung alle Bäume zu fällen. Das Feuer war augenblicklich noch ein fernes Tosen auf einem Meilen entfernten Hang, ein roter Widerschein am Himmel, aber die Luft trug den Rauch schon mit sich, eingewoben als seltsam bitterer Beigeschmack.

Neben MacArans Ellenbogen sagte jemand: »Wie können die Bäume bloß nach all diesem Regen Feuer fangen?«

Dies brachte die Erinnerung an etwas zurück, daß Marco Zabal in jener ersten Nacht gesagt hatte: »Die Bäume sind stark verharzt . . . praktisch Zunder. Einige davon können sogar brennen, wenn sie naß sind . . . wir haben mit grünem Holz ein Lagerfeuer gemacht. Ich nehme an, ein Blitz kann zu fast jeder Zeit ein Feuer entfachen.« Wir haben Glück gehabt, dachte er, wir haben draußen, mitten im Wald, gelagert und kein einziges Mal an Feuer oder Feuerschneisen gedacht. »Ich glaube, wir werden um jedes

Lager und um jeden Arbeitsbereich eine ständige Feuerschneise einrichten müssen.«

Pater Valentine sagte: »Das hört sich ganz danach an, als rechneten Sie damit, daß wir eine lange Zeit hierbleiben werden.«

MacAran bückte sich nach seiner Säge. Ohne aufzuschauen sagte er: »Egal auf welcher Seite man steht – auf der des Captains oder auf Morays –, es sieht so aus, als würden wir jahrelang hierbleiben müssen.« Er war momentan zu müde und auch zu verunsichert, um sich darüber klarzuwerden, ob er tatsächlich die eine oder andere Sache bevorzugte, und außerdem stand für ihn fest, daß seine Meinung ohnehin niemanden interessierte. Aber tief in seinem Innersten wußte er: Er würde es bedauern, wenn sie diese Welt jemals wieder verließen.

Pater Valentine berührte seine Schulter. »Ich glaube, der Leutnant sucht Sie.«

Er richtete sich auf und sah Camilla Del Rey herankommen. Sie sah geschwächt und verhärmt aus, ihre Haare waren ungekämmt, ihre Uniform verschmutzt. Er wollte sie in die Arme nehmen, aber statt dessen stand er nur da und starrte sie an – sie und ihr Bemühen, ihm nicht in die Augen zu sehen. »Rafe«, sagte sie. »Der Captain möchte dich sprechen. Du kennst das Gelände besser als irgendein anderer. Glaubst du, wir können das Feuer bekämpfen oder löschen?«

»Nicht im Dunkeln – und nicht ohne schwere Ausrüstung«, sagte MacAran, aber er begleitete sie in das Feldquartier des Captain. Er mußte die Tüchtigkeit bewundern, mit der das Unternehmen Feuerschneise in Angriff genommen worden war; die geringen Mengen an Brandbekämpfungsausrüstung des Schiffes war bereits in das Lazarett geschafft worden. *Der Captain war vernünftig genug, Moray einzuspannen. Die beiden sind wirklich vom gleichen Kaliber – wenn sie nur für die gleichen Ziele zusammenarbeiten würden. Aber im Moment sind sie einfach die unwidestehliche Gewalt und das unbewegliche Opfer.*

Als sie in die Kuppel traten, verwandelte sich der feine Regen in dichte Graupelschauer. Die kleine dunkle Kuppel, in der sich die Menschen drängten, war von einer einzigen Handlampe vage beleuchtet; die Batterie schien bereits schwächer zu werden.

Moray sagte gerade: ». . . unsere Energiequellen lassen bereits nach. Bevor wir irgend etwas anderes tun, Sir, entweder nach Ihrem Willen oder nach dem meinen, müssen ein paar Licht- und Wärmequellen gefunden werden. Wir haben Wind- und Sonnenenergie-Ausrüstungen in den Siedlungs-Materialien, obgleich ich irgendwie bezweifle, daß diese Sonne genügend Licht und Strahlung für einen zufriedenstellenden Ertrag an Solarenergie abgibt. MacAran ...« Er drehte sich um. »Ich nehme an, in den Bergen gibt es Wildbäche? Genügend große, die wir stauen können?«

»Diejenigen, die wir im Verlauf der wenigen Tage gesehen haben, in denen wir in den Bergen unterwegs waren, kommen dafür nicht in Frage«, erwiderte MacAran. »Aber Wind gibt es genügend.«

»Das wird für einen vorübergehenden Notbehelf reichen«, stellte Captain Leicester fest. »MacAran, können Sie abschätzen, wo der Brandherd momentan liegt?«

»Weit genug entfernt, um für uns keine unmittelbare Gefahr darzustellen«, antwortete MacAran. »Trotzdem brauchen wir von jetzt an Feuerschneisen, egal, wohin wir gehen. Aber dieses Feuer bedeutet keine Gefahr, denke ich. Der Regen geht in Schnee über, und ich glaube, das wird es ersticken.«

»Wenn es bei Regen brennen kann ...«

»Schnee ist naß und schwer«, sagte MacAran und wurde von einer Gewehrsalve unterbrochen. »Was ist das?«

»Das Wild ist in Panik ... flieht vor dem Feuer«, erklärte Moray. »Ihre Offiziere schießen uns Proviant. Captain, ich schlage noch einmal vor, die Munition für absolute Notfälle aufzusparen. Selbst auf der Erde hat man das Wild zur Entspannung und mit Pfeil und Bogen erlegt. In der Freizeitabteilung gibt es entsprechende Prototypen, und wir werden sie brauchen, um den Lebensmittelvorrat zu vergrößern.«

»Sie stecken voller Ideen, habe ich recht?« knurrte Leicester, und Moray erwiderte steif: »Captain, Ihre Aufgabe ist es, ein Raumschiff zu führen. Die *meine* jedoch besteht darin, eine lebensfähige Gesellschaft aufzubauen – und zwar mit wirtschaftlichster Verwendung von Rohstoffen.«

Einen Moment lang starrten sich die beiden Männer in dem verlöschenden Licht an, hatten die anderen in der Kuppel vergessen. Camilla hatte sich hinter den Captain geschoben, und es kam MacAran so vor, als wolle sie ihm sowohl moralisch als auch physisch den Rücken stärken. Von draußen waren die unterschiedlichsten Geräusche des Lagers zu hören, und als Hintergrund all dessen das leise Rieseln des Schnees, der auf die Kuppel fiel. Eine kräftige Windbö traf das Gebäude, und ein Schwall eisiger Luft fauchte durch die aufschlagende Tür ins Innere. Camilla rannte los, um sie zu schließen, kämpfte gegen das wilde Schlagen an und wurde zurückgeworfen. Die Tür schwang hektisch vor und zurück, löste sich aus den behelfsmäßigen Angeln und schleuderte das Mädchen zu Boden. MacAran war bereits unterwegs und half ihr auf. Captain Leicester fluchte leise und brüllte nach einem seiner Adjudanten.

Moray hob eine Hand. »Wir brauchen massivere und dauerhaftere Unterkünfte, Captain«, sagte er ruhig. »Diese hier wurden erbaut, um sechs Wochen zu halten. Darf ich also anordnen, die neuen so zu bauen, daß sie für ein paar Jahre halten?«

Captain Leicester blieb stumm, und MacAran schien es fast, als könne er mit dieser neuen und intensiveren Sensitivität hören, was der Captain dachte. War dies ein Fuß in der Tür? Konnte er Morays unbestritten vorhandene Talente benutzen, ohne ihm zuviel Macht über die Kolonisten zu geben – ohne seine eigene Macht zu schmälern? Als er sprach, klang seine Stimme bitter, doch er gab würdevoll nach.

»Sie verstehen sich auf das Überleben, Mr. Moray. Ich bin Wissenschaftler – und Raumfahrer. Ich werde Ihnen die Leitung des Lagers übertragen, auf zeitlich begrenzter Basis. Machen Sie Ihre Prioritätenliste und requierieren Sie, was Sie brauchen.« Er schritt zur Tür, blieb stehen und schaute in den wirbelnden Schnee hinaus. »Darin kann kein Feuer überleben. Rufen Sie die Männer herein, und geben Sie Ihnen etwas zu essen; dann sollen sie mit den Feuerschneisen weitermachen. Jetzt tragen Sie die Verantwortung, Moray – vorläufig.« Sein Rücken war gerade und unbeugsam, doch hörte er sich müde an. Moray verbeugte sich leicht, ohne das geringste Anzeichen von Unterwürfigkeit.

»Glauben Sie nicht, ich würde nachgeben«, warnte Leicester. »Das Schiff wird auf jeden Fall repariert.«

Moray zuckte leicht mit den Schultern. »Mag sein. Aber es kann nur repariert werden, wenn wir lange genug überleben. Einstweilen ist das alles, worüber ich mir Sorgen mache.«

Er beachtete den Captain nicht mehr und wandte sich an Camilla und MacAran.

»MacAran, Ihre Gruppe kennt zumindest einen Teil der Umgebung. Ich möchte, daß mir eine Studie über die lokalen Rohstoffe – einschließlich Nahrungsmittel – vorgelegt wird; Dr. Lovat kann sich darum kümmern. Leutnant Del Rey, Sie sind Navigator, Sie haben Zugang zu den entsprechenden Instrumenten. Können Sie es arrangieren, eine Art Klimastudie anzufertigen, die wir möglicherweise zur Wettervorhersage verwenden könnten?« Er unterbrach sich. »Obwohl ... mitten in der Nacht ist wohl nicht die richtige Zeit dafür. Wir werden morgen loslegen.« Er ging zur Tür, und als er dort seinen Weg durch Captain Leicester versperrt fand, der noch immer in die wirbelnden Schneeflocken hinausstarrte, versuchte er ein- oder zweimal, an ihm vorbeizukommen, und berührte ihn schließlich an der Schulter. Der Captain zuckte zusammen und trat beiseite. Moray sagte: »Als erstes müssen wir jetzt diese armen Teufel aus dem Sturm herausholen. Geben Sie die Anweisungen, Captain, oder soll ich das tun?«

Captain Leicester begegnete seinem Blick ruhig und mit angespannter Feindseligkeit. »Das spielt keine Rolle«, erwiderte er beherrscht. »Es ist mir gleichgültig, wer von uns beiden die Befehle erteilt, aber Gott helfe Ihnen, wenn *Sie* nur auf die Macht aus sind, sie zu geben. Camilla, gehen Sie hinaus, und sagen sie Major Layton, er soll von dem Feuerbekämpfungs-Unternehmen Abstand nehmen und dafür sorgen, daß jeder, der in der Feuerschneis-Kolonne war, vor dem Zubettgehen eine heiße Mahlzeit bekommt.« Das Mädchen zog ihre Kapuze über den Kopf und eilte durch den Schnee davon.

»Sie mögen Ihre Talente haben, Moray«, sagte er, »und soweit es mich betrifft, sind Sie aufgefordert, über die meinen zu verfügen. Doch es gibt im Raumservice ein altes Sprichwort. Jeder, der um der Macht willen intrigiert, verdient es, sie zu bekommen!«

Er verließ die Kuppel, und der Wind brauste herein, und MacAran, der Moray beobachtete, hatte das dunkle Gefühl, daß der Captain irgendwie besser abgeschnitten hatte.

8

Die Tage wurden länger, aber dennoch schien es nie genügend Licht oder genügend Zeit für die Arbeit zu geben, die in der Siedlung getan werden mußten. Drei Tage nach dem Brand waren ausgedehnte Feuerschneisen von dreißig Fuß Breite rings um das Lager herum angelegt, und für Katastrophenfälle waren Feuerwehrtrupps organisiert worden. Ungefähr zu jener Zeit war es, daß MacAran mit einer Kolonistengruppe aufbrach, um die von Moray verlangte Studie zu erstellen. Von der letzten Gruppe begleiteten ihn nur Judith Lovat und MacLeod. Judy war noch immer still und gefaßt, beinahe so, als sei sie stumm. MacAran machte sich ihretwegen Sorgen, doch sie erledigte ihre Arbeit tüchtig und schien ein fast übersinnliches Bewußtsein dafür zu haben, wo man das fand, wonach sie suchten.

Dieser Walderkundungsabstecher blieb zum größten Teil ereignislos. Sie kennzeichneten mögliche Wege zu jenem Tal, in dem sie zum ersten Mal Wildherden gesichtet hatten, schätzten das Ausmaß des Feuerschadens – der eigentlich nicht sehr groß war –, kartographierten die örtlichen Bäche und Flüsse, und MacAran sammelte Gesteinsproben von den umliegenden Höhen, um ihren potentiellen Erzgehalt zu schätzen.

Nur ein größeres Ereignis durchbrach die angenehme Monotonie des Ausfluges. Eines Abends, gegen Sonnenuntergang, bahnten sie sich ihren Weg durch ungewöhnlich dichtes Waldgestrüpp, als MacLeod, ein wenig vor der Hauptgruppe unterwegs, auf der Stelle anhielt, sich umdrehte, einen Finger auf die Lippen legte, um Stille zu gebieten, und nach MacAran winkte.

MacAran ging nach vorn, und Judy huschte auf Zehenspitzen neben ihm her. Sie sah eigenartig erregt aus.

MacLeod zeigte an den dichtstehenden Bäumen entlang nach oben. Zwei riesige Stämme ragten schwindelerregend hoch empor, auf mindestens sechzig Fuß ohne jedes Astwerk, und zwischen ihnen spannte sich eine Brücke. Man konnte es nicht anders nennen, es war eine Brücke aus irgend etwas, das wie geflochtene Weidenruten aussah, kunstvoll und mit Geländern gebaut.

MacLeod flüsterte: »Da haben Sie die Beweise für Ihre Eingeborenen. Können Sie Baumbewohner sein? Ist das der Grund, weshalb wir sie nicht gesehen haben?«

»Psst!« machte Judy energisch. In der Ferne erklang ein leises, schrilles Schnattern; dann erschien auf der Brücke über ihnen ein Wesen.

In diesem Augenblick konnten sie es alle deutlich sehen: Es war etwa fünf Fuß groß, entweder hellhäutig oder mit einem hellen Fell bedeckt, das Brückengeländer wurde unbestreitbar mit Händen umfaßt – keiner von ihnen besaß genügend Geistesgegenwart, die Finger zu zählen –, und es hatte ein flaches, jedoch eigenartig humanoides Gesicht mit einer ebenfalls flachen Nase und roten Augen. Beinahe zehn Sekunden lang klammerte es sich an das Brückengeländer und schaute auf sie herunter, wobei es fast so verblüfft schien, wie sie, dann jagte es mit einem schrillen, vogelähnlichen Schrei über die Brücke, schwang sich in die Bäume hinauf und verschwand.

MacAran stieß einen tiefen Seufzer aus. Diese Welt war also bewohnt, nicht frei und offen für die Menschheit. MacLeod sagte ruhig: »Judy, war das einer von den Burschen, die du neulich gesehen hast? Und was ist mit dem Wesen, das du *die Schöne* genannt hast?«

Judys Gesicht zeigte wieder die eigenartige Verschlossenheit, die nur die Erwähnung jenes Tages hervorrufen konnte. »Nein«, erwiderte sie ruhig, aber sehr bestimmt. »Dies sind nur die Kleinen Brüder, die Kleinen, die nicht weise sind.«

Und nichts konnte sie davon abbringen, und so gaben sie es recht bald auf, sie zu befragen. Aber MacLeod und Major Frazer waren im siebten Himmel.

»Baumbewohnende Humanoiden«, sagte MacLeod. »Nachtlebewesen, ihren Augen nach zu urteilen, wahrscheinlich affenartig, eher Lemuren als Affen. Wie es aussieht, intelligent – sie benutzen Werkzeuge und stellen Gebrauchsgegenstände her. »*Homo arborens*. Menschen, die auf Bäumen leben.«

»Wenn wir hierbleiben müssen«, sagte MacAran zögernd, »wie können auf einem Planeten zwei intelligente Spezies überleben? Bedeutet das nicht unabänderlich einen todbringenden Krieg um die Vorherrschaft?«

Frazer warf ein: »So Gott will, nein. Schließlich existierten auf der Erde für eine lange Zeit vier intelligente Spezies. Die Menschheit – und die Delphine, die Wale und vermutlich auch die Elefanten. Wir waren nur zufällig die einzige *technologische* Spezies. Sie wohnen auf Bäumen, wir auf dem Boden. Kein Konflikt, soweit ich das sehe – jedenfalls kein *notwendiger* Konflikt.«

MacAran war sich dessen nicht so sicher, aber er behielt seine Zweifel für sich.

So friedlich ihr Ausflug verlief – es gab auch unerwartete Gefahrenmomente. In dem Tal mit dem Wild – sie nannten es der Einfachheit halber die Zabal-Ebenen – beschlichen große, katzenartige Raubtiere ihre Beute, und allein die nächtlichen Feuer hielten sie fern. Und auf den Höhen bekam MacAran zum ersten mal die Vögel mit den Banshee-Stimmen zu sehen: Sie waren große, flügellose Tiere mit tödlichen Klauen, die sich mit einer derartigen Geschwindigkeit bewegten, daß nur ein letztes verzweifeltes Zurückgreifen auf die Laserpistole, die sie für eventuelle Notfälle bei sich trugen, Dr. Frazer davor bewahrte, mit einem schrecklichen Hieb ausgeweidet zu werden. MacLeod, der den toten Vogel sezierte, entdeckte, daß er völlig blind war. »Wie findet er seine Beute ... orientiert er sich mit dem Gehör? Oder anders?«

»Ich glaube, er spürt die Körperwärme«, sagte MacAran. »Sie scheinen nur in Schneeregionen zu leben.« Sie tauften die schrecklichen Vögel *Banshees* und mieden daraufhin die Pässe – jedenfalls bei Nacht. Auch einige Erdhügel der skorpionartigen Ameisen, deren Biß Dr. Zabal getötet hatte, entdeckten sie und erörterten, sie zu vergiften. MacLeod jedoch war dagegen, mit der Begründung, diese Ameisen würden eventuell einen wichtigen Teil einer ökologischen Kette darstellen, die nicht zerstört werden durfte. Schließlich kamen sie überein, nur die Erdhügel innerhalb von drei Quadratmeilen rings um das Schiff zu attackieren und jeden vor der Gefährlichkeit dieser winzigen Bestien zu warnen. Es war eine provisorische Maßnahme, aber andererseits war alles nur eine provisorische Maßnahme, was sie auf dieser Welt taten.

»Wenn wir diesen verdammten Ort verlassen«, sagte Dr. Frazer rauh, »werden wir ihn zurücklassen, wie wir ihn vorgefunden haben.«

Als sie nach einer dreiwöchigen Bestandsaufnahme zum Lager zurückkehrten, stellten sie fest, daß bereits zwei dauerhafte Bauten aus Holz und Stein errichtet worden waren: ein großes Gebäude, das sowohl als Freizeiträumlichkeit wie auch als Speisesaal genutzt wurde, sowie eines, in dem die Laboratorien untergebracht waren. Dies war das letzte Mal, daß MacAran die vergehende Zeit in Wochen maß; nach wie vor kannten sie die Länge eines Planetenjahres nicht, aber um der Bequemlichkeit willen und um Dienstzeiten und Arbeitsschichten festlegen zu können, hatten sie einen willkürlichen Zehntageszyklus bestimmt und jeweils den elften Tag zum allgemeinen Feiertag erhoben. Große Gärten waren angelegt worden, und die Saat sproß bereits. In den Wäldern fand ein erstes vorsichtiges Ernten der geprüften Früchte statt. Ein kleiner Windgenerator war behelfsmäßig errichtet worden, aber die Energie war streng rationiert: Zum nächtlichen Gebrauch waren aus dem Harz der Bäume gefertigte Kerzen ausgegeben worden. Einige Leute waren im Lazarett untergebracht, doch die provisorischen Kuppeln beherbergten nach wie vor den Großteil der Schiffbrüchigen. MacAran teilte die Lazarett-Unterkunft mit einem Dutzend anderer alleinstehender Männer.

Am Tag nach seiner Rückkehr bat Ewen ihn und Judy ins Lazarett. »Ihr habt Dr. Di Asturiens Ansprache verpaßt«, sagte er. »Kurzum, unsere hormonellen Verhütungsmittel sind wertlos – bisher keine Schwangerschaften, nur eine sehr zweifelhafte Frühgeburt. Wir haben uns so lange auf Hormone verlassen, daß jetzt niemand mehr sonderlich viel über die prähistorische Art der Verhütung weiß. Wir haben auch keine Einrichtung zur Durchführung von Schwangerschaftstests, da sie auf einem Raumschiff niemand braucht. Und das bedeutet – wenn es *tatsächlich* zu Schwangerschaften kommt, dann können sie, bis sie überhaupt diagnostiziert sind, bereits zu weit fortgeschritten sein, um noch eine sichere Abtreibung vornehmen zu können!«

MacAran lächelte schief. »Du kannst dir deinen Atem sparen, soweit es mich betrifft«, sagte er. »Das einzige Mädchen, das mich augenblicklich interessiert, tut so, als wüßte es nicht einmal, daß ich lebe – oder wünscht zumindest, es wäre so.« Er hatte Camilla seit seiner Rückkehr nicht einmal gesehen.

Ewen sagte: »Judy, was ist mit dir? Ich habe mir deine Medo-Akte angesehen. Du bist in einem Alter, in dem die Empfängnisverhütung nicht mehr verbindlich vorgeschrieben ist, sondern auf freiwilliger Basis stattfindet . . .«

Sie lächelte schwach. »Vermutlich, weil ich in meinem Alter nicht mehr so leicht von Emotionen überrumpelt werden kann. Ich war auf dieser Reise sexuell nicht aktiv – es gibt niemanden, an dem ich interessiert bin, deshalb habe ich mir die Mühe mit den Injektionen erspart.«

»Nun, melde dich trotzdem bei Margaret Raimondi – sie wird dir Notfallinformationen geben . . . nur für alle Fälle. Sex ist eine freiwillige Angelegenheit, aber Information ist obligatorisch. Du kannst es vorziehen, enthaltsam zu leben – aber du solltest zumindest die Möglichkeit haben, frei zu wählen, also geh zu Margaret und hol dir die Informationen.«

Sie begann zu lachen, und MacAran fiel auf, daß er Judith Lovat seit jenem Tag des eigenartigen Wahnsinns nicht mehr hatte lachen sehen. Aber dieses Lachen schien einen hysterischen Unterton zu haben, der ihm Unbehagen bereitete, und er war erleichtert, als sie schließlich sagte: »Oh, wie du meinst. Was kann es schaden?« und ging. Ewen blickte ihr ebenfalls besorgt hinterher.

»Ich bin mit ihrem Zustand nicht sehr zufrieden. Gleichgültig was uns befallen hat – sie scheint die einzige dauernd Betroffene zu sein, und wir haben keinen Psychiater zur Verfügung ... Nun, jedenfalls ist sie in der Lage, ihre Arbeit zu tun – was eine in jeder Hinsicht legale Definition von geistiger Gesundheit ist. Doch ich hoffe, sie steht es durch. War sie auf der zweiten Tour in Ordnung?«

MacAran nickte. Er sagte nachdenklich: »Vielleicht hatte sie ein Erlebnis, von dem sie uns nichts erzählt hat. Es kommt mir so vor, als fühle sie sich hier zu Hause. Etwa in der Art wie MacLeod ... Du hast mir erzählt, er habe gewußt, daß die Früchte zum Essen geeignet waren. Könnte ein emotioneller Schock latente PSI-Kräfte freisetzen?«

Ewen schüttelte den Kopf. »Nur Gott allein weiß das, wir sind viel zu beschäftigt, um das nachzuprüfen. Überhaupt – wie willst du so etwas nachprüfen? Solange sie normal genug sind, um die ihr zugewiesene Arbeit zu tun, kann ich sie nicht belästigen.«

Nachdem MacAran das Lazarett verlassen hatte, schlenderte er durch das Lager. Alles sah friedlich aus, angefangen von der kleinen Werkstatt, in der Farm-Werkzeuge hergestellt wurden, bis hin zum Schiffs-Bereich, aus dem Maschinen abtransportiert und bereitgestellt wurden. Er fand Camilla in der Kuppel, die in der Nacht des Feuers Sturmschäden erlitten hatte; inzwischen war sie wieder repariert, und die Tür war verstärkt worden. Hier hatte Moray die Computerkonsolen aufstellen lassen. Sie sah ihn mit eindeutiger und unverhohlener Feindseligkeit an.

»Was willst du? Hat Moray dich geschickt, damit du mir befiehlst, dies hier in eine Wetterstation oder so etwas umzukrempeln?«

»Nein, aber das hört sich nach einer guten Idee an«, versetzte MacAran. »Noch ein Schneesturm wie der, den wir in der Nacht des Feuers erlebt haben, könnte uns erledigen, wenn er uns unvorbereitet trifft.«

Sie kam zu ihm und starrte ihn an. Ihre Arme lagen sehr gerade an ihren Seiten, die Hände waren zu Fäusten geballt, und ihr Gesicht war starr vor Zorn. »Ihr müßt total verrückt sein!« sagte sie. »Von den Kolonisten habe ich nichts anderes erwartet – sie sind eben nur einfache Zivilisten, und alles, was sie interessiert, ist die Errichtung ihrer kostbaren Kolonie. Aber du, Rafe! Du hast die Ausbildung eines Wissenschaftlers, du sollst begreifen, was das alles *bedeutet*! Alles, was uns *bleibt*, ist die Hoffnung darauf, das Schiff reparieren zu können – verschwenden wir unsere Kräfte für irgend etwas anderes, so werden die Chancen immer geringer!«

Ihre Stimme klang wütend. »Und wir werden für immer hierbleiben müssen!«

MacAran sagte langsam: »Vergiß nicht, Camilla, auch ich war einer von den Kolonisten. Ich habe die Erde verlassen, um mich in der Coronis-Kolonie niederzulassen . . .«

»Aber das ist eine reguläre Kolonie, mit allem Notwendigen ausgestattet, so daß sie ein – ein Teil der Zivilisation ist«, sagte Camilla. »*Das* kann ich verstehen. Deine Fertigkeiten, deine Ausbildung – sie wären etwas *wert*!«

MacAran ergriff ihre Schultern. »Camilla«, sagte er und legte all sein Sehnen in die Aussprache ihres Namens. Sie reagierte nicht darauf, war lediglich ruhig unter seinen Händen und blickte zu ihm hoch. Ihr Gesicht war verzerrt; sie sah krank aus. »Camilla, hör mir wenigstens zu. Ich stehe auf der Seite des Captains, soweit es die Aufgabenverteilung betrifft. Ich bin bereit, alles Nötige zu tun, um dafür zu sorgen, daß das Schiff vom Boden abheben kann. Aber ich rechne zumindest damit, daß es schlußendlich doch nicht klappt . . . und wenn das der Fall ist, möchte ich sichergehen, daß wir überleben können!«

»Überleben – wofür?« sagte Camilla fast rasend. »Damit wir wieder Wilde werden, als Bauern oder Barbaren überleben, ohne all das, was das Leben lebenswert macht? Wir tun besser daran, bei einer letzten Anstrengung zu sterben!«

»Ich weiß nicht, weshalb du das sagst, Liebes. Schließlich haben die ersten Menschen mit weniger angefangen als wir. Auf ihrer Welt war vielleicht das Klima ein wenig besser, aber andererseits können wir auf zehn- oder zwölftausend Jahre menschlichen Know-hows zurückgreifen. Eine Gruppe von Leuten, die Captain Leicester zutraut, ein Sternenschiff reparieren zu können, sollte über genügend Know-how verfügen, um auch für sich und ihre Kinder ein ziemlich gutes Leben aufbauen zu können . . . und für alle kommenden Generationen.« Er machte Anstalten, sie in seine Arme zu ziehen, aber sie riß sich los, bleich und wütend.

»Lieber würde ich *sterben*!« fauchte sie grob. »Jedes zivilisierte menschliche Wesen würde das vorziehen! Du bist noch schlimmer als die Neu-Hebriden-Kommune da draußen . . . Morays Leute . . . diese dummdreisten Zurück-zur-Natur-Typen, die ihm direkt in die Hände spielen . . .«

»Ich weiß überhaupt nichts von ihnen – Camilla, Liebes . . . komm, hör auf, den Drachen zu spielen. Ich versuche doch nur, beide Seiten zu sehen . . .«

»Aber es *gibt* nur eine Seite!« schleuderte sie ihm entgegen, wütend und unversöhnlich, »und wenn du anderer Meinung bist, dann bist du es nicht einmal wert, daß man sich mit dir unterhält! Ich schäme mich ... schäme mich vor mir selbst, weil ich geglaubt habe, du könntest anders sein!« Tränen strömten über ihr Gesicht, und sie stieß seine Hände zurück. »Verschwinde und bleib draußen! Geh, verdammt noch mal!«

MacAran hatte das Temperament, das man für gewöhnlich mit seiner Haarfarbe verbindet. Er ließ seine Hände abrupt sinken, als habe er sie verbrannt, und machte auf dem Absatz kehrt. »Das wird mir ein wahrhaftiges Vergnügen sein«, preßte er zwischen den Zähnen hervor, stapfte aus der Kuppel und knallte die verstärkte Tür hinter sich zu, daß sie in den Angeln nachzitterte. Hinter ihm brach Camilla auf einer Bank zusammen, das Gesicht in die Hände geborgen, und weinte sich die Seele aus dem Leib, weinte heftig, bis sie von einer Welle starker Übelkeit erschüttert wurde, die sie zwang, zum Latrinenbereich für Frauen davonzutaumeln. Irgendwann schlich sie zurück, mit pochendem Schädel, das Gesicht gerötet und schmerzverzerrt; jeder einzelne Nerv schien in Flammen zu stehen.

Als sie in den Computerraum zurückkehrte, kam die Erinnerung. Dies war jetzt zum dritten Mal geschehen ... in einer Woge heftiger Furcht und Ablehnung fuhren ihre Hände an den Mund: Sie biß sich auf die Knöchel.

»Oh *nein*!« flüsterte sie, »oh nein, nein ...« Und ihre Stimme verlor sich in geflüstertem Flehen und Fluchen. Ihre grauen Augen funkelten vor wildem Entsetzen.

MacAran war in das kombinierte Freizeit- und Speisegebäude zurückgegangen, das für die riesige und desorganisierte Gemeinschaft rasch zu einem Zentrum geworden war. Hier las er an einem improvisierten Schwarzen Brett eine Notiz über eine Versammlung der Neu-Hebriden-Gemeinschaft. Er hatte sie schon einmal gesehen – die Kolonisten, die vom Expeditionskorps der Erde angenommen worden waren, waren nicht nur Individualisten wie er und Jenny gewesen, sondern auch kleine Gruppen oder Gemeinschaften, erweiterte Großfamilien; sogar zwei oder drei Geschäftsunternehmen waren dabeigewesen, die ihren Handel ausweiten oder Zweigbüros eröffnen wollten. Sie alle waren sorgfältig überprüft worden, um festzustellen, wie sie in den ausgewogenen Entwicklungsplan der Kolonie passen würden, aber abgesehen davon stellten sie eine höchst heterogene Gruppe dar.

Seines Wissens nach war die Neu-Hebriden-Gemeinschaft eine von vielen kleinen neo-ländlichen Gemeinschaften, die sich von der eigentlichen modernen Gesellschaft der Erde zurückgezogen hatten, da sie ihre Industrialisierung und Reglementierung ablehnten. Zahlreiche solcher Gemeinschaften waren zu den Sternenkolonien ausgewandert; jeder stimmte darin überein, daß sie, obgleich auf der Erde Eigenbrötler, ausgezeichnete Siedler abgaben. Bisher hatte er ihnen nicht die geringste Aufmerksamkeit gewidmet, aber nach Camillas Worten war er neugierig geworden. Er fragte sich, ob ihre Versammlung für Außenstehende offen war.

Vage erinnerte er sich daran, daß diese Gruppe gelegentlich einen der Freizeitbereiche des Schiffes für ihre Versammlungen reserviert hatte. Sie schienen ein intensives Gemeinschaftsleben zu führen. Nun, schlimmstenfalls konnten sie ihn bitten, wieder zu gehen.

Er fand sie im Speisesaal, der zwischen den Mahlzeiten leer war. Die meisten von ihnen saßen in einem Kreis und spielten auf verschiedenen Musikinstrumenten; einer von ihnen, ein großer Jüngling mit langen geflochteten Haaren, hob den Kopf und sagte: »Nur für Mitglieder, Freund«, aber jemand anders, ein Mädchen mit schulterlangem rotem Haar, widersprach: »Nein, Alastair. Das ist MacAran, und er war in der Erkundungsgruppe, er weiß eine Menge von den Antworten, die wir brauchen. Komm herein, Mann, und sei willkommen.«

Alastair lachte. »Recht hast du, Fiona, und mit einem Namen wie MacAran sollte er ohnehin ein Ehrenmitglied sein.«

MacAran trat ein. Zu seiner leichten Überraschung sah er in dem Kreis die runde, dickliche kleine Gestalt von Lewis MacLeod; sein ingwerfarbener Haarschopf leuchtete ihm förmlich entgegen. »Auf dem Schiff bin ich keinem von Ihnen begegnet, ich weiß nicht einmal, wofür Sie eintreten . . .«

Alastair sagte ruhig: »Wir sind natürlich Neo-Ruralisten; Weltenbauer. Einige Angehörige des Establishments nennen uns Anti-Technokraten, aber wir sind keine Zerstörer. Wir suchen lediglich nach einer ehrenhaften Alternative für die Gesellschaft auf der Erde, und normalerweise sind wir in den Kolonien genauso willkommen, wie man auf der Erde froh ist, uns loszusein. Also – sag uns, MacAran, wie stehen unsere Chancen hier? Wie bald können wir ausziehen, unsere eigene Siedlung zu gründen?«

MacAran erklärte: »Sie wissen soviel wie ich. Das Klima ist

ziemlich scheußlich, und wenn es das bereits im Sommer ist, dann wird es im Winter noch um eine Menge rauher sein.«

Fiona lachte. »Die meisten von uns sind auf den Hebriden oder sogar auf den Orkneys aufgewachsen«, sagte sie. »Und dort herrscht auf der Erde so ungefähr das schlechteste Klima. Kälte schreckt uns nicht, MacAran. Aber wir wollen unser Gemeinschaftsleben etabliert haben, damit wir unsere Sitten und Gebräuche manifestieren können, bevor der Winter hereinbricht.«

»Ich bin mir nicht sicher, ob Captain Leicester momentan jemandem erlauben wird, das Lager zu verlassen«, sagte MacAran langsam. »Noch liegt die Priorität auf der Reparatur des Schiffes, und ich denke, er betrachtet uns als einzige große Gemeinschaft. Wenn wir anfangen auseinanderzubrechen . . .«

»Komm davon los«, sagte Alastair. »Keiner von uns ist Wissenschaftler. Wir können nicht fünf Jahre ausschließlich damit verbringen, ein Sternenschiff zu reparieren . . . Das verstößt gegen unsere gesamte Philosophie!«

»Überleben . . .«

»Überleben!« MacAran verstand nur ein paar Brocken vom Gälisch seiner Vorfahren, doch er begriff sehr wohl, daß Alastair dieses eine Wort verächtlich herausgestoßen hatte. »Überleben bedeutet für uns, so schnell wie möglich eine Kolonie aufzubauen. Wir haben uns verpflichtet, nach Coronis zu gehen. Captain Leicester ist ein Fehler unterlaufen . . . er hat uns hier abgesetzt, aber das ist für uns dasselbe. Für unsere Zwecke ist diese Welt sogar besser geeignet.«

MacAran hob die Augenbrauen und schaute auf MacLeod. »Ich wußte nicht, daß du zu dieser Gruppe gehörst.«

»Tu ich auch nicht«, erwiderte MacLeod. »Ich bin sozusagen ein Randmitglied . . . aber ich stimme mit ihnen überein – und ich möchte hierbleiben.«

»Ich denke, sie billigen keine Wissenschaftler.«

Das Mädchen Fiona sagte: »Das betrifft nur die Stellung, die sie für gewöhnlich innehaben. Wenn sie ihr Wissen jedoch dafür gebrauchen, der Menschheit zu dienen und zu helfen – nicht, sie zu manipulieren oder ihre spirituelle Kraft zu vernichten . . . Wir sind froh, Dr. MacLeod mit seiner Kenntnis der Zoologie bei uns zu haben – Lewis bei uns zu haben, denn wir benutzen keine Titel – als einen der unseren.«

MacAran sagte erstaunt: »Beabsichtigen Sie, gegen Captain Leicester zu meutern?«

»Meutern? Wir sind weder seine Mannschaft noch seine Untergebenen, Mann«, sagte ein fremder Jugendlicher, »wir beabsichtigen nur, auf die Art und Weise zu leben, wir wir das auch auf der neuen Welt getan hätten. Wir können nicht drei Jahre lang warten, bis er von dieser verrückten Idee abläßt, sein Schiff wieder zusammenzustückeln. Bis dahin können wir längst eine funktionierende Gesellschaft haben ...«

»Und wenn es ihm doch gelingt, sein Schiff wieder flottzubekommen und nach Coronis weiterzufliegen? Werden Sie hierbleiben?«

»Dies hier ist unsere Welt«, erklärte das Mädchen Fiona und trat an Alastairs Seite. Ihre Augen waren sanft, aber sie blickten entschlossen. »Hier werden unsere Kinder geboren werden.«

»Wollen Sie damit etwa sagen ...« entfuhr es MacAran schokkiert.

»Wir wissen es nicht«, erwiderte Alastair, »aber möglicherweise sind einige unserer Frauen schon schwanger. Dies ist unser Symbol der Bindung an diese Welt, unser Symbol der Ablehnung der Erde und der Welt, die uns Captain Leicester aufzwingen will. Und das kannst du ihm sagen.«

Als MacAran sie verließ, erklangen die Musikinstrumente von neuem, und eine traurige Mädchenstimme sang in der ewigen Melancholie eines alten Liedes von den schottischen Inseln; eine Klage um die Toten der Vergangenheit, eine Klage um ein Volk, das von Kriegen und Exilschicksalen zerrissener und zerschlagener war als jedes andere Volk der Erde:

Schneeweiße Möwe, sprich,
wo die hübschen Burschen ruh'n,
sag' mir, bitte ich, wo sind die Jungen nun?

Wo Woge auf Woge wie Harfenklang wallt,
nicht haucht, nicht seufzt ihre Lippen so kalt.
Ihr Leichentuch ist Wolkendrang,
traurig des Meeres Grabgesang!

Das Lied zog MacArans Kehle zusammen, und gegen seinen Willen traten ihm Tränen in die Augen. *Sie klagen,* dachte er, *aber sie wissen, das Leben geht weiter. Die Schotten sind seit Jahrhunderten, seit Jahrtausenden Exilanten. Dies hier ist nur ein weiteres Exil, ein wenig weiter entfernt als die meisten anderen, aber sie werden*

unter den neuen Sternen die alten Lieder singen und neue Berge und neue Meere finden . . .
Als er ins Freie trat, zog er seine Kapuze hoch, denn er erwartete, daß es mittlerweile zu regnen angefangen hätte. Aber das war nicht der Fall.

9

MacAran hatte bereits erlebt, was auf diesem Planeten einige regen- und schneefreie Nächte bewirken konnten. Die Gartenflächen erblühten in einer üppigen Vegetation, die Blumen, meist jene kleinen orangeroten, bedeckten überall den Boden. Die vier Monde standen von Anbeginn des Sonnenuntergangs bis lange nach Sonnenaufgang in ihrem vollen Glanz am Himmel und verwandelten ihn in eine Flut lila Strahlens.

Die Wälder waren trocken, und die Schiffbrüchigen stellten Feuerwachen auf. Moray hatte die Idee, im näheren Umkreis des Lagers auf jeder Hügelkuppe Blitzableiter anzubringen, jeder an einem sehr hohen Baum verankert. Im Falle eines ernsten Sturms mochte dies ein Feuer zwar nicht verhindern, aber es konnte die Gefahr zumindest ein wenig schmälern.

Und über ihnen, auf den Hängen, öffneten sich die großen glokkenförmigen, goldenen Blumen, öffneten sich weit, so daß ihr süßer Pollenduft über die oberen Hänge wehte. Er hatte die Täler nicht erreicht.

Noch nicht.

Nach einer Woche schneefreier Abende, mondheller Nächte und warmer Tage – warm nach den Begriffen dieses Planeten, der Norwegen wie eine Sommerfrische erscheinen ließ – suchte MacAran Moray auf, um seine Zustimmung zu einem weiteren Erkundungsgang in die Vorberge einzuholen. Er war der Meinung, man müsse das seltene günstige Wetter nutzen, um weitere geologische Proben zu sammeln und zuzusehen, ob man vielleicht irgendwo Höhlen ausmachen könne, die nach erfolgter späterer Erforschung als Notunterschlupf dienen konnten. Moray hatte sich in einer Ecke des Freizeitgebäudes einen kleinen Raum als Büro eingerichtet, und während MacAran wartete, kam Heather Stuart herein.

»Was hältst du von diesem Wetter?« fragte er, womit sich eine alte Gewohnheit von der Erde durchsetzte. *Wenn dir nichts Besseres einfällt, sprich vom Wetter. Nun, auf diesem Planeten gibt das Wetter einigen Gesprächsstoff her . . . obwohl es gleichbleibend miserabel ist.*

»Es gefällt mir überhaupt nicht«, antwortete Heather ernst. »Ich habe nicht vergessen, was auf dem Berg geschehen ist, nachdem wir ein paar klare Tage hatten.«

Du auch? dachte MacAran, aber er zögerte. »Wie könnte das Wetter dafür verantwortlich sein, Heather?«

»In der Luft befindliche Viren. In der Luft befindliche Pollen. Im Staub befindliche Chemikalien. Ich bin Mikrobiologin, Rafe. Du würdest dich wundern, wenn du wüßtest, was in ein paar Kubikzoll Luft oder Wasser oder Erdreich versteckt sein kann. In der Berichtssitzung sagte Camilla, das letzte, woran sie sich erinnern könne, bevor sie den Verstand verloren habe, seien die Blumen – und ihr Geruch. Und ich erinnere mich auch daran, daß die Luft erfüllt war mit ihrem Duft.« Sie lächelte schwach. »Natürlich mag das, woran ich mich erinnere, keinerlei Beweis sein, aber ich hoffe bei Gott, daß ich die Wahrheit nicht durch ein weiteres Erleben desselben Wahnsinns herausfinden muß. Ich habe gerade definitiv herausgefunden, daß ich nicht schwanger bin, und ich möchte *so etwas* nie wieder durchmachen! Wenn ich daran denke, wie die Frauen gelebt haben müssen, bevor die wirklich sicheren Verhütungsmittel erfunden worden sind, von einem Monat zum nächsten in *Ungewißheit* . . .« Sie schüttelte sich. »Rafe, ist sich Camilla schon sicher? Sie will mit mir nicht mehr darüber reden.«

»Ich weiß es nicht«, murmelte Rafe düster. »Mit mir will sie überhaupt nicht mehr reden.«

Heathers hübsches ausdrucksstarkes Gesicht verriet Bestürzung. »Oh, das tut mir so leid, Rafe! Ich habe mich so für euch beide gefreut, und Ewen und ich . . . wir haben gehofft . . . oh, paß auf, ich glaube, Moray ist bereit, dich zu empfangen.« Die Tür war geöffnet worden, und der große Rotschopf Alastair stürzte heraus und prallte gegen sie. Er drehte sich halb um und rief: »Die Antwort lautet nach wie vor *nein*, Moray! Wir verlassen das Lager, wir alle, unsere ganze Gemeinschaft! Noch heute, jetzt gleich!«

Moray war ihm an die Tür gefolgt. Er sagte: »Selbstsüchtige Bande, die ihr seid! Ihr redet von Gemeinschaft, aber es stellt sich sehr schnell heraus, daß ihr nur eure eigene kleine Gruppe meint – nicht die größere Gemeinschaft der Menschen auf dieser Welt!

Ist euch eigentlich nie in den Sinn gekommen, daß wir alle, diese rund zweihundert Personen, notgedrungen eine Art ... Kommune sind? Wir *sind* die Menschheit, wir *sind* die Gesellschaft. Wo bleibt bei euch dieses große Gefühl der Verantwortung gegenüber euren Mitmenschen – Junge?«

Alastair senkte den Kopf und murmelte: »Ihr anderen steht nicht für das ein, wofür wir einstehen.«

»Wir stehen alle für unser gemeinsames Wohl und Überleben ein!« versetzte Moray eindringlich. »Der Captain wird euer Vorhaben niemals billigen. Geben Sie mir wenigstens die Chance, mit den anderen zu reden.«

»Ich wurde berufen, für sie zu sprechen ...«

»Alastair«, sagte Moray ernst. »Sie verstoßen gegen Ihre eigenen Regeln, und das wissen Sie. Wenn Sie ein wirklicher philosophischer Anarchist sind, dann müssen Sie den anderen Gelegenheit geben zu hören, was ich zu sagen habe.«

»Sie versuchen nur, uns alle zu beeinflussen ...«

»Fürchten Sie sich vor dem, was ich sagen werde? Fürchten Sie, sie könnten sich nicht an das halten, was *Sie* wollen?«

Alastair war in die Ecke gedrängt. »Oh«, platzte er heraus. »Dann reden Sie mit ihnen, und seien Sie verflucht! Möge es Ihnen viel nützen!«

Moray folgte ihm und sagte im Vorbeigehen zu MacAran: »Was immer Sie auf dem Herzen haben, Junge, es wird warten müssen. Erst muß ich diesen jungen Irren dazu überreden, uns alle und nicht bloß die Ihren als eine große Familie anzusehen!«

Draußen, auf dem großen Platz, waren die rund dreißig Mitglieder der Neu-Hebriden-Gemeinschaft versammelt. MacAran fiel auf, daß sie die im Schiff ausgegebenen Boden-Uniformen abgelegt hatten und Zivilkleidung und Rucksackbündel trugen. Moray trat vor und begann seine Ansprache zu halten. Von dort, wo MacAran an der Tür der Freizeithalle stand, konnte er nicht hören, was er sagte, doch es erhoben sich Rufe und Erörterungen. MacAran stand bewegungslos da und betrachtete die kleinen Staubstrudel und -wirbel, die von dem gepflügten Boden hochwehten, und der Wind ließ in den Bäumen am Rande der Lichtung eine Hintergrundmelodie entstehen ... wie eine Meeresbrandung, die sich niemals legte. Es kam ihm so vor, als trage der Wind ein Lied herbei ... Er sah auf Heather hinunter, die neben ihm stand, und ihr Gesicht schien in dem düsteren Sonnenlicht zu glänzen und zu leuchten – ein beinahe sichtbares Lied.

Heiser sagte sie: »Musik ... Musik im Wind ...«

»Um Gottes willen«, murmelte er. »Was haben die vor? Wollen die *Ärger* machen?«

Und er entfernte sich von Heather, als er sah, daß die Gruppe der uniformierten Sicherheitswachen vom Schiff auf die Neu-Hebriden-Gemeinschaft zuhielt. Einer der Uniformierten stellte sich vor Alastair und Moray und sagte etwas; MacAran, der jetzt nahe genug war, hörte: »... legen Sie Ihre Bündel nieder. Ich habe Anweisung vom Captain, Sie alle wegen Desertion angesichts eines Notfalls in Gewahrsam zu nehmen!«

»Ihr Captain hat keine Befehlsgewalt über uns – weder im Notfall noch sonst ... Streuselkuchengesicht«, brüllte der hochgewachsene Rotschopf, und eines der Mädchen nahm eine Handvoll Erde auf und schleuderte sie, was bei den anderen Schreie wilden Gelächters hervorrief.

Moray wandte sich an die Sicherheitsleute. »Nein!« sagte er eindringlich. »Hierfür besteht keine Notwendigkeit! Lassen Sie mich mit ihnen reden!«

Der von der Erde getroffene Offizier streifte sein Gewehr von der Schulter. MacAran, von einer Woge nur allzu vertrauter Angst ergriffen, murmelte: »Jetzt ist alles im Eimer!« und rannte im gleichen Sekundenbruchteil nach vorn, in dem die jungen Männer und Frauen der Gemeinschaft ihre Rucksäcke zu Boden warfen und wie Dämonen heulend und schreiend losstürmten.

Ein Sicherheitsoffizier schleuderte sein Gewehr von sich und brach in wildes, irres Lachen aus. Er warf sich auf den Boden und krümmte und wand sich schreiend. MacAran rannte gedankenschnell zu ihm, riß das weggeworfene Gewehr hoch, riß dem zweiten Mann das seine aus den Händen und stürmte auf das Schiff zu, als der dritte Sicherheitsmann, der nur mit einer Pistole bewaffnet war, schoß. In MacArans halb betäubtem Verstand hörte sich der Schuß wie eine endlose Reihe von Echos an, und gleichzeitig brach eines der Mädchen zusammen, rollte über den Boden und blieb schließlich in verzweifelter Todesqual liegen.

MacAran schleppte die Gewehre davon und platzte in die Computerkuppel hinein: Der Captain war anwesend. Leicester hob seine buschigen Augenbrauen, verlangte eine Erklärung, und MacAran sah die Augenbrauen wie Raupen hochkriechen, Flügel bekommen und frei in die Kuppel davonflattern ... *nein.* NEIN! Er kämpfte gegen diesen Mahlstrom der Unwirklichkeit an und keuchte: »Captain! Es passiert wieder! Die gleichen Symptome . . . das, was auf den Hängen mit uns geschehen ist! Um der Liebe Gottes willen – nehmen Sie die Gewehre und die Munition unter Verschluß, bevor jemand getötet wird! Ein Mädchen ist bereits angeschossen worden . . .«

»*Was*?« Leicester starrte ihn in freimütigem Unglauben an. »Bestimmt übertreiben Sie . . .«

»Captain, ich habe es selbst erlebt«, preßte MacAran heraus und kämpfte verzweifelt gegen den Drang, sich niederzuwerfen und auf dem Boden zu wälzen, den Captain an der Kehle zu packen und ihn zu Tode zu schütteln . . . »Es geschieht wirklich . . . Es ist . . . Sie kennen Ewen Ross. Sie wissen, er hat eine umfassende, sorgfältige Medo-Ausbildung genossen – und er hat im Wald gelegen und hat mit Heather und MacLeod herumgealbert, während ein sterbender Patient an ihm vorbeigelaufen und mit einer zerplatzten Aorta zusammengebrochen ist . . . Camilla – Leutnant Del Rey – sie hat ihr Teleskop weggeworfen und ist davongetänzelt, um Schmetterlinge zu jagen . . .«

»Und Sie glauben, diese . . . diese Epedemie werde hier ausbrechen?«

»Captain, ich *weiß* es!« bettelte MacAran. »Ich . . . ich muß mich bereits dagegen wehren . . .«

Leicester war nicht deshalb Captain eines Sternenschiffes geworden, weil er phantasielos war oder unfähig, sich Notfällen zu stellen. Als von draußen der Klang eines zweiten Schusses herbeiwehte, rannte er zur Tür und drückte im Laufen einen Alarmknopf. Als niemand darauf reagierte, fluchte er und rannte über die Lichtung.

MacAran blieb ihm auf den Fersen und schätzte die Situation in Sekundenschnelle ein. Das von dem Offizier angeschossene Mädchen lag noch immer am Boden und wand sich vor Schmerzen. Als sie auf der Bildfläche erschienen, befanden sich das Sicherheitspersonal und die jungen Leute der Gemeinschaft bereits in erbittertem Handgemenge, wilde Beschimpfungen wurden ausgestoßen. Ein dritter Schuß peitschte, und einer der Sicherheitsoffiziere heulte vor Schmerz auf, fiel und umklammerte seine Kniescheibe.

»Danforth!« brüllte der Captain.

Danforth wirbelte herum, das Gewehr im Anschlag, und für einen Sekundenbruchteil glaubte MacAran schon, er würde den Auslöser erneut betätigen, aber die jahrelange Gewohnheit, dem Captain zu gehorchen, ließ den rasenden Offizier zögern. Nur zwei, drei Sekunden lang – aber das reichte: MacAran schnellte nach vorn und prallte in einem groben Angriff gegen den Mann; der stürzte zu Boden, das Gewehr wirbelte davon. Leicester stürzte sich darauf, zerschmetterte es und steckte die Patronen in die Tasche.

Danforth wehrte sich verbissen und mit der Kraft eines Wahnsinnigen, krallte nach MacArans Kehle . . . und drückte zu. MacAran fühlte die Woge grimmigen Zorns in sich emporsteigen, vor seinen Augen loderten grellrote Farben. Er wollte kratzen, beißen, dem Kerl die Augen ausstechen . . . Aber dann dachte er daran, was gerade geschehen war, und das brachte ihn in die Realität zurück: Er ließ von dem Mann ab, erlaubte ihm, sich aufzurichten. Danforth starrte den Captain an, plapperte etwas Unverständliches und wischte sich mit zusammengepreßten Fäusten über die Augen; sein unzusammenhängendes Murmeln hörte sich schrecklich an.

Captain Leicester fauchte: »Dafür werden Sie bezahlen, Danforth! Gehen Sie sofort in Ihr Quartier!«

Danforth schluchzte zum letzten Mal. Er entspannte sich und lächelte seinen vorgesetzten Offizier träge an: »Captain«, murmelte er zärtlich, »hat Ihnen schon einmal jemand gesagt, daß Sie wunderschöne große blaue Augen haben? Hören Sie, warum gehen wir nicht . . .« Und er sah den Captain geradeheraus an, lächelnd, und äußerte seinen obszönen Vorschlag in vollkommener Ernsthaftigkeit – ein Vorschlag, der Leicester empört aufkeuchen und vor Zorn purpurrot werden ließ; dann rang er nach Luft und brüllte wieder los. MacAran packte energisch den Arm des Captains.

»Captain, tun Sie nichts, was Ihnen später leid tun wird. Sehen Sie denn nicht, daß er überhaupt nicht weiß, was er tut oder sagt?«

Danforth hatte bereits sein Interesse verloren, spazierte davon und trat müßig nach Kieselsteinen. Rings um sie her hatte der Kampf an Schwung verloren; die Hälfte der Kämpfer saß am Boden und summte, die anderen hatten sich in kleine Gruppen von zwei oder drei Personen aufgeteilt. Einige lagen dicht aneinandergeschmiegt im rauhen Gras und streichelten einander nur mit einer völligen animalischen Versunkenheit und einem vollkommenen Fehlen jeglicher Hemmungen; andere waren bereits zu direkteren und aktiveren Befriedigungen übergegangen – Männer mit Frauen, Frauen mit Frauen, Männer mit Männern . . . es gab keine Bevorzugung. Captain Leicester starrte bestürzt auf die bei hellichtem Tag stattfindende Orgie und fing an zu weinen.

Widerwillen flackerte in MacAran auf, der seine vorherige Besorgnis und sein Mitgefühl mit dem Mann überlagerte. Gleichzeitig wurde er zwischen wirbelnden, sich widerstreitenden Empfindungen hin und hergerissen ... Eine heranbrausende Woge der Lust ... so daß er sich nichts sehnlicher wünschte, als sich unter die dichtgedrängten, ineinander verschlungenen Körper am Boden fallen zu lassen ... Ein letzter Rest von Schuldgefühl gegenüber dem Captain ... *Er weiß nicht, was er tut ... noch weniger als ich* ... Und eine Springflut tosender Übelkeit. Ganz plötzlich riß er sich davon frei, eine angsterfüllte Panik überdeckte alles andere, und er stolperte und rannte vom Schauplatz des Irrsinns davon ...

Hinter ihm glitt ein langhaariges Mädchen, kaum mehr als ein Kind, an den Captain heran, drückte seinen Kopf auf ihren Schoß hinunter, wiegte ihn wie ein Baby und sang leise auf Gälisch ...

Ewen Ross sah und spürte die erste Welle der aufkommenden Unvernunft ... sie traf ihn als Panik ... und gleichzeitig erhob sich im Lazarett ein noch in Verbände gehüllter und im Koma befindlicher Patient, riß seine Verbände herunter, fetzte sich vor Ewen und einer in entsetzter Bestürzung starrenden Krankenschwester die Wunden auf und verblutete lachend. Die Schwester schleuderte eine riesige Korbflasche mit grüner Seife auf den sterbenden Mann ... und riß im nächsten Moment ein Skalpell hoch, wollte sich die Handgelenke aufschlitzen ... Ewen reagierte, warf sich gegen die Schwester und nahm ihr das Skalpell nach einem kurzen Handgemenge ab. Keuchend wirbelte er herum, spürte, wie ihn der Wahnsinn zu überwältigen drohte *(der Boden schaukelte wie bei einem Erdbeben, wilde Schwindelanfälle überspülten seine Eingeweide und seinen Schädel mit Übelkeit, irrsinnige Farben drehten sich vor seinen Augen)*, und die Schwester klammerte sich an ihm fest, doch er widerstand dem Irrsinn, er widerstand den ihn umschlingenden Armen *(wirf sie auf das Bett, jetzt gleich, reiß ihr das Kleid herunter!)*, rannte zu Dr. Di Asturien und keuchte die entsetzte Bitte hervor, alle Gifte, Narkotika und chirurgischen Instrumente wegzuschließen. Eilends zogen sie Heather hinzu (sie hatte schließlich eine Erinnerung an ihren ersten eigenen Anfall) und schafften es, den Großteil der genannten Gegenstände unter Verschluß zu bringen und den Schlüssel sicher zu verstecken, bevor sich das ganze Lazarett in ein Tollhaus verwandelte ...

Tief im Wald überzog das ungewohnte Sonnenlicht die Grasflächen und Lichtungen mit Blumen und verwob die Luft mit Pollen, die mit dem Wind von den Höhen heruntertrieben.

Insekten eilten von Blume zu Blume, von Blatt zu Blatt; Vögel paarten sich, bauten Nester aus Lehm und Stroh und warmen Federn und bargen ihre Eier in die wärmeisolierenden Wände, in sicheren Höhlungen, in denen sie brüten und sich von bevorratetem Nektar und Trauben bis zum nächsten Warmen Zauber ernähren sollten ... Gräser und Getreide verstreuten ihre Samen, welche von den nächsten Schneefällen fruchtbar gemacht und genügend befeuchtet wurden, so daß sie bald darauf würden sprießen können.

Auf den Ebenen waren hirschartige Tiere in panischer Flucht, und als die pollenbefrachteten Winde ihre geheimnisvollen Düfte tief in ihre Gehirne vordringen ließen, kämpften sie und paarten sich bei hellem Tageslicht. Und in den Bäumen der unteren Hänge verfielen die kleinen pelzigen Menschenwesen in irrsinnige Raserei, wagten sich auf den Boden herunter – manche von ihnen einzig und allein zu diesen Zeiten –, schmausten von den plötzlich reifenden Früchten und brachen in irrwitzige Mißachtung der lauernden Raubtiere auf die Lichtungen hinaus. Generationen und Jahrtausende der Erinnerung in ihren Genen und Gehirnen hatten sie gelehrt, daß zu diesen Zeiten auch ihre natürlichen Feinde nicht imstande waren, die lange Anstrengung des Jagens durchzuhalten.

Die Nacht senkte sich über die Welt der vier Monde; die dunkle Sonne versank in einer eigenartig klaren Dämmerung, und die seltenen Sterne waren zu sehen. Einer nach dem anderen stiegen die Monde in den Himmel empor: der große violett leuchtende Trabant, der hellere grüne und die blaue juwelenartige Scheibe und der kleine, der wie eine weiße Perle aussah. Auf der Lichtung, in der das große, dieser Welt fremde Sternenschiff lag, riesig und drohend, atmeten die Menschen von der Erde den seltsamen Wind und den seltsamen Pollen, der von seinem Hauch getragen wurde, und eigenartige, sich widerstreitende Impulse brachen in ihr Großhirn ein.

Pater Valentine und ein halbes Dutzend ihm unbekannter Mannschaftsmitglieder lagen der Länge nach ausgestreckt, erschöpft und vollauf befriedigt, in einem Dickicht.

Im Lazarett stöhnten fieberkranke Patienten unversorgt oder

torkelten ungestüm über die Lichtung und in den Wald – auf der Suche nach etwas, das sie selbst nicht kannten. Ein Mann rannte trotz seines gebrochenen Beins eine Meile weit zwischen den Bäumen hindurch, bevor er zusammenbrach und lachend im Mondenschein liegenblieb ... ein tierähnliches Wesen leckte ihm das Gesicht und rieb sich schnurrend an ihm.

Judith Lovat lag ruhig in ihrer Unterkunft und spielte mit dem großen blauen Juwel, das sie an einer Kette um den Hals trug. Sie hatte es während dieser ganzen Zeit aufbewahrt, unter ihrer Kleidung verborgen. Jetzt zog sie es hervor, als würden die seltsamen sternenartigen Muster darin einen hypnotischen Einfluß auf sie ausüben. Erinnerungen kreisten durch ihren Sinn, Erinnerungen an den eigenartigen, lächelnden Wahnsinn, der sich vorhin auf sie gelegt hatte. Nach einer Weile erhob sie sich, einem unhörbaren Ruf folgend, nahm die wärmste Kleidung ihrer Zimmergenossin (ihre Zimmergenossin, ein Mädchen namens Eloise, einst an Bord des Schiffes Nachrichtenoffizier, saß unter einem Baum mit gewaltiger Krone, lauschte der Melodie des Windes in den langen Blättern und sang wortlos) und zog sie an. Ohne Hast schritt Judy über die Lichtung und tauchte im Wald unter. Sie war sich nicht sicher, wohin sie ging, aber sie wußte, sie würde geleitet werden, wenn es an der Zeit war, und so folgte sie dem Pfad in die Höhe und wich nicht davon ab und lauschte der Melodie im Wind.

Worte, die sie auf einer anderen Welt gehört hatte, hallten leise in ihrem Verstand – *von einer Frau, die um ihren dämonischen Geliebten weinte ...*

Nein, kein Dämone, dachte sie, *aber zu strahlend, zu fremdartig und schön, um menschlich zu sein ...* Und während sie mechanisch weiterging, hörte sie sich schluchzen, denn sie dachte an die Melodie, an die schillernden Winde und Blumen und an die seltsamen, leuchtenden Augen des vage erinnerten Wesens, die Gewalt der Furcht, die sich rasch in eine Verzauberung und dann in eine Glückseligkeit, ein Gefühl der Nähe verwandelt hatte – ein Gefühl, stärker als alles, was sie je erfahren hatte.

War es also wie in jenen alten irdischen Legenden um einen Wanderer, der vom Elfenvolk fortgelockt wurde, um einen Poeten, der in seiner Verzauberung ausgerufen hatte:

Ich traf im Wald ein Elfenkind ...
lang war ihr Haar,

ihr Fuß geschwind,
ihr Aug' so wild und wunderbar . . .

War das der Text gewesen? Oder das: *Und der Sohn Gottes besah die Töchter der Menschen und wurde gewahr, daß sie schön waren . . .*

Judy war eine genügend disziplinierte Wissenschaftlerin, um sich darüber im klaren zu sein, daß den eigenartigen Handlungen dieser Zeit so etwas wie Wahnsinn zugrunde lag. Sie zweifelte nicht daran, daß einige ihrer Erinnerungen durch ihren damaligen seltsamen Bewußtseinszustand eingefärbt und verändert waren. Doch diese Erfahrung kam einem Selbstversuch gleich und war somit einiges wert. Wenn eine Spur von Wahnsinn darin lag, so war hinter dem Wahnsinn etwas Reales versteckt, etwas, das so real war wie jetzt die tastenden Berührungen in ihrem Geist, die Worte: *»Komm. Du wirst geleitet werden, und dir wird nichts geschehen.«*

Sie hörte das geheimnisvolle Rascheln in den Blättern über ihrem Kopf und hielt an, um in die Höhe zu schauen, und ihr Atem stockte in unbändiger Vorfreude. So tief war ihr Hoffen und Sehnen, das fremde, unvergessene Gesicht wiederzusehen, daß sie hätte weinen können, als es nur einer von den Kleinen war, einer der kleinen rotäugigen Fremden, der sie scheu und wild aus den Blättern heraus anblickte, dann den Stamm herunterglitt und zitternd und doch zuversichtlich die Hände ausstreckte.

Bis zu seinem Geist konnte sie nicht vollständig vordringen. Sie wußte, die Kleinen lagen in ihrer Entwicklung hinter ihr zurück, die Sprachbarriere war zu groß. Doch auch sie verständigten sich irgendwie. Der kleine Baum-Mann wußte: Sie war diejenige, die er suchte. Und Judy wußte: Er war zu ihr geschickt worden und trug eine Botschaft bei sich, die sie verzweifelt zu hören begehrte. In den Bäumen tauchten weitere fremde und scheue Gesichter auf, und im nächsten Moment waren sie sich ihres Wohlwollens bewußt und rutschten herunter und wimmelten rings um sie her. Einer von ihnen schob eine kleine kühle Hand zwischen ihre Finger; ein anderer schmückte sie mit leuchtend bunten Blättern und Blüten. Als sie sie weiterführten, war ihre Haltung nahezu ehrerbietig, und sie ging ohne Protest mit ihnen, da sie wußte – dies war nur eine Einleitung für die eigentliche Begegnung, nach der sie sich sehnte.

Hoch oben in dem zerstörten Schiff donnerte eine Explosion. Der Boden zitterte, und die Echos rollten durch den Wald und schreckten die Vögel in den Bäumen auf. Sie flatterten hoch – eine Wolke, die einen Moment lang die Sonne verdunkelte, doch in der Lichtung der Erdenmenschen hörte sie keiner . . .

Moray ruhte lang ausgestreckt auf dem weichen, gepflügten Boden des Gartenareals und lauschte mit einem tiefen inneren Wissen den sanften Weisen des Wachstums der Pflanzen, die im Boden eingebettet waren. In jenen ausgedehnten Minuten schien es ihm, daß er das Gras und die Blätter wachsen hören konnte, daß sich einige der fremdartigen Erdpflanzen beklagten, weinten, starben, während andere wiederum in diesem fremden Boden gediehen und sich entwickelten, wobei sich ihre Zellen veränderten und wandelten, wie dies für eine Anpassung und ein Überleben notwendig war. Nichts von all dem hätte er in Worte fassen können, und als pragmatischer und realistischer Mensch würde er niemals vernunftgemäß an ASW glauben. Doch die bisher nicht benutzten Zentren seines Gehirns waren durch den geheimnisvollen Wahnsinn dieser Zeit stimuliert, und so versuchte er nicht, Erklärungen zu finden oder sich irgendeine Meinung zu bilden. Er wußte einfach und akzeptierte dieses Wissen – und die Gewißheit, daß es ihn nie wieder verlassen würde.

Pater Valentine wurde von der über der Lichtung aufgehenden Sonne geweckt. Zuerst saß er benommen am Boden, noch von jenem seltsamen Bewußtsein überflutet, und blickte staunend zu der Sonne und den vier Monden empor, die er durch eine Eigenheit des Lichts oder seiner geheimnisvollen intensivierten Sinne trotz des dunkelvioletten Sonnenaufgangs deutlich sehen konnte . . . grün, violett, alabasterfarben und perlweiß, pfauenblau. Dann flutete die Erinnerung in ihn zurück, und das Grauen, als er die Männer – sie gehörten zur Schiffsmannschaft – rings um sich verstreut sah, noch tief im Schlaf, erschöpft! Der vollkommene, grauenhafte Schrecken dessen, was er in jenen Stunden der Finsternis und der animalischen Gelüste getan hatte, wurde einem Verstand offenbar, der zu verwirrt und überreizt war, um sich seines eigenen Wahnsinns bewußt zu sein.

Eines der Mannschaftsmitglieder trug ein Messer in seinem Gürtel. Das Gesicht des kleinen Priesters war tränenüberströmt, als er das Messer herauszerrte und sehr gewissenhaft damit begann, alle Zeugen seiner Sünde auszumerzen – als er das strömende Blut beobachtete, murmelte er die Sätze der alten Riten vor sich hin . . .

Es war der Wind, dachte MacAran. Heather hat recht gehabt, es war irgend etwas im Wind. Eine Substanz, Staub oder Pollen, ein Reizstoff, der diesen Wahnsinn verursachte. Er hatte es bereits geahnt, und dieses Mal erinnerte er sich an alles, was geschehen war; während des gesamten Frühstadiums hatte er geschuftet, und – nur von wiederkehrenden Anfällen plötzlicher Panik oder Euphorie durchrast – Waffen, Munition und Gifte aus dem Lazarett oder Chemielabor weggesperrt. Er wußte, Heather und Ewen taten dasselbe in begrenztem Umfang im Lazarett. Aber dennoch war er betäubt vor Entsetzen über die Ereignisse des letzten Tages und der Nacht, und als die Nacht hereingebrochen war, hatte er sich – da ihm sein Verstand sagte, daß ein halbnormaler Mensch gegen zweihundert völlig verrücktgewordene Männer und Frauen wenig ausrichten konnte – einfach in den Wäldern versteckt und sich verzweifelt an seiner geistigen Gesundheit festgeklammert und gegen die wiederkehrenden Wellen des Irrsinns angekämpft, die nach ihm griffen. Diese verdammte Welt! Diese verdammte Welt mit ihren Winden des Wahnsinns, die wie Geister von den hochaufragenden Hügeln herunterkrochen, lechzender Wahnsinn, der Menschen und Tiere gleichermaßen befiel. Ein umfassender, alles verzehrender Geisterwind des Irrsinns und des Grauens!

Der Captain hat recht! Wir müssen von dieser Welt wegkommen. Niemand kann hier überleben, nichts Menschliches, wir sind zu verwundbar . . .

Er wurde von einer verzweifelten Sorge um Camilla ergriffen. Wohin war sie in dieser Wahnsinnsnacht der Vergewaltigung, des Mordes, des panikartigen, unkontrollierten Entsetzens, des wilden erbitterten Kampfes und der Zerstörung geflohen? Seine Suche nach ihr war ergebnislos geblieben, obgleich er sich seiner übersensiblen Sinne bewußt – versucht hatte, auf jene seltsame Art zu »lauschen«, die es ihm auf dem Berg ermöglicht hatte, sie untrüglich im Schneesturm zu finden. Doch seine Furcht wirkte wie eine statische Verzerrung auf einen empfindlichen Empfänger . . . Er konnte sie wahrnehmen – aber wo? Hatte sie sich versteckt – wie er, nachdem er die Hoffnungslosigkeit seiner Suche erkannt hatte? War auch sie nun mehr darauf bedacht gewesen, dem Wahnsinn der anderen zu entgehen? Oder war sie von der

Lust und der wilden sinnlichen Begierde und Euphorie der anderen ergriffen, war sie einfach in einer der Gruppen verfangen, die sich ihren irrsinnigen Vergnügungen hingaben und allem anderen gegenüber gleichgültig waren? Dieser Gedanke war eine Qual für MacAran, aber er war die sicherste Alternative. Es war die einzig erträgliche Alternative – sich vorstellen zu müssen, sie sei einem mordlüsternen Mannschaftsangehörigen begegnet, bevor die Waffen sicher weggeschlossen gewesen waren, oder sie sei in einer Wiederkehr ihrer Panik in die Wälder davongerannt und dort von einem Tier zerrissen oder brutal angefallen worden ... dies würde ihn vor Sorge verrückt werden lassen!

Sein Kopf dröhnte, und er taumelte, als er die Lichtung überquerte. In einem Dickicht nahe dem Bach sah er regungslose Körper – ob tot oder verwundet oder übersättigt, konnte er nicht sagen; ein schneller Blick ergab, daß Camilla nicht bei ihnen war, und er ging weiter. Der Boden schien unter seinen Füßen zu schaukeln, und er mußte seine ganze Konzentration aufbieten, um nicht irrwitzig in den Wald zu laufen und dort seine Suche ... seine Suche nach ... Er riß sich zusammen und zwang sich, sich seiner Suche bewußt zu sein; verbissen ging er weiter.

Auch in der Freizeithalle, in der Mitglieder der Neu-Hebriden-Gemeinschaft in erschöpftem Schlaf ausgestreckt lagen oder geistesabwesend auf Musikinstrumenten herumklimperten, fand er sie nicht. Und genausowenig im Lazarett, obgleich ihm ein über dem Boden niedergegangener Schneesturm aus Papier verriet, daß hier jemand mit den medizinischen Unterlagen Amok gelaufen war ... *Bück dich, nimm eine Handvoll Papierfetzen auf, laß sie durch deine Finger rieseln wie fallenden Schnee, laß sie im Wind davonwirbeln ...*

MacAran erfuhr nie, wie lange er reglos dagestanden war, dem Wind gelauscht und den spielenden Wolken zugesehen hatte, erfuhr nie, wie lange es dauerte, bis der Mahlstrom des brodelnden Wahnsinns wieder wich, wie eine Flutwelle, die am Ufer zerrte und saugte. Doch die jagenden Wolken hatten das Antlitz der Sonne bedeckt, und der Wind wehte eiskalt, als er sich erholte und in einem Anfall jäher Panik wie besessen in jede Nische und überall auf der Lichtung nach Camilla suchte.

Die Computerkuppel betrat er ganz zuletzt – und fand sie verdunkelt *(was ist mit den Lichtern geschehen? Hat die Explosion sie alle zerstört ... alle Energiekontrollen des Schiffes?)*.

MacArans erster Gedanke war, sie sei verlassen. Doch als sich seine Augen schließlich an das schwache Dämmerlicht gewöhnten, entdeckte er im Hintergrund des Raumes schattenhafte Gestalten ... Captain Leicester und – ja – Camilla ... sie kniete neben ihm und hielt seine Hand.

Inzwischen betrachtete er es als selbstverständlich, die Gedanken des Captains hören zu können: *Warum habe ich dich früher nie wirklich gesehen, Camilla?* In einem kleinen, noch vernünftigen Teil seines Verstandes war MacAran verwundert und beschämt über die primitive Empfindungsflut, die ihn überwältigte, eine brüllende Wut, die ihn die Zähne fletschen und sagen ließ: *Diese Frau gehört mir!*

Er ging auf sie zu, und er erhob sich auf die Fußballen, und seine Kehle schwoll an, seine Lippen waren zurückgezogen, seine Zähne entblößt, seine Stimme ein wortloses Fauchen.

Captain Leicester sprang auf und starrte ihm trotzig entgegen, und MacAran war sich abermals mit dieser unbegreiflichen gesteigerten Sensitivität des Fehlers bewußt, den der Captain beging ...

Noch so ein Irrer – ich muß Camilla vor ihm schützen ... diese Pflicht kann ich noch für meine Mannschaft erfüllen ... Und dann vermischte sich zusammenhängendes Denken mit einer Woge von Zorn und Verlangen. Das machte MacAran rasend; Leicester duckte sich leicht und sprang ihn an, und die beiden Männer gingen zu Boden, umklammerten sich, brüllten in primitivem Kampf aus tiefer Kehle. MacAran kam auf dem Captain zu liegen und sah mit einem blitzartigen Hochblicken, daß sich Camilla seelenruhig an die Wand lehnte – doch ihre Augen waren geweitet, und sie verfolgte den Kampf gespannt, und er wußte, daß sie vom Anblick der kämpfenden Männer erregt war und – passiv, gleichgültig – denjenigen akzeptieren würde, der in diesem Kampf triumphierte ...

Dann kehrte die Vernunft in MacArans Denken zurück. Er riß sich von Captain Leicester los und mühte sich hoch. Mit eindringlicher Stimme sagte er: »Sir, wir benehmen uns idiotisch. Wenn Sie dagegen ankämpfen, dann können Sie es unter Kontrolle bekommen ... Versuchen Sie, dagegen anzukämpfen, versuchen Sie, vernünftig zu sein ...«

Aber Leicester rollte sich weg, kam auf die Füße und fletschte vor Wut die Zähne, auf seine Lippen war Schaum getupft, seine Augen schielten grotesk – er war nicht mehr bei Sinnen. Er senkte den Kopf und stürmte mit verbissener Wut auf MacAran zu ... Rafe, jetzt völlig kühl bei Verstand, trat zurück: »Tut mir leid,

Captain«, sagte er bedauernd, dann traf er ihn mit einem gut gezielten, einzelnen Schlag, und der amoklaufende Mann brach besinnungslos zusammen.

Er stand da und blickte auf ihn hinunter, und gleichzeitig fühlte er die Wut aus sich heraussprudeln, als sei sie fließendes Wasser. Dann ging er zu Camilla und kniete sich neben sie. Sie blickte zu ihm auf und lächelte, und plötzlich war der Kontakt wieder vorhanden ... auf eine Art und Weise, die er nicht mehr anzweifeln konnte. »Warum hast du mir nicht gesagt, daß du schwanger bist, Camilla? Gut, ich hätte mir Sorgen gemacht ... aber ich wäre auch sehr glücklich gewesen ...«

Ich weiß es nicht. Zuerst hatte ich Angst, ich könnte es nicht akzeptieren ... es wird mein Leben grundlegend verändern ...

Aber jetzt macht es dir nichts mehr aus?

Sie antwortete ihm laut:

»Nicht in diesem Moment. Jetzt macht es mir nichts aus, aber jetzt ist auch alles so anders ... Ich könnte mich wieder verändern ...«

»Dann ist es keine Illusion«, sagte MacAran halblaut, »wir lesen *wirklich* die Gedanken des anderen.«

»Natürlich«, erwiderte sie, noch immer mit diesem gelassenen Lächeln. »Hast du das nicht gewußt?«

Natürlich hab' ich's gewußt, dachte MacAran; deshalb bringen die Winde den Wahnsinn.

Der Urmensch auf der Erde muß über die ASW verfügt haben, die ganze Skala der PSI-Kräfte ... eine Art Reserve-Überlebensbefähigung. Und das würde nicht nur den hartnäckigen Glauben daran trotz der nur skizzenhaftesten Beweise erklären, sondern auch das Überleben, wo bloße Intelligenz nicht überleben würde. Als das zerbrechliche Wesen, das der primitive Mensch war, konnte er nicht überleben (sein Sehvermögen war weit geringer als das der Vögel, sein Gehör erreichte kaum ein Zehntel der Leistungsfähigkeit eines Hundes oder Fleischfressers) – es sei denn, er verfügte über die Fähigkeit zu *wissen*, wo er Nahrung, Wasser, Unterschlupf finden, wie er natürliche Feinde meiden konnte. Doch als er eine Kultur und die Technik entwickelte und sich immer mehr darauf verließ, gingen ihm diese nicht mehr genutzten Kräfte verloren. Ein Mensch, der sich wenig bewegt, verliert die Fähigkeit, laufen und klettern zu können, doch die Muskeln sind und bleiben vorhanden und können wieder entwickelt werden, wie jeder Athlet und Zirkuskünstler weiß. Der Mensch, der sich auf seine Notizbücher verläßt, verliert die Fähigkeit der alten Barden, tagelang Epen und Genealogien rezitieren zu können. Doch über all diese Jahrtausende hinweg schlummerten die alten ASW-Kräfte in seinen Genen und Chromosomen, in seinem Gehirn, und jetzt waren sie von einer Chemikalie in diesem geisterhaften Wind (Pollen? Staub? Virus?) stimuliert worden.

Wahnsinn also. Der Mensch, daran gewöhnt, nur fünf seiner Sinne zu gebrauchen, wird von den ungenutzten anderen mit neuen Daten bombardiert, sein primitives Gehirn – ebenfalls zu Höchstleistungen stimuliert – konnte das nicht verkraften und reagierte ... bei manchen mit einem erschreckenden, totalen Verlust aller Hemmungen, bei manchen mit einer tauben und stummen und blinden Weigerung, der Wahrheit ins Gesicht zu sehen.

Wenn wir auf dieser Welt überleben wollen, müssen wir lernen, auf diese bisher nicht genutzten Sinne zu hören, müssen wir uns ihnen stellen, sie gebrauchen – sie nicht bekämpfen ...

Camilla nahm seine Hand. »Hör zu, Rafe«, sagte sie laut und mit sanfter Stimme. »Der Wind legt sich, bald wird es regnen, und dann wird dies alles wieder vorbei sein. Vielleicht ändern wir uns wieder ... ich werde mich wohl mit dem Wind ändern, Rafe. Laß es uns genießen, daß wir jetzt zusammen sind ... solange ich kann.« Ihre Stimme klang so traurig, daß der Mann ebenfalls hätte weinen können. Doch statt dessen ergriff er ihre Hand, und sie durchquerten schweigend die Kuppel; an der Tür hielt Camilla an, zog ihre Hand sanft frei und ging zurück. Sie beugte sich über den Captain, schob ihren zusammengerollten Umhang sanft unter seinen Kopf, blieb ein paar Sekunden lang neben ihm knien und küßte schließlich seine Wange. Dann erhob sie sich und kam zu Rafe zurück, hielt sich an ihm fest, bebte leise vor unvergossenen Tränen, und er führte sie aus der Kuppel.

Hoch auf den Hängen sammelte sich der Nebel, und ein sanfter feiner, diesiger Regen tröpfelte vom Himmel. Die kleinen rotäugigen Pelzwesen starrten wild umher, als erwachten sie aus einem langen Traum, dann eilten sie in die Sicherheit der Baumpfade und Unterstände aus geflochtener Rinde und Weidenruten empor. Die umherstreifenden Tiere in den Tälern brüllten in dumpfer Verwirrung und vor Hunger, gaben ihre Kapriolen und ihren Paniklauf auf, fanden sich wieder an den Bächen ein und begannen zu grasen. Und die fremden Menschen von der Erde erwachten wie aus hundert langen, wirren Alpträumen, als sie den Regen auf ihren Gesichtern fühlten und die Auswirkungen des Windes in ihrem Verstand verklangen, und stellten fest, daß in zahlreichen Fällen der durchlebte Alptraum schrecklich real gewesen war.

Captain Leicester mühte sich in der verlassenen Computerkuppel langsam ins Bewußtsein zurück und hörte von draußen die Geräusche des auf der Lichtung herniederprasselnden Regens. Sein Kiefer schmerzte. Er richtete sich auf, betastete kläglich sein Gesicht und tastete nach der Erinnerung an die seltsamen, wirren Gedanken der vergangenen rund sechsunddreißig Stunden. Sein Gesicht war unrasiert und von einem Stoppelbart überzogen. Seine Uniform war schmutzig und unordentlich. Erinnerung? Er schüttelte verwirrt den Kopf, und das tat weh – er legte die Hände an seine pochenden Schläfen.

Bruchstücke drehten sich in seinem Verstand, halb real, wie ein langer Traum. Gewehrfeuer und eine Art Kampf, das süße Gesicht eines rothaarigen Mädchens und eine scharfe, unmißverständliche Erinnerung an ihren Körper, nackt und einladend – war das Wirklichkeit gewesen oder nur eine wilde Phantasterei? Eine Explosion, die die Lichtung erschüttert hatte – das Schiff? Sein Verstand war noch zu sehr zerfasert von Traum und Alptraum, um zu wissen, was er getan hatte oder wohin er daraufhin gegangen war, doch er erinnerte sich, hierher zurückgekommen zu sein und Camilla allein vorgefunden zu haben – *natürlich würde sie den Computer beschützen, so wie eine Glucke ihr einziges Kücken beschützt* –, und da gab es auch eine vage Erinnerung an eine lange Zeit mit Camilla, daran, wie er ihre Hand hielt, während etwas Eigenartiges mit ihnen geschah ... dieses Wahrnehmen einer tiefverwurzelten Verbindung, intensiv und vollständig, brennend nah und doch nicht zwingend sexuell, obwohl auch diese Facette aufgeglüht war – *oder war das nur eine Illusion, durch das rothaarige Mädchen, dessen Namen er nicht kannte, in diesen Gedankengang verstrickt?* –, die seltsamen Lieder, die sie gesungen hatte ... und dann: eine weitere Flut der Angst und der Schutzfindung, eine Explosion in seinem Geist und schließlich nur mehr schwarze Dunkelheit und Schlaf.

Die Vernunft kehrte zurück, ein gemächliches Ansteigen, ein Zurückweichen des Alptraums. Was war in dieser Zeit des Irrsinns mit dem Schiff, mit der Mannschaft, den anderen geschehen? Er wußte es nicht. Besser, er beeilte sich, dies herauszufinden! Vage erinnerte er sich daran, daß jemand erschossen worden war, bevor er selbst durchgedreht hatte ... oder war auch das Teil des langen Wahnsinns? Er drückte den Knopf, mit dem er normalerweise die Sicherheitsoffiziere des Schiffes herbeirief, doch es gab keine Reaktion, und dann merkte er, daß auch die Beleuchtung nicht funktionierte. Also war irgend jemand in seinem Wahn an die Energieversorgung gelangt. Gab es noch weiteren Schaden? Er mußte es herausfinden. Unterdessen – wo war Camilla?

(In diesem Augenblick glitt sie zögernd aus Rafes Armen und flüsterte sanft: »Ich muß gehen und nachsehen, welcher Schaden dem Schiff zugefügt worden ist, *Querido.* Und ich muß nach dem Captain sehen; vergiß nicht, ich gehöre nach wie vor zu seiner Mannschaft. Unsere Zeit ist um – wenigstens vorläufig. Es wird für uns alle eine Menge zu tun geben. Ich muß zu ihm gehen – ja, ich weiß, aber ich liebe ihn auch, nicht wie dich, aber ich lerne eine Menge über die Liebe, mein Liebling, und er ist möglicherweise verletzt worden . . .«)

Im strömenden Regen, der sich mit schwerem nassem Schnee zu vermischen begann, überquerte sie die Lichtung. *Hoffentlich entdecken wir bald eine Art Pelztier*, dachte sie. *Die für die Erde gemachten Kleider werden uns hier und im Winter nichts nützen.* Es war ein völlig routinemäßiger Gedanke; sie dachte ihn, als sie in die verdunkelte Kuppel trat.

»Wo waren Sie, Leutnant?« fragte der Captain mit belegter Stimme. »Ich habe das ungewisse Gefühl, daß ich Ihnen so etwas wie eine Entschuldigung abgeben müßte, aber ich kann mich kaum an etwas erinnern.«

Sie blickte sich in der Kuppel um und schätzte den Schaden rasch ab. »Es ist irgendwie idiotisch, mich hier und jetzt Leutnant zu nennen . . . Du hast mich früher Camilla genannt – schon bevor wir hier gelandet sind.«

»Wo sind die anderen, Camilla? Ich nehme an, es war dieselbe Sache, die euch in den Bergen befallen hat?«

»Das nehme ich auch an. Und ich glaube, daß wir bald bis über beioe Ohren in den Nachwirkungen stecken«, sagte sie mit einem heftigen Frösteln. »Ich habe Angst, Captain . . .« Sie unterbrach sich mit einem eigenartigen kleinen Lächeln. »Ich kenne nicht einmal deinen Vornamen.«

»Harry«, sagte Captain Leicester geistesabwesend, und seine Blicke waren auf den Computer gerichtet, und mit einem jähen, scharfen Ausruf ging Camilla darauf zu. Sie fand eine der für Notfälle ausgeteilten Harzkerzen und zündete sie an, dann hielt sie sie hoch und untersuchte die Konsole.

Die Hauptreihen der Datenspeicher waren mit massiven Platten vor Staub, Beschädigung, zufälligem Löschen oder Manipulation geschützt. Sie nahm ihre Werkzeuge zur Hand und machte sich daran, die Platten zu lösen; sie arbeitete in fieberhafter Eile. Durch ihre Miene der Dringlichkeit alarmiert, kam der Captain zu ihr. »Ich werde das Licht halten«, sagte er. Sobald er es genommen hatte, arbeitete sie schneller und sagte zwischen zusammengepreßten Zähnen hindurch: »Jemand ist an den Platten gewesen, Captain . . . die Sache gefällt mir überhaupt nicht.«

Die Schutzplatte löste sich, sie zog sie beiseite und starrte hinunter. Ihr Gesicht erbleichte langsam, ihre Hände krallten sich vor Schrecken und Entsetzen an ihren Seiten fest.

»Du weißt, was passiert ist?« flüsterte sie; ihre Stimme drohte, ihr in der Kehle steckenzubleiben. »Es ist der Computer. Mindestens die Hälfte aller Programme . . . vielleicht mehr . . . ist gelöscht worden. Ausgelöscht. Und ohne den Computer . . .«

»Ohne den Computer«, sagte Captain Leicester gedehnt, »ist das Schiff nichts weiter als ein paar tausend Tonnen Schrott und Abfall. Wir sind erledigt, Camilla. Wir sitzen fest.«

10

Hoch über dem Wald, in einer massiven Hütte aus Weidengeflecht und Blättern, auf die leiser Regen prasselte, ruhte Judy auf einer Art erhöhtem Sitz und nahm – nicht allein mit Worten – auf, was ihr der schöne Fremde mit den silbernen Augen zu sagen versuchte.

»Auch uns befällt der Wahnsinn, und ich bin tief bekümmert, auf diese Art und Weise in das Leben deines Volkes eingedrungen zu sein. Es gab eine Zeit – nicht in diesen Tagen, sondern in unserer Geschichte verloren –, da reiste unser Volk wie das deine von Stern zu Stern. Es mag sogar sein, daß alle Menschen vom gleichen Blut sind, damals, am Anbeginn der Zeit, und daß auch deine Gefährten, dein Volk, unsere Kleinen Brüder sind, wie dies bei den Pelzigen aus den Bäumen der Fall ist. Tatsächlich will es so scheinen, daß wir beide – du und ich – unter dem Wahnsinn in den Winden zusammengefunden haben . . . Und jetzt trägst du dieses Kind. Es ist nicht so, daß ich völlig bedaure . . .«

Die Berührung einer Feder auf der Hand, nicht mehr, aber

Judy fühlte, daß sie nie etwas so Zärtliches gespürt hatte wie den traurigen Blick des Fremden. *»Doch jetzt, ohne den Wahnsinn in meinem Blut, fühle ich nur tiefen Kummer um dich, meine Kleine. Keinem der Unseren ist erlaubt, ein Kind in Einsamkeit auszutragen, und doch mußt du zu deinem Volk zurückkehren, denn wir könnten nicht für dich sorgen. Die Kälte unserer Behausungen könntest du nicht einmal im Hochsommer ertragen; im Winter müßtest du gewiß sterben, mein Kind.«*

Judys gesamtes Ich war ein einziger großer Schmerzensschrei: *Ich werde dich nie wiedersehen?*

So klar und deutlich kann ich dich nur zu diesen Zeiten erreichen, floß die Antwort in sie hinein, *obwohl mir dein Geist nicht mehr so verschlossen ist wie bisher. Der Verstand jener deines Volkes ist zu anderen Zeiten wie eine halb geschlossene Tür. Es wäre weise von mir, dich jetzt gehen zu lassen, und von dir, niemals auf die Zeit des Wahnsinns zurückzublicken, und doch ...* Ein langes Schweigen, ein tiefer Seufzer. *Ich kann es nicht, ich kann es nicht – wie könnte ich dich von mir gehen lassen und niemals erfahren ...*

Der geheimnisvolle Fremde streckte die Hand aus, berührte das Juwel, das an einer feinen Kette um ihren Hals hing, und zog es hervor. *Diese Steine verwenden wir – manchmal – für die Ausbildung unserer Kinder. Als Erwachsene benötigen wir sie nicht mehr. Es war ein Liebesgeschenk an dich, eine Tat des Wahnsinns vielleicht; meine Älteren würden nicht daran zweifeln. Doch vielleicht kann ich dich manchmal erreichen, irgendwann, wenn dein Geist weit genug geöffnet ist, das Juwel zu beherrschen ... und vielleicht kann ich so erfahren, daß alles gut ist mit dir und dem Kind.*

Sie blickte das Juwel an, das blau war wie ein Sternensaphir, mit kleinen, in seiner Tiefe eingeschlossenen Feuertupfern, nur einen Moment lang, dann hob sie ihren Blick wieder und starrte voller Kummer auf das fremde Wesen. Es war größer als ein Mensch, mit großen hellgrünen Augen, fast silbern, hellhäutig und zart von Gestalt, mit langen schlanken Fingern und Füßen, die trotz der bitteren Kälte nackt und bloß waren ... Lange, fast farblose Haare schweben wie gewichtslose Seide über seine Schultern. Seltsam und bizarr und doch schön war es, mit einer Schönheit, die Judy wie ein Schmerz traf. Mit unendlicher Zärtlichkeit und Traurigkeit streckte ihr der Fremde die Hände entgegen und schmiegte sie sehr kurz an den zarten Körper, und sie spürte, dies war etwas Seltenes, etwas Eigenartiges, eine Konzession an ihre Verzweiflung und Einsamkeit. *Natürlich. Eine thelepathische Rasse hat mit demonstrativen Gesten wenig im Sinn.*

Und jetzt mußt du gehen, meine arme Kleine. Ich werde dich an den Rand des Waldes geleiten, und dann wird dich das Kleine Volk führen – (ich fürchte deine Leute, sie sind so gewalttätig und wild, und euer Verstand . . . euer Verstand ist verschlossen).

Judy sah zu dem Fremden empor, und ihr eigener Kummer über die Trennung verschwamm in der Wahrnehmung seiner Furcht und Angst. »Ich verstehe«, flüsterte sie halblaut, und sein angespanntes Gesicht schien weichere Züge anzunehmen.

Werde ich dich wiedersehen?

Es gibt so viele Gelegenheiten, sowohl zu Gutem wie zu Bösem, Kind. Nur die Zeit weiß es, und ich wage nicht, dir Versprechungen zu machen. Mit einer sanften Berührung umarmte er sie in ihrem pelzgesäumten Mantel, in welchen er sie vorher gehüllt hatte. Sie nickte und kämpfte gegen die Tränen an; erst als er im Wald verschwunden war, ließ sie ihnen freien Lauf und folgte dem kleinen pelzigen Fremden, der kam, um sie über fremde Pfade zum Lager zurückzuführen.

»Sie sind der einzige logische Verdächtige«, sagte Captain Leicester grob. »Sie haben nie ein Geheimnis aus der Tatsache gemacht, diesen Planeten nicht mehr verlassen zu wollen, und die Sabotage des Computers bedeutet, daß Sie Ihren Willen bekommen haben, daß wir diese Welt niemals mehr werden verlassen können!«

»Nein, Captain, Sie irren sich gewaltig.« Moray sah ihm ohne mit der Wimper zu zucken ins Gesicht. »Ich habe die ganze Zeit über gewußt, daß wir diesen Planeten niemals mehr verlassen werden. Während des – wie, zum Teufel, sollen wir es nennen? Massenwahn? Ja –, während des Massenwahns kam es mir tatsächlich in den Sinn, es wäre möglicherweise eine gute Sache, gäbe es den Computer nicht – das würde Sie zwingen, aufzuhören, so zu tun, als könnten wir das Schiff reparieren . . .«

»Ich habe nicht *so getan!*« sagte der Captain eisig.

Moray zuckte mit den Schultern. »Nennen Sie es meinetwegen anders, finden Sie ein anderes Wort dafür. In Ordnung, Sie zwingen, damit aufzuhören, sich selbst etwas vorzumachen und auf den Boden der ernsthaften Tatsachen und des Überlebens herunterzukommen. Aber ich habe es nicht getan. Um ehrlich zu sein, vielleicht hätte ich es getan, wenn mir das in den Sinn gekommen wäre, aber ich kann ein Ende eines Computers nicht vom anderen unterscheiden – ich hätte keine Ahnung, wie ich das anstellen sollte, ihn außer Funktion zu setzen. Gut, ich nehme an, ich hätte ihn sprengen *können* – ich weiß noch, daß ich eine Explosion gehört habe, da lag ich im Garten und hatte . . .« Unvermittelt lachte er verlegen, ». . . und hatte das Erlebnis meines Lebens . . . im Gespräch mit einem Kohlsprößling oder irgend etwas dergleichen.«

Leicester blickte ihn finster an. Er sagte: »Niemand hat den Computer gesprengt oder ihn auch nur außer Funktion gesetzt. Die Programme sind einfach gelöscht worden. Das könnte jede einigermaßen gebildete Person tun!«

»Vielleicht jede einigermaßen gebildete Person, die mit einem Sternenschiff vertraut ist«, widersprach Moray. »Captain, ich weiß nicht, wie ich Sie überzeugen soll, aber ich bin Ökologe, kein Techniker. Ich kann nicht einmal ein Computerprogramm austüfteln. Aber wenn er nicht außer Betrieb ist, was soll dann das ganze Aufhebens? Können sie ihn nicht reprogrammieren oder wie immer man das nennt? Sind die Bänder oder was auch immer – so unersetzlich?«

Leicester war ganz plötzlich überzeugt. Moray *wußte* es nicht. Er sagte trocken: »Zu Ihrer Information, der Computer enthielt etwa die Hälfte des gesamten menschlichen Wissens über Physik und Astronomie. Selbst wenn meine Mannschaft vier Angehörige des Royal College of Astronomy von Edinburgh vorweisen könnte, würden dieselben dreißig Jahre brauchen, wollten sie allein die Navigationsdaten neu einprogrammieren. Die medizinischen Daten noch gar nicht berücksichtigt – die haben wir noch nicht überprüft –, genausowenig wie das komplette Material der Schiffsbibliothek. Wenn man dies alles in Betracht zieht, ist die Sabotage des Computers ein noch schlimmeres Stück menschlichen Vandalismus als die Verbrennung der Bibliothek von Alexandria.«

»Nun, ich kann nur wiederholen – ich habe es nicht getan, und ich weiß auch nicht, wer es getan hat«, erklärte Moray. »Suchen Sie nach jemandem aus Ihrer Mannschaft . . . jemand, der über ein genügend großes technisches Wissen verfügt.« Er stieß ein trockenes, freudloses Lachen aus. »Nach jemandem, der lange genug bei Verstand bleiben konnte. Haben die Mediziner eigentlich herausgefunden, was uns befallen hat?«

Leicester zuckte mit den Schultern. »Die treffendste Vermutung, die ich bislang gehört habe, macht einen in der Luft befindlichen Staub dafür verantwortlich, der ein starkes Halluzinogen enthält. Noch unidentifiziert ... und das wird er vermutlich auch bleiben, bis sich die Dinge im Lazarett wieder eingependelt haben.«

Moray schüttelte den Kopf. Er wußte, daß ihm der Captain mittlerweile glaubte, und um bei der Wahrheit zu bleiben – auch er war über die Zerstörung der Computerprogramme nicht restlos glücklich. Solange Leicesters ganzes Bemühen davon in Anspruch genommen war zu versuchen, das Sternenschiff zu reparieren, stand fest, daß er sich nicht in das einmischte, was er, Moray, tat, um das Überleben der Kolonie sicherzustellen. Jetzt, als Captain ohne Schiff, würde er ihnen höchstwahrscheinlich bei ihrer Eroberung einer fremden Welt ernsthaft in die Quere kommen. Zum ersten Mal verstand Moray den alten Scherz über die Angehörigen der Raumflotte:

»Man kann einen Sternenschiffkapitän nicht in den Ruhestand versetzen. Man muß ihn erschießen.«

Dieser Gedanke rührte gefährliche Ängste in ihm auf. Moray war kein gewalttätiger Mensch, aber während der sechsunddreißig Stunden des Geisterwindes hat er schmerzliche und unvermutete Abgründe in sich entdeckt. *Vielleicht denkt beim nächsten Mal ein anderer daran ... Was macht mich so sicher, daß es ein nächstes Mal geben wird? Aber vielleicht werde auch ich es tun ... Wie kann man das wissen?*

Er wandte sich von diesem unwillkommenen Gedanken ab. »Haben Sie schon eine Gesamtschadensmeldung vorliegen?« erkundigte er sich.

»Neunzehn Tote – keine medizinischen Befunde, aber mindestens vier Patienten sind im Hospital gestorben ... man hat sich einfach nicht mehr um sie gekümmert«, sagte Leicester knapp. »Zwei Selbstmorde. Ein Mädchen hat sich an Glasscherben geschnitten und ist verblutet – wahrscheinlich eher Unfall als Selbstmord. Und ... ich nehme an, Sie haben das von Pater Valentine schon gehört?«

Moray schloß die Augen. »Ich habe von den Morden gehört, ja. Aber ich kenne nicht alle Einzelheiten.«

Leicester sagte: »Ich bezweifle, ob das überhaupt irgendein Lebender tut. Er weiß es selbst nicht und wird es nie wissen, es sei denn, der Stabsarzt Di Asturien würde ihm ein Synthnarkotikum oder so etwas geben. Ich weiß nur, daß er irgendwie an ein paar

Mannschaftsmitglieder geraten ist, die sich miteinander vergnügt haben ... eine sexuelle Balgerei ... unten, am Flußufer. Es wurde eine ziemlich wilde Sache. Nachdem die erste Welle verebbt ist, hat er begriffen, was er getan hat, und ich schätze, das konnte er nicht ertragen ... er hat ihnen die Kehle durchgeschnitten.«

»Dann ist er einer derjenigen, die Selbstmord begangen haben?«

Leicester schüttelte den Kopf. »Nein. Ich folgere nur, wie es hätte sein können ... Wahrscheinlich ist er gerade noch rechtzeitig genug zu sich gekommen, um zu begreifen, daß auch Selbstmord eine Todsünde ist. Komisch. Ich schätze, ich werde auf diesem Ihrem wunderbaren Paradiesplaneten gegen jeden Schrecken abgehärtet ... alles, woran ich momentan denken kann, ist, wieviel Ärger mir erspart geblieben wäre, wenn er es getan hätte. Jetzt muß ich ihn wegen Mordes vor ein Gericht stellen und dann entscheiden – oder andere entscheiden lassen –, ob das ein Fall für die Todesstrafe ist oder nicht.«

Moray lächelte freudlos. »Warum sich die Mühe machen?« fragte er. »Welchen Urteilsspruch könnten Sie denn schon fällen – außer *vorübergehende Unzurechnungsfähigkeit?«*

»Mein Gott, Sie haben recht!« Leicester fuhr sich mit der Hand über die Stirn.

»In aller Ernsthaftigkeit, Captain. Wir werden möglicherweise immer und immer wieder damit fertig werden müssen. Wenigstens so lange, bis wir die Ursachen kennen. Ich schlage vor, Sie entwaffnen augenblicklich Ihre Sicherheitstruppe ... Die ersten Symphome traten auf, als der Sicherheitsoffizier das Mädchen angeschossen hat, dann einen anderen Offizier. Ich schlage vor, daß wir bei der nächsten regenfreien Nacht sämtliche tödliche Waffen – Küchenmesser, chirurgischen Instrumente und dergleichen – sofort wegsperren. Das wird vermutlich nicht allen Ärger verhindern, denn schließlich können wir nicht jeden Stein oder jedes größere Holzscheit auf diesem Planeten einschließen ... aber trotzdem: Es ist besser als nichts. Übrigens ... wenn ich Sie mir so ansehe, dann scheint mir, als habe jemand vergessen, wer Sie sind, und Sie mit einem ziemlichen Schwinger traktiert.«

Leicester rieb sich das Kinn. »Würden Sie mir bei meinem Alter einen Kampf um ein Mädchen glauben?«

Zum ersten Mal lächelten sich die beiden Männer mit einer beginnenden gegenseitigen Sympathie an, dann schwand dieses Gefühl wieder. Leicester sagte: »Ich werde darüber nachdenken. Es wird nicht einfach sein.«

»Hier wird nichts einfach sein, Captain«, erwiderte Moray ernst. »Aber ich habe das Gefühl, wenn wir keine ernsthafte Kampagne für eine Ethik der Gewaltlosigkeit ins Leben rufen – eine Ethik, die selbst unter einer Belastung wie der des Massenwahns standhält –, dann wird keiner von uns den Sommer überleben.«

11

Die Tage des Windes haben den Garten verschont, dachte MacAran. Vielleicht hatte ein tiefverwurzelter Überlebensinstinkt den wahnsinnig gewordenen Kolonisten zugeflüstert, daß dies ihre Lebensader war. Im Lazarett waren Reparaturen im Gange, und am Schiff wimmelten die Männer der Arbeitstrupps herum, mit Bergungsarbeiten beschäftigt. Moray hatte bitter klargestellt, daß dies für viele Jahre ihr einziger Vorrat an Metall für Werkzeuge und Gerätschaften sein würde. Stück für Stück wurde die Innenausstattung des großen Sternenschiffes ausgeschlachtet. Aus den Wohnquartieren und Freizeitbereichen wurden die Einrichtungsgegenstände herausgeschleppt und zum Gebrauch in den Schlaf- und Gemeinschaftsgebäuden umfunktioniert, und in den Reparaturwerkstätten, den Küchenbereichen und sogar auf den Brückendecks waren speziell beauftragte Gruppen von Büroarbeitern dabei, eine Bestandaufnahme sämtlicher Werkzeuge und Gerätschaften anzufertigen. MacAran wußte, daß Camilla damit beschäftigt war, den Computer zu überprüfen – sie sollte versuchen festzustellen, welche Programme verschont geblieben waren. Bis hinunter zum kleinsten Gegenstand – Kugelschreiber und Frauenkosmetika im Lagerraum der Kantinen-Verkaufs-Shops – wurde alles aufgenommen und rationiert. Wenn diese Vorräte der technologisch orientierten irdischen Kultur zur Neige gingen, würde es keine mehr geben, und Moray hatte hervorgehoben, daß für einen ordnungsgemäßen Übergang bereits ein Ersatz gesucht wurde.

Die Lichtung bot einen seltsamen Anblick bunten Durcheinanders: die kleinen, aus Plastik und Fibermaterial gebauten Kuppeln, im Schneesturm beschädigt und mit massiverem einheimischem Holz repariert; die scheinbar willkürlich durcheinandergewürfelten Anhäufungen komplizierter Maschinen, die unter der Leitung von Chefingenieur Patrick von uniformierten Mannschaftsangehörigen gepflegt und bewacht wurden; die Leute der Neu-Hebriden-Gemeinschaft, die – aus eigenem Antrieb, soviel MacAran gehört hatte – in den Gärten und Wäldern arbeiteten.

Er hielt zwei Papierzettel in der Hand – die alte Gewohnheit, sich Vermerke zu machen, war noch nicht abgeschüttelt; doch schließlich würde sie sich zusammen mit den schwindenden Papiervorräten auflösen. Was würde sie ersetzen? Klingelzeichen, für jeden individuell kodiert, wie man es in großen Kaufhäusern zu tun pflegte, um die Aufmerksamkeit einer speziellen Person zu gewinnen? Mündlich überbrachte Botschaften? Oder würde es ihnen gelingen, aus einheimischen Produkten Papier herzustellen und somit eine jahrhundertealte Gewohnheit, sich auf geschriebene Notizen zu verlassen, fortzusetzen? Auf einem Zettel stand, er solle sich zu einer sogenannten Routineuntersuchung im Lazarett melden; auf dem anderen wurde er aufgefordert, in Morays Büro zur Arbeitsanalyse und -zuweisung vorzusprechen.

Im großen und ganzen war die Eröffnung, daß der Computer nutzlos und das Schiff notgedrungen aufzugeben war, ohne großen Aufschrei begrüßt worden. Von einem oder zwei Mannschaftsmitgliedern hatte man gerüchteweise gehört, sie hätten es getan und sollten gelyncht werden, doch im Moment gab es keine Möglichkeit festzustellen, wer zum einen die Navigationsbänder des Computers gelöscht und zum anderen eine der inneren Antriebskammern mit einer provisorisch zusammengebastelten Dynamitladung in die Luft gejagt hatte. Im letzteren Fall war der Verdacht auf einen Angehörigen der Mannschaft gefallen, der längere Zeit verschwunden gewesen war und erst kürzlich um Aufnahme in die Neu-Hebriden-Gemeinschaft gebeten hatte. Doch schließlich hatte man seinen verstümmelten Körper im Innern des Schiffes in der Nähe des Explosionsherdes gefunden, und alle waren zufrieden, es dabei zu belassen.

MacAran ahnte, daß diese Ruhe trügerisch war, ein Ergebnis des Schocks, und daß sich früher oder später neue Stürme erheben würden, aber für den Moment hatte einfach jeder die dringende Notwendigkeit akzeptiert, sich zusammenzuschließen, um Schäden zu beheben und das Überleben in der nicht berechenbaren Rauhheit des unbekannten Winters zu sichern. MacAran war sich über seine diesbezüglichen Empfindungen nicht recht im klaren, aber er war auf jeden Fall bereit gewesen, in einer Kolonie zu leben, und insgeheim meinte er, es könnte interessanter sein, einen »wilden« Planeten zu kolonisieren als einen weitgehend erdgleich gestalteten und vom Expeditionskorps bereits *überarbeiteten.* Allerdings hatte er nicht damit gerechnet, vom Hauptstrom, der Erde, abgeschnitten zu sein – keine Sternenschiffe, kein Kontakt und keine Kommunikation mit den anderen besiedelten Planeten der Galaxis, vielleicht generationenlang, vielleicht für immer. *Das* tat weh. Das hatte er noch nicht akzeptiert. Er wußte, vielleicht würde er es nie akzeptieren.

Er betrat das Gebäude, in dem Morays Büro lag, las das Schild an der Tür NICHT ANKLOPFEN – HEREINKOMMEN und befolgte den lässigen Hinweis. Moray unterhielt sich gerade mit einem Mädchen, das MacAran unbekannt war; ihrem Kleid nach mußte sie zu den Neu-Hebriden-Leuten gehören.

»Ja, ja, meine Liebe, ich weiß, du möchtest einen Arbeitsposten im Garten haben, aber aus deiner Akte geht hervor, daß du im Kunst- und Keramikhandwerk tätig warst, und genau dort wirst du bei uns gebraucht. Ist dir eigentlich klar, daß in beinahe jeder Kultur zuerst das Töpferhandwerk entwickelt wird? Und überhaupt – du bist schwanger, aber ich habe keine Freimeldung von dir vorliegen.«

»Ja, gestern war die Verkündigungszeremonie für mich. Aber unsereins arbeitet immer bis unmittelbar vor der Niederkunft.«

Moray lächelte schwach. »Einerseits freue ich mich, weil du dich wohl genug fühlst, um weiterzuarbeiten. Aber in den Kolonien ist es schwangeren Frauen nicht erlaubt, einer körperlichen Arbeit nachzugehen.«

»Artikel vier . . .«

»Der Artikel vier«, sagte Moray, und sein Gesicht war hart, »ist für die Erde formuliert worden, und den dort gegebenen Bedingungen. Laß dich über die Tatsache des Lebens auf Planeten mit andersartiger Schwerkraft, anderem Licht und Sauerstoffgehalt aufklären, Alanna. Dieser Planet ist einer der angenehmen . . . der Sauerstoffanteil in der Luft ist ziemlich hoch, es herrscht nur eine geringe Schwerkraft . . . Hier werden die Babys keinen Sauerstoffmangel und keine Quetschsymptome erleiden müssen. Aber auch auf den angenehmsten Planeten bewirkt nur die *Veränderung* etwas, und für eine so geringe Bevölkerung wie die unsere sieht es mit der Statistik böse aus. Die Hälfte der Frauen ist für fünf bis zehn Jahre steril, die andere Hälfte erleidet für fünf bis zehn Jahre immer wieder eine Fehlgeburt, und über denselben Zeitraum hinweg sterben die Hälfte der lebend geborenen Kinder, bevor sie einen Monat alt sind. In den Kolonien müssen die Frauen *verhät-*

schelt werden, Alanna. Zeige dich kooperativ, oder du wirst ruhiggestellt und ins Lazarett eingeliefert. Wenn du eine der Glücklichen sein willst, die ein lebendiges Baby zur Welt bringt und kein totes oder schwerkrankes oder mißgebildetes, dann verhalte dich kooperativ – und zwar ab *sofort*!«

Als sie mit einem Zettel für das Lazarett hinausgegangen war, benommen und schockiert, nahm MacAran ihren Platz vor dem überhäuften Schreibtisch ein, und Moray lächelte zu ihm hoch. »Sie haben es gehört. Wie gefällt Ihnen ... dir *mein* Job – schwangere junge Mädchen zu Tode ängstigen?«

»Nicht sehr.« MacAran dachte an Camilla, die auch ein Kind unter dem Herzen trug. Sie war also nicht steril gewesen. Aber die Befürchtung, sie könne eine Fehlgeburt haben, war groß – die Chancen standen eins zu zwei, und diejenigen, daß ihr Kind leben würde, fünfzig zu fünfzig. Grausame Statistiken und allein der Gedanke daran ließ ihn einen Griff des Entsetzens spüren. War ihr das gesagt worden? Wußte sie es? Verhielt sie sich kooperativ? Er wußte es nicht; in den letzten halben Zehntagswochen hatte sie mit dem Captain hinter verschlossenen Türen über dem Computer gebrütet.

Moray runzelte leicht die Stirn und sagte: »Komm auf den Boden zurück. Du bist einer der Glücklichen, MacAran – du brauchst nicht zu befürchten, arbeitslos oder umgeschult zu werden.«

»Wie bitte?«

»Du bist Geologe, und es ist wichtig für uns, daß du genau das tust, was du gelernt hast. Du hast gehört, was ich zu Alanna gesagt habe: Eines der ersten Gewerbe, die wir brauchen, dazu noch in aller Eile, ist das Töpferhandwerk. Doch für die Töpferei braucht man Porzellanerde – oder einen guten Ersatz dafür. Wir brauchen auch verläßliche Bau-Steine ... möglichst eine Art Beton oder Zement ... des weiteren Kalksteine oder etwas mit denselben Eigenschaften, und dann brauchen wir noch Silikate für Glas, verschiedene Erze ... und genaugenommen überhaupt zuerst einmal eine geologische Untersuchung dieses Teils des Planeten, und diese Untersuchung muß abgeschlossen sein, bevor der Winter einsetzt. Du trägst keine Priorität eins, Mac – aber du bist mittlerweile in der Kategorie zwei oder drei. Kannst du in den nächsten beiden Tagen einen Untersuchungs- und Erkundungsplan aufstellen und mir grob geschätzt sagen, wie viele Leute du zu dem Probensammeln und für die Tests benötigen wirst?«

»Klar, das geht in Ordnung. Aber hast du nicht gesagt, wir könnten hier keine technologische Zivilisation ins Auge fassen?«

»Können wir auch nicht«, versetzte Moray. »Nicht in dem Sinne, in dem Ingenieur Patrick dieses Wort gebraucht. Keine Schwerindustrie. Keine mechanischen Fortbewegungsmittel. Aber so etwas wie eine nichttechnologische Zivilisation gibt es nicht. Sogar die Höhlenmenschen haben sich einer gewissen Technologie bedient – sie haben Feuersteine bearbeitet; hast du dir einmal eine ihrer Fabrikationsstätten angesehen? Ich hatte nie die Absicht, uns auf der Stufe von Wilden anfangen zu lassen. Die Frage ist nur, welche Technologien können wir bewältigen, besonders während der ersten drei oder vier Generationen?«

»So weit planst du voraus?«

»Ich muß.«

»Du hast gesagt, mein Job hätte keine absolute Priorität. Was hat eine solche Priorität?«

»Nahrung«, erwiderte Moray nüchtern. »Und da haben wir wieder Glück. Der Boden hier ist fruchtbar ... wir können anbauen – obgleich ich annehme, die Ernte wird nur knapp über der Rentabilitätsgrenze liegen, also werden wir Dünger und Komposte verwenden müssen ... und Ackerbau *ist* möglich. Ich habe Planeten kennengelernt, auf denen die Nahrungssicherungs-Priorität derart viel Zeit beansprucht hätte, daß selbst minimale Gewerbe für zwei oder drei Generationen hätten verschoben werden müssen. Die Erde besiedelt sie nicht, aber wir hätten auch Pech haben und auf einem von ihnen Schiffbruch erleiden können. Hier gibt es vielleicht sogar Tiere, die wir zähmen können; MacLeod kümmert sich bereits darum. Die Unterkünfte tragen die Priorität zwei – und übrigens, wenn du diese Studie anfertigst, dann überprüfe doch auch ein paar der unteren Hänge auf *Höhlen.* Sie sind vielleicht wärmer als alles, was wir zusammenbauen können, zumindest während des Winters. Nach dem Essen und den Unterkünften kommen einfache handwerkliche Fertigkeiten – dann die Annehmlichkeiten des Lebens, Weberei, Töpferei, Brennstoffe und Licht, Kleidung, Musik, Gartenwerkzeuge, Möbel. Du verstehst, was ich meine. Geh und entwirf deine Studie, MacAran, und ich werde dir genug Männer zuweisen, damit du deine Arbeit tun kannst.« Er zeigte wieder sein grimmiges Lächeln. »Wie gesagt, du bist einer der Glücklichen. Heute morgen habe ich einem Weltraum-Nachrichtenexperten mit absolut keinerlei anderen Fertigkeiten beibringen müssen, daß sein Beruf für mindestens zehn Generationen ausgestorben ist ... Ich habe ihm einen Beruf in der Landwirtschaft, im Zimmermannshandwerk oder als Grobschmied zur Wahl gestellt.«

Als MacAran das Büro verließ, flogen seine Gedanken zwangsweise wieder zu Camilla. War es das, was sie erwartete? Nein, bestimmt nicht, denn eine zivilisierte Gesellschaft mußte einfach Verwendung für eine Computer-Informationsbibliothek haben! Aber würde das Moray mit seinen klar festgelegten Prioritäten genauso sehen?

Er ging durch den mittäglichen Sonnenschein zum Lazarett – durch helle violette Schatten. Die Sonne stand hoch und rot wie ein entzündetes und blutiges Auge am Himmel. In der Ferne plagte sich eine einzelne Gestalt mit Steinen herum und errichtete einen niedrigen Wall, und MacAran beobachtete Pater Valentine, wie er seine einsame Buße tat. Im Prinzip akzeptierte MacAran die Feststellung, daß die Kolonie kein einziges Händepaar erübrigen konnte, daß Pater Valentine seine Verbrechen durch nützliche Arbeit sinnvoller büßen konnte als durch ein Hängen am Hals bis zum Tode. Er haßte den kleinen Priester nicht, er empfand kein Entsetzen über ihn, und selbst wenn er auf die Stimme seines Herzens hörte, gab es dort kein geflüstertes: »Meide ihn!« MacAran erinnerte sich noch sehr gut an seinen eigenen Wahnsinn – *wie leicht hätte er den Captain in seiner rasenden Eifersucht umbringen können!* Captain Leicesters Urteilsspruch war eines König Salomon würdig. Pater Valentine war befohlen worden, die Toten zu begraben, diejenigen, die er umgebracht hatte, und die anderen, einen Friedhof anzulegen und ihn gegen wilde Tiere und jedwede Entweihung mit einer Steinmauer einzufrieden – und ein angemessenes Denkmal für das Massengrab jener zu errichten, die beim Absturz ums Leben gekommen waren. MacAran wußte nicht so recht, welchen nützlichen Zweck ein Friedhof erfüllen konnte – außer vielleicht jenen, die Erdenmenschen ständig daran zu erinnern, wie nahe der Tod beim Leben lag und wie nahe der Wahnsinn beim gesunden Verstand. Aber diese seine Arbeit würde den Pater von den anderen Mannschaftsmitgliedern und Kolonisten fernhalten und damit von all jenen, die sich nicht bewußt waren, wie nahe sie selbst daran gewesen waren, ein Verbrechen an seiner Stelle zu begehen. Sie würde ihn beschäftigt halten, bis sich die Erinnerung an das Schreckliche gnädig gelegt hatte, und er würde genügend harte Arbeit leisten und Buße tun, um selbst das eigene

Verlangen nach Bestrafung zu befriedigen. Er war ein verzweifelter Mann.

Irgendwie brachte ihn der Anblick der einsamen, gebeugten Gestalt aus der Stimmung, seine andere Verabredung im Lazarett einzuhalten. Er ging zum Wald hinüber, wobei er am Gartenareal vorbeikam, auf dem sich die Neu-Hebrider um lange Reihen grüner sprießender Pflanzen kümmerten. Alastair, auf den Knien, verpflanzte gerade kleine grüne Schößlinge aus einem flachen aufgedeckten Kasten in das weiche Erdreich. Er erwiderte MacArans Winken mit einem Lächeln. *Sie sind froh über diesen glücklichen Ausgang – dieses Leben ist vollkommen in ihrem Sinn.* Alastair sagte etwas zu dem Jungen, der den Kasten mit den Pflanzen hielt, stand auf und kam zu MacAran herübergelaufen.

»Der *Padrón* – Moray – hat mir gesagt, du würdest die geologische Arbeit machen. Wie stehen die Chancen, Materialien zur Glasherstellung zu finden?«

»Kann ich noch nicht sagen. Warum?«

»Bei einem derartigen Klima brauchen wir Gewächshäuser«, antwortete Alastair. »Konzentriertes Sonnenlicht. Etwas, mit dem wir junge Pflanzen gegen die Schneestürme schützen können. Ich tue, was ich kann, mit Plastikplanen, Folienreflektoren und Ultraviolettbestrahlung, aber das ist nur ein provisorischer Notbehelf. Überprüfe auch natürliche Düngemittel und Nitrate. Der Boden hier ist nicht allzu kräftig.«

»Ich kümmere mich darum«, versprach MacAran. »Warst du auf der Erde in der Landwirtschaft tätig?«

»Gott, nein. Automechaniker – Überführungsspezialist«, lächelte Alastair. »Der Captain hat mir angedroht, mich zu einem Maschinisten umschulen zu lassen. Ich werde nächtelang wach sitzen und für denjenigen beten, der das verdammte Schiff in die Luft gejagt hat!«

»Nun, und ich werde versuchen, deine Silikate zu finden«, versprach MacAran und überlegte, an welcher Stelle von Morays gestrengen Prioritäten die Kunst der Glaserzeugung wohl stehen würde. Und was war mit den Musikinstrumenten? Ziemlich weit oben, vermutete er. Selbst Wilde hatten ihre Musik, und ein Leben ohne Musik konnte er sich nicht vorstellen – und diese Angehörigen eines singenden Volkes wohl erst recht nicht, schätzte er.

Wenn der Winter so schlimm wird, wie wir das alle befürchten, dann wird uns vielleicht gerade die Musik bei Verstand halten, und ich wette, daß sich Moray das bereits ausgerechnet hat ... dieser alles berechnende Bastard!

Wie zur Antwort auf seine Überlegungen erhob eines der auf den Feldern arbeitenden Mädchen die Stimme zu einem leisen, traurigen Lied. Ihre dunkle und heisere Stimme hatte eine flüchtige Ähnlichkeit mit der von Camilla, und ihr Singen ließ eine alte, wehmütige Weise von den Hebriden auferstehen:

Oh, Caristiona mein,
antworte bitte auf mein Fleh'n ...
Keine Antwort heute nacht?
Mein Kummer, oh nein ...
Oh Caristiona mein.

Camilla, warum kommst du nicht zu mir, warum antwortest du mir nicht? Antworte ... antworte bitte auf mein Fleh'n ... mein Kummer, oh nein ...

So tief, ach, trauert mein Herz, mein Herz,
und meine Augen fließen vor Schmerz, vor Schmerz ...
Oh Caristiona mein ...
antwortest nicht mehr auf mein Fleh'n?

Ich weiß, daß du unglücklich bist, Camilla, aber warum, warum kommst du damit nicht zu mir ...?

Camilla kam langsam und widerstrebend – den Untersuchungszettel in der Hand – ins Lazarett. Dies war ein beruhigendes Überbleibsel der Schiffsroutine, doch als sie statt des vertrauten Gesichts des Medo-Chefs Di Asturien *(er spricht wenigstens Spanisch!)* das des jungen Ewen Ross sah, runzelte sie ärgerlich die Stirn.

»Wo ist der Chef? Du bist nicht befugt, das Schiffspersonal zu untersuchen!«

»Der Chef operiert gerade den Mann, dem während der Zeit des Geisterwindes die Kniescheibe zerschossen worden ist. Wie auch immer – für die Routineuntersuchungen bin ich verantwortlich, Camilla. Was ist los?« Sein rundes junges Gesicht war vertrauenerweckend. »Genüge ich dir nicht? Ich versichere dir, meine Zeugnisse sind hervorragend. Und außerdem ... ich habe geglaubt, wir sind Freunde! Die gemeinsamen Opfer des ersten Geisterwindes! Mach mir nicht meine Selbstachtung kaputt!«

Gegen ihren Willen lachte sie. »Ewen, du Schuft, du bist unmöglich! Ja, ich schätze, dies hier ist ein Routinefall. Vor ein paar Monaten hat der Chef verkündet, die Verhütungsmittel würden versagen ... und ich scheine eines der Opfer zu sein. Ich bin gekommen, weil ich mich zur Abtreibung anmelden will.«

Ewen stieß einen leisen Pfiff aus. »Tut mir leid, Camilla«, sagte er sanft, »aber da ist nichts zu machen.«

»Aber ich bin *schwanger!*«

»Das ist nur ein Grund für Glückwünsche und dergleichen«, sagte er. »Vielleicht wirst du die erste sein, die hier ihr Kind zur Welt bringt ... vorausgesetzt, dir kommt keines der Kommunenmädchen zuvor.«

Sie hörte ihm stirnrunzelnd zu, als könne sie ihn nicht richtig verstehen. »Ich glaube, für diese Angelegenheit werde ich doch den Chef in Anspruch nehmen müssen; du hast offenbar keine Ahnung von den Vorschriften des Raumdienstes.«

In seinen Augen schimmerte ein tiefes Bedauern; er verstand nur zu gut. »Di Asturien würde dir dieselbe Antwort geben«, sagte er sanft. »Bestimmt weißt du, daß in den Kolonien nur dann eine Abtreibung durchgeführt wird, wenn dadurch ein Leben gerettet oder die Geburt eines mißgebildeten und schwerkranken Kindes verhindert werden kann ... Außerdem bin ich mir nicht einmal sicher, ob wir hier überhaupt über die *dafür* nötigen Einrichtungen verfügen. Für die ersten drei Generationen ist eine hohe Geburtenrate absolut zwingend notwendig ... und du weißt bestimmt, daß vom Kolonialen Expeditionskorps nur jene weiblichen Freiwilligen angenommen werden, die im gebärfähigen Alter sind und eine Vereinbarung unterschreiben, Kinder zu bekommen.«

»Diese Bestimmung geht mich nichts an.« Camillas Augen blitzten. »Ich habe mich nicht freiwillig für die Kolonie gemeldet. Ich gehöre zur Mannschaft. Und du weißt so gut wie ich, daß Frauen mit höheren wissenschaftlichen Dienstgraden von diesem Reglement ohnehin ausgenommen sind – sonst würde keine Frau mit einem anständigen Beruf, den sie schätzt, in die Kolonien gehen! Ich werde es anfechten, Ewen! Verdammt, ich lasse mich nicht dazu zwingen, ein Kind zu bekommen! Keine Frau darf dazu *gezwungen* werden, ein Kind zu bekommen!«

Ewen lächelte die verärgerte Frau wehmütig an. »Setz dich, Camilla, sei vernünftig. Zuerst einmal, Liebes – gerade die Tatsache, daß du einen höheren Dienstgrad innehast, macht dich für uns erst recht wertvoll. Wir brauchen deine Gene viel mehr, als wir deine wissenschaftlichen Fähigkeiten brauchen. Derlei Fähigkeiten werden wir für ein halbes Dutzend Generationen nicht mehr brauchen – wenn überhaupt. Doch Gene von Personen mit einer hohen Intelligenz und mathematischer Begabung müssen im Gen-Pool bewahrt werden – wir können es nicht wagen, sie aussterben zu lassen.«

»Willst du damit sagen, ich sei *gezwungen,* Kinder zur Welt zu bringen? Wie eine Wilde, ein wandelnder Mutterleib ... eine Gebärmaschine auf den prähistorischen Planeten?« Ihr Gesicht war bleich vor Wut. »Das ist absolut unerträglich! Sämtliche Frauen der Mannschaft werden in den Streik treten, wenn sie das hören!«

Ewen zuckte mit den Schultern. »Das bezweifle ich«, meinte er. »In erster Linie hast du das Reglement falsch verstanden. Frauen dürfen sich nur dann freiwillig in die Kolonien melden, wenn sie intakte Gene haben, im gebärfähigen Alter sind und eine Übereinkunft unterzeichnen, Kinder zu bekommen ... *Gelegentlich* werden auch Frauen angenommen, die bereits *keine* Kinder mehr zur Welt bringen können; dies trifft dann zu, wenn sie eine medizinische oder wissenschaftliche Ausbildung genossen haben. Andernfalls bedeutet das Ende der fruchtbaren Jahre zugleich auch das Ende der Hoffnung, für eine Kolonie angenommen zu werden ... und weißt du, wie lange die Wartelisten für die Kolonien sind? Ich habe vier Jahre gewartet; Heathers Eltern haben ihren Namen eintragen lassen, als sie zehn war, und jetzt ist sie dreiundzwanzig. Die Überbevölkerungsgesetze auf der Erde sind hart – manche Frauen stehen zwölf Jahre auf Wartelisten, bis sie die Erlaubnis erhalten, ein *zweites* Kind zu bekommen.«

»Ich kann mir nicht vorstellen, weshalb sie sich die Mühe machen«, erwiderte Camilla voller Abscheu. »Ein Kind müßte für jede Frau genug sein, wenn sie oberhalb des Halses noch etwas hat und sofern sie keine Neurotikerin ohne jedes eigenständige Selbstwertgefühl ist.«

»Camilla«, sagte Ewen sehr sanft, »dies ist etwas Biologisches. Schon damals, im zwanzigsten Jahrhundert, hat man an Ratten und Ghettobewohnern Experimente vorgenommen und herausgefunden, daß das Versagen mütterlichen Verhaltens eine der ersten Folgeerscheinungen kritischer sozialer Überfüllung darstellt. Es ist ein pathologischer Befund. Der Mensch ist ein rationell denkendes Tier, deshalb nannten es die Soziologen ›Frauenbefreiung‹ und dergleichen, aber es lief einzig und allein auf eine pathologische Reaktion auf Überbevölkerung und Sich-beengt-Fühlen hinaus. Frauen, denen nicht erlaubt werden konnte, Kinder zu bekommen, mußte man um ihrer geistigen Gesundheit willen eine Arbeit geben. Aber das nutzt sich ab. Wenn Frauen in die Kolonien auswandern, unterzeichnen sie eine Vereinbarung, ein Minimum von zwei Kindern zur Welt zu bringen, und die meisten von ihnen erlangen – sobald sie aus dem Gedränge auf der Erde heraus sind – sowohl ihre geistige wie auch ihre emotionale Gesundheit wieder, und die durchschnittliche Kolonisten-Familie hat vier Kinder – was, psychologisch gesprochen, ungefähr richtig ist. Bis das Baby zur Welt kommt, wird dein Hormonspiegel wahrscheinlich wieder normal sein – und du wirst eine gute Mutter abgeben. Wenn nicht, tja, dann wird es wenigstens deine Gene haben, und wir werden es einer sterilen Frau geben, um es für dich großziehen zu lassen. Vertraue mir, Camilla.«

»Versuchst du tatsächlich, mir beizubringen, daß ich dieses Baby bekommen *muß*!«

»Das tue ich ganz bestimmt«, gab Ewen zu, und plötzlich wurde seine Stimme hart. »Und nicht nur bei diesem einen Kind. Auch bei allen anderen, sofern du sie ohne eigene Gefährdung tragen kannst. Es besteht eine Chance von eins zu zwei, daß du eine Fehlgeburt erleidest.« Mit fester Stimme und unerschütterlich informierte er sie über die Statistik, die MacAran früher an diesem Tag bereits von Moray dargelegt bekommen hatte. »Wenn wir Glück haben, Camilla, haben wir momentan neunundfünfzig fruchtbare Frauen. Selbst wenn sie alle noch in diesem Jahr schwanger werden, werden wir froh sein können, zwölf lebende Kinder zu bekommen ... und wenn diese Kolonie lebensfähig – überlebensfähig – sein soll, dann bedeutet das, daß wir unsere Zahl auf etwa vierhundert hochbringen müssen, bevor die älteren Frauen ihre Fruchtbarkeit verlieren. Es wird auf des Messers Schneide stehen, und ich habe das Gefühl, jede Frau, die sich weigert, so viele Kinder zu bekommen, wie sie körperlich verkraften kann, wird sich verdammt unbeliebt machen. Staatsfeind Nummer eins ist nicht drin.«

Ewens Stimme klang hart, doch mit der gesteigerten Sensitivität, über die er seit der Zeit des ersten WINDES verfügte, seit jenem Augenblick, in dem irgend etwas in ihm für die Empfindungen anderer aufgestoßen worden war, bemerkte er die schrecklichen Bilder, die sich in Camillas Verstand drehten.

Keine Person, nur ein Gegenstand, ein wandelnder Mutterleib, ein Ding, für Zuchtzwecke benötigt, etwas Geistloses . . . mein Verstand verkümmert, meine Fähigkeiten nutzlos . . . nur eine Zuchtstute . . .

»So schlimm wird es nicht werden«, beruhigte er sie mit großem Mitgefühl. »Du wirst eine Menge zu tun haben. Aber es wird kein Weg daran vorbeiführen, Camilla. Ich weiß, für dich ist es schlimmer als für manche andere, aber es ist für alle dasselbe. Unser Überleben hängt davon ab.« Er sah ihr nicht mehr in die Augen; er konnte den Sturm ihrer Qual nicht ertragen.

Sie sagte, wobei sich ihre Lippen zu einem festen Strich verengten: »Vielleicht wäre es unter solchen Bedingungen besser, *nicht* zu überleben!«

»Das werde ich erst mit dir diskutieren, wenn du dich besser fühlst«, erklärte Ewen ruhig. »Es ist den Atem nicht wert. Ich werde dir einen Termin für die Vorsorgeuntersuchung bei Margaret geben . . .«

». . . *ich will nicht!*«

Ewen erhob sich rasch. Er gab einer hinter ihr stehenden Schwester ein Zeichen und packte ihr Handgelenk mit einem festen Griff, der sie unbeweglich hielt. Eine Nadel fuhr in ihre Armvene; sie sah mit zornigem Argwohn zu ihm auf, während sich ihre Augen bereits leicht trübten.

»Was . . .«

»Ein harmloses Beruhigungsmittel. Die Vorräte sind knapp, aber wir können genug erübrigen, um dich ruhigzustellen«, erklärte Ewen gelassen. »Wer ist der Vater, Camilla? MacAran?«

»Das geht dich nichts an!« spie sie ihm entgegen.

»Zugegeben, aber ich sollte es für die genetischen Aufzeichnungen wissen. Captain Leicester?«

»MacAran«, sagte sie in einer Woge dumpfen Zorns, und plötzlich, mit einem tiefgreifenden, nagenden Schmerz, erinnerte sie sich . . . *wie glücklich sie zur Zeit des Windes gewesen waren . . .*

Mit tiefem Bedauern sah Ewen auf ihre besinnungslose Gestalt hinunter. »Holen Sie Rafael MacAran«, wies er an. »Er soll bei ihr sein, wenn sie wieder aufwacht. Vielleicht kann er sie zur Vernunft bringen.«

»Wie kann sie nur so selbstsüchtig sein?« fragte die Krankenschwester entsetzt.

»Sie ist auf einem Raumsatelliten aufgewachsen«, erklärte Ewen, »und in der Alpha-Kolonie. Sie hat sich mit fünfzehn beim Raumservice beworben und ihr ganzes Leben lang eine Gehirnwäsche nach der anderen bekommen ... sie sollte glauben, ein Kind zu bekommen sei etwas, woran sie nicht interessiert sein könne. Sie wird lernen. Es ist nur eine Frage der Zeit.«

Aber insgeheim überlegte er, wie viele Frauen aus der Mannschaft dasselbe empfanden – Sterilität konnte auch psychologisch bedingt sein – und wie lange es dauern würde, diese anerzogene Furcht und Abneigung zu überwinden.

War es auf dieser rauhen, brutalen und ungastlichen Welt überhaupt zu schaffen, sie auf eine überlebensfähige Anzahl zu bringen?

12

MacAran saß neben der schlafenden Camilla und dachte an das hinter ihm liegende Gespräch mit Ewen Ross im Hospital zurück. Nachdem Ewen ihm die Sache mit Camilla erklärt hatte, hatte er ihm noch eine Frage gestellt:

»Erinnerst du dich, während der Zeit des Windes außer mit Camilla noch mit sonst jemandem Geschlechtsverkehr gehabt zu haben? Glaube mir – ich frage nicht aus Neugier. Manche Frauen und Männer können sich an gar nichts mehr erinnern, andere haben mindestens ein halbes Dutzend Namen genannt. Wenn wir alles zusammenfügen, woran wir uns erinnern *können*, dann erleichtert das unsere späteren genetischen Aufzeichnungen. Wenn eine Frau beispielsweise drei Männer als *möglicherweise* für ihre Schwangerschaft verantwortlich bezeichnet, dann brauchen wir bei diesen Männern nur Bluttests zu machen, um – innerhalb grober Grenzen natürlich – den tatsächlichen Vater ermitteln zu können.«

»Nur mit Camilla«, sagte MacAran, und Ewen hatte gelächelt. »Wenigstens bist du konsequent. Ich hoffe, du kannst das Mädchen ein bißchen zur Vernunft bringen.«

»Ich kann mir Camilla einfach nicht so recht als Mutter vorstellen«, sagte MacAran und kam sich treulos vor. Ewen zuckte mit den Schultern. »Spielt das eine Rolle? Viele Frauen werden Kinder haben wollen, aber nicht in der Lage sein, welche zu bekommen ... Viele werden ihr Kind während der Schwangerschaft durch eine Frühgeburt verlieren ... Es wird Totgeburten geben. Wenn Camilla das Kind nicht haben will, nachdem es geboren ist, dann ist das ihre Angelegenheit – eine Angelegenheit, die die Gemeinschaft *nicht* trifft. Es wird genügend Pflegemütter geben.«

Dieser Gedanke nun bewegte Rafael MacAran und stachelte allmählich seinen Unwillen an, je länger er dasaß und das betäubte Mädchen betrachtete. Ihre Liebe war – selbst im besten Fall – aus Feindseligkeit erwachsen, war ein Auf und Ab aus Ablehnung und Verlangen gewesen, und jetzt geriet sein Zorn außer Kontrolle. *Verflixtes Balg!* dachte er. *Dein ganzes Leben lang ist alles nach deinem Willen gegangen, und jetzt fängst du beim ersten Anzeichen dafür, vielleicht einer anderen Erwägung als deiner eigenen Bequemlichkeit nachgeben zu müssen, an, Theater zu machen! Zum Teufel mit dir!*

Als hätte die Heftigkeit seiner zornigen Gedanken die dünner werdenden Schleier der Droge durchdrungen, schnellten Camillas Lider von schweren, dunklen Wimpern gesäumt hoch, und sie blickte aus blauen Augen umher, momentan noch verwundert, dann registrierte sie die durchscheinenden Wände der Lazarettkuppel und MacAran an der Seite ihres Feldbettes.

»Rafe?« Ein schmerzvoller Hauch flackerte über ihr Gesicht, und MacAran dachte: *Wenigstens nennt sie mich nicht mehr MacAran.* Er sprach so sanft, wie er nur konnte: »Es tut mir leid, daß du dich nicht wohl fühlst, Liebes. Man hat mich gebeten, zu kommen und dir eine Weile Gesellschaft zu leisten.«

Die Erinnerung kehrte wieder, und ihr Gesicht verhärtete sich. Er konnte ihren Zorn und ihr Elend fühlen, und es war wie ein Schmerz in ihm, und er schaltete den eigenen Unwillen ab, wie mit einem Schalter, den man nur drehen mußte.

»Es tut mir wirklich leid, Camilla. Du hast es nicht gewollt. Hasse mich, wenn du unbedingt jemanden hassen mußt. Es war mein Fehler, ich habe nicht sonderlich verantwortungsbewußt gehandelt, ich weiß.«

Seine Sanftheit, seine Bereitschaft, alle Schuld auf sich zu nehmen, entwaffnete sie. »Nein, Rafe«, sagte sie mühselig, »das ist nicht fair dir gegenüber. Zu der Zeit, als es geschah, wollte ich es so sehr wie du, deshalb hat es keinen Sinn, dir etwas vorzuwerfen. Das Problem liegt darin, daß wir es alle nicht mehr *gewohnt* sind, Schwangerschaft und Sex miteinander in Verbindung zu bringen ... wir haben mittlerweile alle eine recht ... zivilisierte Einstellung diesbezüglich. Und natürlich konnte keiner von uns wissen, daß die regulären Verhütungsmittel nicht mehr wirken.«

Rafe streckte eine Hand aus und berührte die ihre. »Nun, dann werden wir die Verantwortung also gemeinsam tragen. Ich mache dir einen Vorschlag ... Willst du nicht versuchen, dich daran zu erinnern, wie du während des Windes darüber empfunden hast? Wir waren so glücklich.«

»Da war ich *wahnsinnig.* Du auch.« Die tiefe Bitterkeit in ihrer Stimme ließ ihn vor Schmerz zurückprallen, denn er fühlte nicht nur seinen Schmerz, doch er hielt die schlanken Finger fest.

»Aber jetzt bin ich bei Verstand – wenigstens glaube ich das –, und ich liebe dich noch immer, Camilla. Ich finde keine Worte, um dir zu sagen, wie sehr.«

»Müßtest du mich nicht viel eher hassen?«

»Ich könnte dich nicht hassen. Ich bin nicht glücklich darüber, daß du dieses Kind nicht willst«, fügte er hinzu. »Aber wenn wir auf der Erde wären, dann wäre es für mich selbstverständlich, daß es dein gutes Recht ist zu wählen – und das Kind nicht zur Welt zu bringen, wenn du das nicht willst. Trotzdem ... auch darüber wäre ich nicht glücklich, und du kannst nicht von mir erwarten, daß es mir leid tut, weil es eine Chance hat zu leben.«

»Du bist also froh, daß ich dazu gezwungen werde, es zur Welt zu bringen?« schleuderte sie ihm wütend entgegen.

»Wie kann ich über etwas froh sein, das dich so elend macht?« antwortete MacAran mit einer verzweifelten Gegenfrage. »Glaubst du, ich ziehe eine Befriedigung daraus, dich so unglücklich zu sehen? Es zerreißt mir das Herz, es bringt mich um! Aber du bist schwanger, und du bist krank, und wenn du dich besser fühlst, wenn du diese Dinge sagst ... Ich liebe dich, und was kann ich schon dagegen tun, als dir zuzuhören und mir zu wünschen, etwas Hilfreiches sagen zu können? Ich wünsche nur, du wärst darüber ein bißchen glücklicher – und ich nicht so völlig hilflos.«

Camilla konnte seine Verwirrung und sein Leid fühlen, als sei es ihr eigenes, und dieses Beharren einer Wirkung, die sie allein mit der Zeit des Windes in Verbindung gebracht hatte, riß sie aus ihrem Zorn und ihrem Selbstmitleid. Langsam setzte sie sich auf und griff nach seiner Hand.

»Es ist nicht deine Schuld, Rafe«, sagte sie sanft, »und wenn es dich unglücklich macht, weil ich mich so verhalte, dann werde ich versuchen, das Beste daraus zu machen. Ich kann so tun, als würde ich ein Kind *wollen*, aber wenn ich schon eines bekommen muß – und so sieht es aus –, dann ist es mir lieber, es ist deines, als das von irgend jemand anderem.« Sie lächelte vage und setzte hinzu: »So wie es damals ausgesehen hat, nehme ich an, es hätte jeder sein können ... Ich bin froh, daß du es warst.«

Rafe MacAran war unfähig zu sprechen – und dann merkte er, daß es nicht notwendig war. Er beugte sich hinunter und küßte ihre Hand. »Ich werde alles tun, was in meiner Macht steht, um es dir leichter zu machen«, versprach er, »und ich wünschte nur, es wäre mehr.«

Moray war mit den Arbeitszuweisungen für den Großteil der Kolonisten und Mannschaftsmitglieder fertig, als der Chefingenieur Laurence Patrick sich mit Captain Leicester einfand, um ihn, den Vertreter der Kolonie, zu konsultieren.

Patrick sagte: »Weißt du, Moray, lange bevor ich mich zum A-AM-Antriebsexperten habe ausbilden lassen, war ich Spezialist für kleine Geländefahrzeuge. Im Schiff gibt es genügend Metall, um mehrere solcher Fahrzeuge herzustellen, und sie könnten mit kleinen umgebauten Antriebseinheiten betrieben werden. Sie wären euch bei der systematischen Aufnahme der Rohstoffe dieses Planeten eine gewaltige Hilfe, und ich bin bereit, mich um den Bau zu kümmern. Wie bald kann ich damit loslegen?«

Moray erwiderte: »Tut mir leid, Patrick, in deinem oder meinem Leben nicht mehr.«

»Ich verstehe nicht. Würde das denn beim Erkunden und optimalen Erschließen neuer Rohstoffquellen nicht eine ganze Menge helfen? Willst du auf Teufel komm raus eine wilde und barbarische Umwelt schaffen?« fragte Patrick ärgerlich. »Gott steh uns bei – ist das Koloniale Expeditionskorps nichts weiter als eine Brutstätte von Anti-Technokraten und Neo-Ruralisten?«

Moray schüttelte unbeeindruckt den Kopf. »Keinesfalls«, entgegnete er. »Bereits während meines ersten Kolonisierungsauftrages auf einer neuen Welt habe ich eine hochtechnische Gesellschaft entwickelt, basierend auf maximaler Nutzung von elektrischer Energie – und darauf bin ich äußerst stolz; tatsächlich habe ich vor, beziehungsweise sollte ich angesichts unserer Katastrophe wohl sagen: *hatte* vor, am Ende meiner Tage dorthin zurückzukehren und mich dort zur Ruhe zu setzen. Und mein Job in der Coronis-Kolonie sah vor, eine technologische Kultur aufzubauen. Aber so wie sich die Dinge jetzt herausgestellt haben ...«

»Noch ist es möglich«, sagte Captain Leicester. »Noch können wir unser technologisches Erbe an unsere Kinder und Enkel weitergeben, Moray, und irgendwann, selbst wenn wir hier lebenslang gestrandet sein sollten, werden unsere Enkel zurückkehren können. Vor der Erfindung des Dampfschiffes bis zur Landung der Menschen auf dem Mond sind weniger als zweihundert Jahre vergangen. Und bis zur Entwicklung der M-AM-Antriebe, die es uns möglich gemacht haben, nach Alpha Centauri zu fliegen, waren es weniger als hundert Jahre. Möglich, daß wir auf diesem gottverlassenen Felsbrocken alle sterben – sogar sehr *wahrscheinlich.* Aber wir können uns unser Wissen an unsere Technologie bewahren, jedenfalls so gut es geht, um unseren Enkeln eine Rückkehr in das Zentrum der menschlichen Zivilisation zu ermöglichen . . . dann werden wir nicht umsonst sterben.«

Moray sah ihn mit tiefem Bedauern an. »Haben Sie es denn wirklich noch immer nicht begriffen? Dann will ich es Ihnen ganz deutlich sagen, Ihnen, Captain, und dir, Patrick. Dieser Planet wird eine fortgeschrittene Technologie *nicht* tragen. Er hat keinen Nickel-Eisen-Kern, und die hauptsächlich vorkommenden Metalle sind Nichtleiter von geringer Dichte, was die niedere Schwerkraft erklärt. Das Gestein ist – soweit wir dies ohne hochspezialisierte Ausrüstung, die wir nicht haben und nicht bauen können, festzustellen vermögen – reich an Silikaten, jedoch arm an metallischen Erzen. Metalle werden hier immer rar sein – erschreckend rar. Der Planet, von dem ich gesprochen habe, derjenige mit diesem ungeheuren Fundus an elektrischer Energie, verfügte über gigantische fossile Ölvorkommen, *und* es gab Unmengen von gewaltigen Bergbächen, mit deren Wasser man Energie erzeugen konnte . . . *und* er hatte ein sehr widerstandsfähiges ökologisches System. Diese Welt hier bietet uns so eben noch Ackerland, zumindest in dieser Gegend. Der Wald bewahrt die Landschaft hier vor einer ungeheuerlichen Erosion, deshalb müssen wir beim Schlagen von Nutzholz äußerste Vorsicht walten lassen; die Wälder müssen als Lebensader erhalten bleiben. Außerdem können wir einfach nicht genügend Arbeitskräfte erübrigen, um die Fahrzeuge zu bauen, die dir vorschweben, sie zu warten und zu unterhalten oder die dafür notwendigen kleinen Straßen zu bauen, die dann erforderlich sein würden. Wenn du willst, kann ich dir detaillierte Fakten und Zahlen nennen, aber kurz gesagt: Wenn du – oder Sie, Captain –, wenn ihr also auf einer technischen Entwicklung besteht, bedeutet dies das Todesurteil . . . wenn nicht für uns alle, so doch wenigstens für unsere Enkel; wir könnten vielleicht drei Generationen lang überleben, weil wir mit einer so kleinen Gemeinschaft weiterziehen könnten, sobald ein Landstrich weit genug ausgebeutet und tot ist . . . Aber nicht länger.«

Patrick sagte mit tiefer Bitterkeit. »Lohnt es sich denn überhaupt, am Leben zu bleiben oder Enkel zu *bekommen,* wenn sie so werden leben müssen?«

Moray zuckte mit den Schultern. »Ich kann dich nicht veranlassen, Enkel zu bekommen«, meinte er. »Aber ich trage jenen gegenüber eine Verantwortung, die bereits unterwegs sind. Und es gibt Kolonien ohne hochstehende Technologie, für die die Warteliste genauso lang ist wie für diejenigen, auf denen eine massenhafte Verwendung von Elektrizität möglich ist. Tut mir leid, das sagen zu müssen: Aber nicht ihr Superwissenschaftler seid unsere Lebensader . . . Ihr seid – um es offen auszusprechen – nichts weiter als Ballast. Die Leute, die wir auf dieser Welt brauchen, finden wir in der Neu-Hebriden-Gemeinschaft . . . und ich vermute, *wenn* wir überleben, so wird es ihr Verdienst sein!«

»Nun«, sagte Captain Leicester, »ich schätze, das sagt uns, wo wir stehen.« Er dachte einen Augenblick darüber nach. »Also, was liegt an, Moray?«

Moray blätterte in den Aufzeichnungen und sagte: »Aus Ihrer persönlichen Akte geht hervor, daß Sie sich an der Akademie in Ihrer Freizeit mit dem Bau von Musikinstrumenten beschäftigt haben. Das hat keine sehr hohe Priorität, aber im kommenden Winter können wir mehr als genug Leute gebrauchen, die etwas darüber wissen. In der Zwischenzeit . . . verstehen Sie etwas von Glasbläserei, praktischer Krankenpflege, Diätetik, oder könnten Sie Chemie unterrichten?«

»Ursprünglich habe ich mich für den Dienst im Medo-Korps gemeldet«, sagte Patrick überraschend. »Dann habe ich mich für die Offiziersausbildung entschlossen.«

»Dann geh und sprich mit Di Asturien im Lazarett. Vorläufig werde ich dich als Hilfssanitäter eintragen; du unterliegst der Rekrutierung aller körperlich tauglichen Männer zum Bauprogramm. Ein Ingenieur müßte sich mit Architektur und Konstruktionsplanung auskennen. Was Sie betrifft, Captain . . .«

Leicester sagte gereizt: »Es ist idiotisch, mich Captain zu nennen. Captain *wovon,* um Gottes willen, Mann!«

»Also, Harry«, räumte Moray mit einem kleinen schiefen Lächeln ein. »Ich glaube, Titel und derlei Dinge werden innerhalb von drei oder vier Jahren sang- und klanglos vergessen sein, aber ich werde niemanden des seinen berauben, wenn er ihn behalten will.«

»Nun, betrachten Sie den meinen als abgelegt«, erklärte Leicester. »Werden Sie mich zum Garten-Umgraben einziehen? Jetzt, da ich als Raumschiffskapitän ausgedient habe, ist das alles, wozu ich noch tauge.«

»Nein«, sagte Moray offen. »Ich brauche das, was Sie zum Captain gemacht hat – Ihre Führungsqualitäten.«

»Gibt es ein Gesetz gegen die Rettung des technologischen Wissens, das uns noch geblieben ist? Ist es möglicherweise verboten, es für diese unsere hypothetischen Enkel in den Computer einzuprogrammieren?«

»In Ihrem Fall sind diese Enkel gar nicht so hypothetisch«, sagte Moray. »Fiona McMorair – sie ist drüben, im Lazarett, eine mögliche Frühschwangerschaft – hat Sie als den möglichen Vater benannt.«

»Wer, zum Teufel – Verzeihung für den Ausdruck –, wer auf dieser gottverdammten Welt ist Fiona Macwasweißich?« Leicester runzelte die Stirn. »Ich hab' noch nie etwas von diesem verdammten Mädchen gehört!«

Moray kicherte. »Spielt das eine Rolle? Ich habe während des Windes zufällig die meiste Zeit damit verbracht, Kohlsprößlinge und Baby-Bohnenpflanzen zu verführen oder mir zumindest ihre Sorgen anzuhören, aber die meisten von uns haben diese Zeit ein bißchen weniger . . . nun, sagen wir, ernst durchlebt. Dr. Di Asturien wird Sie nach dem Namen möglicher anderer weiblicher Kontakte befragen.«

Leicester brummte: »Um die einzige, an die ich mich erinnern kann, habe ich gekämpft – und ich habe verloren.« Er rieb den verblassenden blauen Fleck an seinem Kinn. »Oh halt, warten Sie . . . ist das Mädchen rothaarig . . . eines aus der Kommune?«

Moray sagte: »Ich weiß nicht, wie das Mädchen aussieht. Aber etwa drei Viertel der Neu-Hebriden-Leute sind rothaarig – sie sind überwiegend Schotten; auch ein paar Iren sind dabei. Wenn das Mädchen keine Fehlgeburt hat, stehen die Chancen überdurchschnittlich gut, daß Sie in neun bis zehn Monaten Vater eines rothaarigen Babys sind . . . ob Mädchen oder Junge, das wird sich herausstellen. Sie sehen also, Leicester, Sie haben durchaus Anteil an dieser Welt!«

Leicester errötete; es war ein langsames, zorniges Rotwerden. »Ich will nicht, daß meine Nachkommen in Höhlen hausen und im

Boden nach ihrem Lebensunterhalt scharren«, sagte er. »Sie sollen wissen, von was für einer Welt wir gekommen sind.«

Moray antwortete ihm nicht gleich. Schließlich sagte er: »Ich frage Sie ernsthaft – antworten Sie nicht, ich bin nicht Hüter Ihres Gewissens, aber denken Sie darüber nach –, wäre es nicht das Beste, unsere Nachfahren eine Technologie entwickeln zu lassen ... eine Technologie, die auf dieser Welt heimisch ist? Statt sie mit dem Wissen über eine Technologie zu quälen, die diesen Planeten vernichten könnte?«

»Ich verlasse mich darauf, daß meine Nachkommen Vernunft besitzen«, erwiderte Leicester.

»Dann fangen Sie an, und programmieren Sie das Zeug in den Computer, wenn Sie wollen«, sagte Moray mit demselben kleinen Achselzucken. »Vielleicht werden sie mehr als genug Vernunft besitzen, dieses Wissen nicht zu verwenden.«

Leicester machte Anstalten zu gehen. »Kann ich meine Assistentin zurückhaben? Oder ist Camilla Del Rey zu etwas *Wichtigem* eingeteilt – Küchendienst, beispielsweise, oder muß sie Gardinen nähen ... für das Lazarett?«

Moray schüttelte den Kopf. »Sobald sie aus dem Hospital kommt, können Sie sie zurückhaben«, sagte er. »Obwohl ich sie als schwanger und nur für leichte Tätigkeiten einsetzbar führe ... Ich habe daran gedacht, sie zu bitten, ein paar grundlegende Texte zur Mathematik zu schreiben. Aber die Arbeit am Computer ist wohl nicht sehr anstrengend. Wenn sie also damit weitermachen will, habe ich keine Einwände.«

Er starrte wieder konzentriert auf die Arbeitstabellen hinunter, die seinen Schreibtisch überhäuften, und Harry Leicester, der Ex-Captain des Sternenschiffes, merkte, daß er damit entlassen war.

13

Ewen Ross verweilte bei den genetischen Tabellen und sah zu Judith Lovat auf. »Glaube mir, Judy. Ich will dir keinen Ärger machen, aber es wird unsere Aufzeichnungen eine Menge vereinfachen. Wer war der Vater?«

»Ich habe es dir schon einmal gesagt, und du hast mir nicht geglaubt«, sagte sie tonlos. »Also kennst du die Antwort besser als ich. Sag, was du willst.«

»Ich weiß kaum, was ich dir antworten soll«, murmelte Ewen. »Ich erinnere mich nicht daran, mit dir zusammengewesen zu sein, aber wenn du sagst, daß es so war . . .«

Sie schüttelte hartnäckig den Kopf, und er seufzte. »Also die alte Geschichte von einem Außerirdischen. Siehst du denn nicht ein, wie grotesk das ist? Wie unglaublich? Willst du etwa postulieren, die Eingeborenen dieser Welt seien menschlich genug, um sich mit unseren Frauen zu paaren?« Er zögerte. »Du machst nicht zufällig Spaß, nein, Judy?«

»Ich postuliere überhaupt nichts, Ewen. Ich bin keine Genetikerin, ich bin einfach nur eine Diätetik-Expertin. Ich erzähle dir nur, was passiert ist.«

»Zu einer Zeit, als du verrückt warst. Zweimal.«

Heather berührte leicht seinen Arm. »Ewen«, sagte sie sanft. »Judy lügt nicht. Sie sagt die Wahrheit – oder das, was sie für die Wahrheit hält. Nimm's leicht.«

»Aber verdammt, ihre Überzeugung ist kein Beweis.« Ewen seufzte und zuckte mit den Schultern. »In Ordnung, Judy, wie du willst. Aber es muß MacLeod gewesen sein – oder Zabal. Oder ich. Ganz gleich, woran du dich zu erinnern glaubst, es muß so gewesen sein.«

»Wenn du das sagst, muß es natürlich stimmen«, erwiderte Judy, stand leise auf und ging davon; ohne gesehen zu haben, was Even niedergeschrieben hatte, wußte sie, was dort stand: *Vater unbekannt; möglich: MacLeod, Lewis . . . Zabal, Marco . . . Ross, Ewen.*

Als Judy die Tür hinter sich schloß, sagte Heather: »Du warst ziemlich grob zu ihr, Schatz.«

»Ich bin zufällig der Meinung, daß wir auf einer derart rauhen Welt keinen Platz für Phantasie haben. Verdammt, Heather, ich habe diesen Beruf gewählt, damit ich Leben erhalten kann, um jeden Preis – *jeden* Preis. Und ich habe zusehen müssen, wie Menschen gestorben sind . . . ich habe sie sterben *lassen* – wenn wir geistig gesund sind, müssen wir geistig *supergesund* sein, um das zu kompensieren!« sagte der junge Arzt grimmig.

Heather dachte kurz darüber nach. »Ewen, wie urteilst du?« fragte sie ihn dann. »Könnte nicht das, was auf der Erde geistige Gesundheit zu sein scheint, hier nur . . . Dummheit sein? Beispielsweise weißt du, daß der Chef ganze Frauengruppen für vorgeburtliche Pflege und zu Hebammen ausbildet . . . falls wir, wie er sagt, in diesem Winter zu viele Leute verlieren; falls das medizinische Personal damit nicht mehr fertig wird. Er hat auch gesagt, er selbst habe kein Baby mehr zur Welt geholt, seit er damals Interner geworden sei – das gibt es im Raumservice natürlich nicht. Nun, eines der ersten Dinge, die er uns gesagt hat, war: Sollte eine Frau eine Frühgeburt haben – ergreift keine außergewöhnlichen Maßnahmen, dies zu verhindern. Wenn das Kind nicht dadurch zu retten ist, daß die Mutter ruht und warm gehalten wird: nichts anderes, keine Hormone, keine Fötus-Unterstützungs-Medikamente, nichts.«

»Das ist grotesk!« preßte Ewen heraus. »Fast kriminell!«

»Genau das waren Dr. Di Asturiens Worte«, teilte ihm Heather mit. »Auf der Erde *wäre* es kriminell. Aber hier – sagte er – könne eine drohende Fehlgeburt in einer Linie eine Möglichkeit der Natur sein, sich eines Embryos zu entledigen, der sich nicht an die gegebene Umgebung anpassen könne ... die Schwerkraft und so weiter. Besser, die Frau hat eine Frühgeburt und kann erneut schwanger werden, anstatt sechs Monate damit zu verschwenden, ein Kind zu tragen, das sterben muß oder mit furchtbaren Mißbildungen aufwachsen wird. Ebenfalls auf der Erde könnten wir es uns leisten, gebrechliche Kinder zu retten – todbringende Gene, mentale Schäden, angeborene Mißbildungen, Fötalschädel und so weiter. Dort gibt es komplizierte Apparaturen dafür und eine entsprechende medizinische Infrastruktur: Bluttransfusionen, Wachstumshormontransplantationen, Rehabilitation und Ausbildungsmöglichkeiten. Aber wenn wir hier nicht eines Tages den grausamen Schritt unternehmen wollen, behinderte Kinder auszusetzen oder sogar zu töten, dann sollten wir sie besser auf einem absoluten Minimum halten. Etwa die Hälfte der auf der Erde geborenen behinderten Kinder – vielleicht sogar neunzig Prozent, wer weiß, schließlich ist es dort längst zur Routine geworden, eine Fehlgeburt um jeden Preis zu verhindern – sind das Resultat dieser Bemühungen – Kinder die hätten sterben sollen, Fehler der Natur, die vor der Ausselektion bewahrt wurden. Auf einer Welt wie dieser geht es um das unbedingte Überleben unserer Rasse; wir dürfen nicht zulassen, daß todbringende Gene und Schäden in unseren Gen-Pool gelangen. Verstehst du, was ich meine? Wahnsinn auf der Erde – rauhe Überlebenstatsache hier. Die natürliche Selektion muß ihren Lauf nehmen – und das bedeutet: keine heldenhaften Methoden, um Fehlgeburten zu verhindern, keine extremen Methoden, um todgeweihte oder geburtengeschädigte Babys zu retten.«

»Und was hat das alles mit Judys wilder Geschichte zu tun? Mit ihrer Behauptung, ein fremdes Wesen habe ihr ein Kind gezeugt?« fragte Ewen.

»Nur dies«, sagte Heather, »daß wir lernen müssen, in neuen Bahnen zu denken – und nicht kurzerhand Dinge verwerfen, nur weil sie sich zu phantastisch anhören.«

»Du *glaubst,* ein nichtmenschlicher Fremder hätte – oh, komm, Heather! Um Gottes willen!«

»Welchen Gott meinst du?« fragte Heather. »Alle Gottheiten, die ich kenne, gehören zur Erde. Ich *weiß* nicht, wer Judys Baby gezeugt hat. Ich war nicht dabei. Aber sie war daran beteiligt, und mangels eines Beweises würde ich *ihr* Wort nehmen. Sie ist keine wirklichkeitsfremde Spinnerin, und wenn sie sagt, sie sei von einem Fremden gerufen und geliebt worden und habe schließlich bemerkt, daß sie schwanger sei, dann werde ich ihr das verdammt noch mal glauben, bis ich das Gegenteil beweisen kann. Zumindest bis ich das Baby gesehen habe. Wenn es dein oder Zabals oder MacLeods lebendes Ebenbild ist – gut, dann glaube wahrscheinlich auch ich daran, daß Judy einer verrückten Idee aufgesessen ist. Aber während der Zeit des zweiten Windes hast du dich vernünftig verhalten – jedenfalls bis zu einem gewissen Grad. Auch MacLeod hat sich bis zu einem gewissen Grad vernünftig verhalten. Offenbar bleibt nach dem ersten Ausgesetztsein bei nachfolgenden Heimsuchungen durch die Droge oder die Pollen zumindest ein *bißchen* Selbstkontrolle gewahrt. Judy hat uns einen vernünftigen Bericht darüber abgegeben, was sie dieses Mal getan hat, und es hat mit dem übereingestimmt, was beim ersten Mal geschehen ist. Warum sollten wir also im Zweifelsfall nicht zu ihren Gunsten entscheiden?«

Langsam strich Ewen Ross die Namen und ließ nur: *»Vater unbekannt«* stehen.

»Das ist alles, was wir mit Sicherheit sagen können«, meinte er schließlich. »Ich werde es dabei belassen.«

In dem großen Gebäude, das noch immer als Speisesaal, Küche und Freizeiträumlichkeit diente – obwohl mittlerweile, aus dem schweren durchscheinenden einheimischen Gestein gebaut, eine separate Gemeinschaftsküche entstand –, bereitete eine Gruppe von Frauen aus der Neu-Hebriden-Gemeinschaft in ihren Tartan-Röcken und den warmen Uniform-Mänteln, die man jetzt bei ihnen trug, das Abendessen vor. Eine von ihnen, ein Mädchen mit langen roten Haaren, sang mit heller Sopranstimme:

Geht der Tag so still verloren,
meinen Schritt zum Bach ich leite,
wo ein Mann, aus Sonn' geboren,
Elfentochter dereinst freite.
Warum sitz' ich da und seufze,
zupfe Farnkraut, zupfe Farnkraut,
ganz allein und müde?

Sie unterbrach sich, als Judy hereinkam:

»Judy, hier ist alles fertig, ich habe ihnen gesagt, daß du drüben, im Lazarett, bist. Deshalb haben wir ohne dich angefangen.«

»Danke, Fiona. Sag mir – was war das für ein Lied, das du gesungen hast?«

»Oh, eines unserer Insellieder«, antwortete Fiona. »Du sprichst kein Gälisch? Ich habe nicht geglaubt, daß ... Nun, es heißt *Das Liebeslied der Elfe,* und es handelt von einer Elfe, die sich in einen sterblichen Mann verliebt hat und nun für alle Ewigkeit die Hügel von Skye durchstreift und noch immer nach ihm sucht, sich noch immer fragt, warum er nie zu ihr zurückgekehrt ist. Auf Gälisch ist es hübscher.«

»Dann sing es auf Gälisch«, lächelte Judy. »Es wäre fürchterlich langweilig, würde hier nur eine einzige Sprache überleben! Fiona, sag mir – der Pater nimmt seine Mahlzeiten nicht im Gemeinschaftsraum ein, oder?«

»Nein, man bringt ihm das Essen hinaus.«

»Kann ich es heute hinausbringen? Ich würde gerne mit ihm reden«, sagte Judy, und Fiona sah auf einen einfachen, an die Wand gehefteten Arbeitsplan. »Ich bin gespannt, ob wir wenigstens dann eine feste Arbeitszuweisung bekommen, wenn wir wissen, wer schwanger ist und wer nicht. In Ordnung, ich werde Elsie Bescheid sagen, daß du es ihm bringst. Es ist einer der Beutel da drüben.«

Sie fand Pater Valentine auf dem Friedhof bei seiner mühsamen Plagerei, umgeben von den großen Steinen, aus denen er das Denkmal errichtete. Dankbar nahm er das Essen, das sie ihm reichte, wickelte es aus und stellte es auf einen flachen Stein. Sie setzte sich neben ihn und sagte ruhig: »Pater, ich brauche Ihre Hilfe. Ich nehme an, Sie werden meine Beichte nicht hören wollen?«

Langsam schüttelte er den Kopf. »Ich bin kein Priester mehr, Dr. Lovat. Wie, um alles in der Welt, könnte ich die Unverschämtheit besitzen, im Namen Gottes ein Urteil über die Sünden eines anderen zu sprechen?« Er lächelte schwach. Er war ein kleiner schmächtiger Mann, nicht älter als dreißig, aber jetzt sah er abgehärmt und alt aus. »Auf jeden Fall hatte ich viel Zeit zum Nachdenken, während ich hier draußen Steine geschleppt habe. Wie kann ich auf einer Welt, auf die er niemals seinen Fuß gesetzt hat, aufrichtig das Evangelium Christi predigen oder lehren? Wenn Gott will, daß diese Welt gerettet wird, so wird er jemanden schicken müssen, dies zu tun ... was immer das bedeuten mag.« Er steckte den Löffel in den Fleisch- und Getreide-Eintopf. »Sie haben sich Ihr eigenes Mittagessen mitgebracht? Gut. Theoretisch akzeptiere ich die Isolation. In der Praxis jedoch merke ich, daß ich mir die Gesellschaft eines Mitmenschen viel mehr ersehne, als ich je geglaubt hätte.«

Damit war für ihn das Thema Religion offenbar beendet, doch Judy konnte es in ihrem inneren Aufruhr nicht so leicht beiseite schieben. »Dann lassen Sie uns einfach ohne jeden geistlichen Beistand, Pater?«

»Ich glaube nicht, daß ich in dieser Hinsicht jemals viel geleistet habe«, sagte Pater Valentine. »Ich frage mich, ob das je ein Priester getan hat. Es braucht nicht gesagt zu werden, daß ich alles, was ich für jemanden als Freund tun kann, tun werde – das ist das mindeste, was ich tun kann; und wenn ich mein Leben damit zubrächte, würde es doch nicht annähernd aufwiegen, was ich getan habe, doch es ist besser, als in Sack und Asche herumzusitzen und Bußgebete herunterzuleiern.«

Die Frau sagte: »Das kann ich verstehen, glaube ich. Aber meinen Sie wirklich, hier gäbe es keinen Platz für einen Glauben oder eine Religion, Pater?«

Er machte ein zurückweisende Geste. »Hören Sie auf, mich *Pater* zu nennen. Bruder, wenn Sie wollen. Auf dieser Welt müssen wir alle Brüder und Schwestern im Unglück sein. Und was Ihre Frage betrifft: Nein, ich habe nicht gesagt, es gäbe keinen Platz für einen Glauben oder eine Religion auf dieser Welt, Dr. Lovat – ich kenne nicht einmal Ihren Vornamen –, Judith? Das habe ich nicht gesagt, Judith. Ein jedes menschliche Wesen braucht den Glauben an die Güte einer Macht, die es geschaffen hat, ganz gleich, wie sie es nennt, und es braucht ein religiöses oder ethisches System. Allerdings glaube ich nicht, daß wir Sakramente und Priesterschaften von der Welt brauchen, die nur eine Erinnerung ist und für unsere Kinder und Kindeskinder nicht einmal mehr das sein wird. Ethik: ja. Kunst: ja. Musik, Fertigkeiten, Wissen, Menschlichkeit – ja. Aber keine Rituale, die rasch zu Aberglauben verkommen werden. Und bestimmt keinen sozialen Kodex oder eine Reihe rein willkürlicher Verhaltensmuster, die nichts zu tun haben mit der Gesellschaft, in der wir jetzt leben.«

»Aber in der Coronis-Kolonie hätten Sie ... hättest du in der Kirchenorganisation gearbeitet?«

»Ich nehme es an. Ich habe nie wirklich darüber nachgedacht. Ich gehöre dem Orden von Sankt Christopher von Centaurus an, welcher gegründet wurde, um die Reformierte Katholische Kirche zu den Sternen zu tragen, und ich habe es einfach als eine Ehre angesehen. Ich habe nie wirklich darüber nachgedacht – kein ernsthaftes, hartes, tiefschürfendes Nachdenken. Aber hier, auf meinem Steinhaufen, da hatte ich eine Menge Zeit zum Nachdenken.« Er lächelte kaum merklich. »Kein Wunder, daß man zu Hause, auf der Erde, Verbrecher zum Steineklopfen verurteilt hat. Das hält die Hände beschäftigt und gibt einem alle Zeit der Welt zum Nachdenken.«

Judy sagte langsam: »Dann glaubst du also nicht, daß die Verhaltensethik etwas Absolutes ist? Es gibt – was uns betrifft – nichts eindeutig göttlich Verfügtes?«

»Wie könnte es das? Judith, du weißt, was ich getan habe. Wäre ich nicht mit der Vorstellung aufgezogen worden, bestimmte Dinge würden an sich und aus ihrer Natur heraus genügen, um mich geradewegs in die Hölle zu schicken, dann hätte ich, als ich nach der Zeit des Windes aufgewacht bin, damit leben können. Vielleicht wäre ich beschämt gewesen oder bestürzt, vielleicht hätte ich mich übergeben müssen, aber ich wäre nicht der Überzeugung gewesen, tief unten, in meinem Verstand, keiner von uns habe verdient, danach *weiterleben* zu dürfen. Im Seminar hat es keine Schattierungen von richtig oder falsch gegeben – nur Tugend und Sünde und dazwischen nichts. In meinem Wahnsinn haben mich die Morde nicht beunruhigt, weil mir im Seminar beigebracht worden war, Unzucht sei eine Todsünde, die mir die ewige Verdammnis bescheren werde ... wie konnte also ein Mord schlimmer sein? Man kann nur einmal zur Hölle fahren, und ich war bereits verdammt. Eine vernunftgemäße Ethik hätte mir gesagt, daß das, was diese armen Burschen – Gott habe sie selig – und ich auch immer während jener Nacht des Wahnsinns getan haben, lediglich unsere Würde und unser Anstandsgefühl verletzt hatte, wenn überhaupt. Jedenfalls war das Meilen, Galaxien, von einem Mond entfernt.«

Judy sagte: »Ich bin keine Theologin, Pa ... äh ... Valentine, aber kann jemand im Zustand völliger geistiger Umnachtung überhaupt eine Todsünde begehen?«

»Glaube mir, das habe ich lange hinter mir. Es hilft nicht zu wissen, daß ich, wäre es mir möglich gewesen, zu meinem Beichtvater zu laufen und seine Vergebung zu erbitten für all die Dinge, die ich in meinem Wahnsinn getan habe – nach den Begriffen mancher Menschen häßliche, im Grunde jedoch harmlose Dinge –, daß ich dann also nicht fähig gewesen wäre, diese armen Männer zu töten. Es muß einiges falsch sein an einem System, das besagt, man könne Schuld an- und abnehmen ... wie einen Überzieher. Und was den Wahnsinn anbelangt – im Wahnsinn kann nichts zutage treten, was nicht bereits vorhanden war. Was mir wirklich unerträglich war, fange ich an zu begreifen, das war nicht das Wissen darum, daß ich im Wahn mit anderen Männern verbotene Sachen getan habe ... es war das Wissen, daß ich nicht mehr geglaubt habe, sie seien falsch, diese Dinge, das Wissen, daß ich, sooft ich einen dieser Männer sehen würde, an diese Zeit würde denken müssen ... an diese Zeit, in der unser Verstand so vollkommen offen füreinander war ... in der wir den Geist und den Körper und das Herz des anderen in der vollkommensten Liebe und Gemeinsamkeit kennengelernt haben, die menschliche Wesen nur erfahren können. Ich wußte, ich würde es nie wieder vor den anderen verbergen können, und deshalb habe ich das kleine Messer genommen ... und habe mich darangemacht, es vor *mir selbst* zu verbergen.« Er lächelte schief, ein schreckliches Totenkopfgrinsen. »Judith, Judith, verzeih mir, du bist gekommen, mich um Hilfe zu bitten, du hast mich gebeten, dir die Beichte abzunehmen – und jetzt hast du schlußendlich der meinen zugehört.«

Sie sagte sehr sanft: »Wenn ich dich richtig verstanden habe, dann werden wir alle Priester füreinander sein müssen, wenigstens so weit, daß wir einander zuhören und die Hilfe gewähren, die uns möglich ist.« Eine Formulierung, die er ausgesprochen hatte, setzte sich in ihr fest, und sie wiederholte sie laut: *»Diese Zeit, in der unser Verstand so vollkommen offen füreinander war ... die vollkommenste Liebe und Gemeinsamkeit, die menschliche Wesen je erfahren können.* Das scheint es zu sein, was uns diese Welt geschenkt hat. In verschiedenem Ausmaß, ja – aber auf die eine oder andere Weise uns allen. Das hat auch er gesagt ...«

Und langsam, immer wieder nach Worten suchend, erzählte sie ihm vom dem Fremden, von ihrer ersten Begegnung im Wald, wie er während der Zeit des Windes nach ihr geschickt hatte, und von den seltsamen Dingen, die er ihr ohne Sprache gesagt hatte.

»Er hat mir gesagt . . . der Verstand eines jeden einzelnen von uns sei wie eine halb verschlossene Tür«, sagte sie. »Doch wir haben einander verstanden, vielleicht um so mehr, weil es diese . . . diese totale Gemeinsamkeit gegeben hat. Aber niemand will mir glauben!« beendete sie ihre Schilderung mit einem Ausruf der Verzweiflung. »Sie glauben, ich sei verrückt oder würde lügen!«

»Spielt es denn eine so große Rolle, was sie glauben?« fragte der Priester bedächtig. »Vielleicht schützt du ihn durch ihren Unglauben sogar. Du hast mir gesagt, er habe Angst vor uns . . . vor deinem Volk – und wenn er und seinesgleichen sanftmütige Wesen sind, bin ich nicht überrascht. Eine telepathische Rasse, die sich während der Zeit des Geisterwindes in unsere Gedanken hätte einschalten können, hätte vermutlich festgestellt, daß wir ein erschreckend gewalttätiges und furchteinflößendes Volk sind, und damit hätten sie nicht völlig unrecht gehabt, obgleich wir noch eine andere Seite haben. Doch wenn die anderen erst einmal anfangen, an deinen – wie formuliert es Fiona? –, an deinen Elfenliebhaber zu glauben, so könnten sie sein Volk aufspüren, und das könnte möglicherweise ein böses Ende nehmen.« Er lächelte wehmütig. »Du weißt – unsere Rasse hat einen schlechten Ruf, was das Zusammentreffen mit anderen Kulturen betrifft . . . Kulturen, die wir als der unseren unterlegen betrachten. Wenn dir der Vater deines Kindes etwas bedeutet, Judy, so würde ich dafür sorgen, daß sie auch weiterhin nicht an ihn glauben.«

»Für immer?«

»So lange, wie nötig. Dieser Planet ist bereits dabei, uns zu verändern«, sagte Valentine. »Vielleicht werden eines Tages unsere und seine Kinder einen Weg finden, ohne die Gefahr einer Katastrophe zusammenzutreffen . . . wir jedoch . . . wir werden abwarten müssen.«

Judy zog an der um ihren Hals liegenden Kette, und er sagte: »Hast du daran nicht ein Kreuz getragen?«

»Ja, ich habe es abgenommen – verzeih mir.«

»Warum? Hier bedeutet es nichts. Aber was ist das?«

Es war ein blaues Juwel, flammend, mit kleinen silbrigen Mustern, die sich darin bewegten. »Er hat gesagt – sie benutzen diese Juwelen für die Ausbildung ihrer Kinder –, daß es mir, wenn ich mit dem Juwel umgehen könne, ein leichtes sei, ihn zu erreichen, ihn wissen zu lassen, es gehe mir und dem Kind gut.«

»Laß es mich sehen«, bat Valentine, aber sie zuckte zurück und wich seiner Hand aus.

»Was . . .?«

»Ich kann es nicht erklären. Ich verstehe es selbst nicht. Aber wenn es jemand anders berührt, dann . . . dann tut es *weh,* als sei es ein Teil von *mir«,* sagte sie linkisch. »Glaubst du auch, ich sei verrückt?«

Der Mann schüttelte den Kopf. »Was ist Verrücktheit?« fragte er. »Ein Juwel, um telepathische Fähigkeiten zu steigern . . . vielleicht hat es ein paar besondere Eigenschaften, die bei den vom Gehirn ausgesandten elektrischen Impulsen mitschwingen . . . Telepathie existiert nicht einfach nur, sie muß natürlichen Ursprungs sein. Vielleicht ist dieses Juwel auf etwas abgestimmt, was in deinem Geist ist, auf etwas, was dich zu dem macht, was du *bist.* Auf jeden Fall existiert es, und – hast du ihn damit schon erreicht?«

»Manchmal kommt es mir so vor«, erwiderte Judy und suchte nach den richtigen Worten. »Es ist, als würde man jemandes Stimme hören und bereits am Klang erkennen, wem sie gehört . . . nein, ganz so ist es auch nicht, aber es geschieht, daß . . . daß ich glaube – sehr kurz nur, aber es ist ganz real –, er stehe neben mir, er berühre mich . . . und dann verblaßt er wieder. Ein Moment der Beruhigung, ein Moment der – Liebe, und dann ist es wieder vorbei. Und ich habe das seltsame Gefühl, daß es nur ein Anfang ist, daß der Tag kommen wird, an dem ich mehr und alles darüber erfahren werde . . .«

Er beobachtete, wie sie das Juwel wieder unter ihrer Bluse verbarg. Schließlich sagte er: »Ich an deiner Stelle . . . ich würde es für eine Weile geheimhalten. Du hast gesagt, dieser Planet verändere uns alle, aber vielleicht verändert er uns nicht *schnell* genug. Bestimmt würden einige der Wissenschaftler dieses Ding nur zu gerne testen – sich damit beschäftigen, es dir sogar wegnehmen, damit herumexperimentieren, es zerstören, um herauszufinden, wie es funktioniert. Vielleicht käme es sogar so weit, daß sie dich verhören, dich immer wieder befragen, um zu sehen, ob du lügst oder halluzinierst. Halte es geheim, Judith. Gebrauche es, wie er es dir gesagt hat. Vielleicht kommt der Tag, an dem es wichtig ist zu wissen, wie es funktioniert . . . so, wie es funktionieren soll, und nicht, wie die Wissenschaftler wollen, daß es funktioniert.«

Er erhob sich und schüttelte die Krümel seiner Mahlzeit von seinem Schoß.

»Für mich heißt es, zurück zum Steinhaufen.«

Sie stellte sich auf die Zehenspitzen und küßte seine Wange. »Danke«, flüsterte sie. »Du hast mir sehr geholfen.«

Der Mann berührte ihr Gesicht. »Ich freue mich«, sagte er. »Es ist – ein Anfang. Ein langer Weg zurück, aber es ist ein Anfang. Gott befohlen, Judith.«

Er sah ihr nach, als sie davonging, und ein seltsamer, fast blasphemischer Gedanke entstand in seinem Sinn: *Woher will ich wissen, daß Gott kein Kind schickt . . . ein fremdes Kind, nicht ganz Mensch . . . hierher, auf diese fremde Welt . . .?* Er verwarf diesen Gedanken wieder und dachte: *Ich bin verrückt,* aber dann krümmte er sich unter einer anderen Überlegung zusammen, und eine Mischung aus Erinnerung und Bestürzung überwältigte ihn: *Woher wissen wir denn, daß das Kind, das ich in all den Jahren angebetet habe, nicht solch einer geheimnisvollen Verbindung entstammte?*

»Lächerlich«, sagte er laut und befaßte sich wieder mit seiner selbst auferlegten Buße.

14

»Ich hätte nie gedacht, daß ich einmal für schlechtes Wetter beten würde«, sagte Camilla. Sie schloß die Tür der kleinen reparierten Kuppel, in welcher der Computer untergebracht war, und gesellte sich zu Harry Leicester. »Ich habe nachgedacht. Könnten wir mit den vorliegenden Daten über die Länge der Tage, den Neigungswinkel der Sonne und so weiter nicht die genaue Länge des hiesigen Planetenjahres berechnen?«

»Das ist einfach genug«, erwiderte Leicester. »Mach dir ein entsprechendes Programm und speise es ein. Das könnte uns sagen, mit einem wie langen Sommer und einem wie langen Winter wir zu rechnen haben.«

Sie ging zur Konsole. Man sah ihr inzwischen an, daß sie schwanger war, obgleich sie noch immer schlank und anmutig war. Er sagte: »Ich habe es geschafft, fast die gesamten Informationen über die Materie-Antimaterie-Antriebe zu retten. Irgendwann ... Moray hat neulich gesagt, von der Dampfmaschine bis zu den Sternen seien es weniger als dreihundert Jahre. Irgendwann werden unsere Nachkommen zur Erde zurückkehren können, Camilla.«

Sie sagte: »Unter der Voraussetzung, daß sie wollen«, und setzte sich an ihren Schreibtisch. Er sah sie mit leichter Skepsis an. »Bezweifelst du das?«

»Ich bezweifle nichts, ich gebe nur nicht vor zu wissen, was meine Ur-ur-ur-ur ... oh, verdammt, was meine Enkel neunter Generation schließlich zu tun gedenken. Immerhin haben die Erdenmenschen generationenlang glücklich und zufrieden gelebt, ohne irgendwelche Dinge erfinden zu wollen, die, nachdem das Schmelzen von Eisen geschafft war, jederzeit hätten erfunden werden können. Glaubst du ehrlich, die Menschheit wäre ohne Bevölkerungsdruck und Umweltverschmutzung zu den Sternen gereist? Außerdem gibt es so viele soziale Faktoren.«

»Und wenn es nach Moray geht, werden unsere Nachkommen ausnahmslos Barbaren sein«, brummte Leicester. »Aber solange wir den Computer haben, solange er erhalten bleibt, wird das Wissen *da sein.* Zu ihrem Gebrauch vorhanden, so oft sie das Bedürfnis danach verspüren.«

»*Wenn* er erhalten bleibt«, sagte sie mit einem Schulterzucken. »Nach den letzten paar Monaten bin ich mir nicht mehr so sicher, daß auch nur etwas von dem, was wir hierher mitgebracht haben, diese Generation überdauern wird.«

Bewußt, mit einer Anstrengung, erinnerte sich Leicester daran: *Sie ist schwanger, und deshalb hat man früher jahrelang geglaubt, Frauen seien nicht dazu geeignet, Wissenschaftler zu sein – schwangere Frauen bekommen Ahnungen.* Er sah ihr zu, wie sie in der komplizierten Code-Schrift des Computers rasche Anmerkungen machte. »Warum interessiert dich die Länge des Jahres?«

Was für eine dumme Frage, dachte das Mädchen und erinnerte sich daran, daß er auf einer Raumstation aufgewachsen war. Das Wetter bedeutete ihm nichts. Sie bezweifelte sogar, daß ihm die Beziehung von Wetter und Klima zu Ernte und Überleben klar war. Sie erklärte behutsam: »Zuerst einmal wollen wir die Wachstumsperiode schätzen und herausfinden, wenn wir unsere Ernten einholen können. Das ist einfacher als Versuch und Irrtum, und wenn wir auf die normale Art gesiedelt hätten, wäre dieser Planet zuvor mehrere Jahreszyklen lang beobachtet worden. Auch würden Fiona und Judy und ... wir anderen gern wissen, wann unsere Kinder geboren werden und wie dann das Klima voraussichtlich beschaffen sein wird. Ich kann meine Babykleider nicht selbst herstellen, aber irgend jemand wird das tun müssen – und dieser jemand muß wissen, mit wieviel Kälte zu rechnen ist.«

»Du planst schon?« fragte er neugierig. »Die Chancen stehen nur eins zu zwei, daß du es normal austragen wirst ... vielleicht wird es sterben.«

»Es ist seltsam ... Irgendwie habe ich nie bezweifelt, daß mein Kind eines von jenen sein wird, die überleben. Vielleicht eine Vorahnung, ASW«, sagte sie bedächtig und nachdenklich. »Ich hatte das Gefühl, Ruth Fontana würde eine Fehlgeburt haben – und sie hatte eine Fehlgeburt.«

Er fröstelte. »Keine angenehme Gabe, die du hast.«

»Nein, aber ich scheine damit behaftet zu sein«, sagte sie nüchtern, »und es scheint Moray und den anderen bei der Ernte zu helfen. Ganz zu schweigen von dem Brunnen, den Heather ihnen zu graben behilflich war. Offenbar ist es einfach nur die Wiederbelebung eines latent vorhandenen menschlichen Potentials, etwas, an dem nichts Unheimliches ist. Jedenfalls sieht es so aus, als müßten wir damit leben.«

»Als ich noch Student war«, sagte Leicester, »sind alle Fakten, die definitiv über ASW bekannt waren, in einen Computer eingegeben worden ... die Antwort lautete, die Wahrscheinlichkeit, daß es so etwas gäbe, sei tausend zu eins ... die ganz wenigen Fälle, die nicht vollkommen und schlüssig zu widerlegen seien, würden lediglich auf einem Forscherirrtum beruhen, nicht auf menschlicher ASW.«

Camilla lächelte und sagte: »Das läuft nur darauf hinaus, dir zu beweisen, daß ein Computer kein Gott ist.«

Captain Leicester beobachtete, wie sich die junge Frau nach hinten lehnte, sich streckte und ihre verkrampften Muskeln lokkerte. »Diese verdammten Sessel von der Brücke ... sie waren nie zum Gebrauch unter den vollen Schwerkraftbedingungen vorgesehen. Ich hoffe, daß bequeme Möbel auf eine gute Priorität gesetzt werden; mein Junior hier billigt es in diesen Tagen nicht, daß ich auf harten Dingern herumsitze.«

Gott, wie ich dieses Mädchen liebe ... wer hätte das geglaubt – in meinem Alter! Um sich eindringlicher an den Altersunterschied zu erinnern, sagte Leicester scharf: »Hast du vor, MacAran zu heiraten, Camilla?«

»Ich glaube nicht«, erwiderte sie mit einem Hauch von Lächeln. »Wir haben noch nicht darüber nachgedacht. Ich liebe ihn ... wir sind uns während der Zeit des ersten Windes so nahe gekommen, wir haben so vieles miteinander geteilt, wir werden immer Teil voneinander sein. Ich lebe mit ihm zusammen, wenn er hier ist – selten genug –, falls du das wissen wolltest. Größtenteils, weil er mich so sehr will, und wenn man jemandem so nahe gewesen ist, wenn man ...« Sie suchte nach Worten. »Wenn man fühlen kann, wie sehr er einen begehrt, dann kann man ihn nicht verlassen ... hungrig und unglücklich. Doch ob wir gemeinsam ein Heim aufbauen können oder nicht, ob wir für den Rest unseres Lebens zusammenleben wollen – das weiß ich ehrlich nicht; ich glaube nicht. Wir sind zu verschieden.« Sie schenkte ihm ein freimütiges Lächeln, das dem Mann das Herz in der Brust umdrehte. »Ich wäre glücklicher mit dir ... mit dir und auf einer Langzeitbasis. Wir sind uns so viel ähnlicher. Rafe ist so sanft, so lieb, aber du verstehst mich besser.«

»Du trägst sein Kind, und du kannst mir das sagen, Camilla?«

»Schockiert es dich?« fragte sie bekümmert. »Es tut mir leid, ich wollte dich nicht dermaßen durcheinanderbringen. Ja, es ist Rafes Baby, und ich bin froh darüber, auf eine unverständliche Art und Weise. *Er* will es, und wenigstens ein Elternteil *sollte* ein Baby wollen, das bereits unterwegs ist; für mich – ich kann nichts dafür, ich habe zuviel Gehirnwäschen bekommen –, für mich ist es noch immer ein biologischer Unfall. Wenn es deines wäre, zum Beispiel – und das hätte es sein können, derselbe Unfall, so wie Fiona jetzt *dein* Kind zur Welt bringt und du sie kaum vom Sehen kennst –, dann hättest du es gehaßt, du hättest verlangt, ich solle dagegen ankämpfen, ich solle es nicht bekommen.«

»Da bin ich mir nicht so sicher. Vielleicht nicht. Momentan jedenfalls nicht«, sagte Harry Leicester mit leiser Stimme. »Aber es bringt mich noch ziemlich durcheinander, über diese Dinge zu reden. Es schockiert mich. Vielleicht bin ich schon zu alt dafür.«

Sie schüttelte den Kopf. »Wir müssen lernen, uns nicht voreinander zu verstecken. In einer Gesellschaft, in der unsere Kinder mit dem Wissen aufwachsen, daß alles, was sie fühlen, für jeden anderen wie ein offenes Buch ist ... was wird es in einer solchen Gesellschaft nützen, wenn wir weiterhin unsere Masken voreinander tragen?«

»Beängstigend.«

»Ein wenig. Aber sie werden es wahrscheinlich bereits als gegeben ansehen.« Sie lehnte sich sanft an seine Brust und entspannte ihren Rücken. Sie griff nach hinten und nahm seine Finger in die ihren. »Sei nicht schockiert darüber, was ich dir jetzt sage«, flüsterte sie eindringlich. »Aber ... wenn ich am Leben bleibe ... wenn wir beide am Leben bleiben ... dann möchte ich, daß mein nächstes Kind von dir ist.«

Er beugte sich zu ihr hinunter und küßte sie auf die Stirn. Er war fast zu bewegt, um sprechen zu können. Sie zog ihre Hand um die seine zusammen, dann befreite sie sich.

»Das habe ich MacAran gesagt«, erklärte sie nüchtern. »Aus genetischen Gründen wird es vorteilhaft sein, von verschiedenen Vätern Kinder zu bekommen. Aber ich habe dir ja gesagt ... meine Gründe sind nicht so emotionslos und kalt wie das alles.«

Plötzlich nahm ihr Gesicht einen abwesenden Ausdruck an – für einen Moment kam es Leicester vor, als würde sie wie durch einen Schleier etwas Unsichtbares betrachten und sich für einen Sekundenbruchteil vor Schmerz zusammenkrümmen; doch auf seine besorgte Frage hin brachte sie ein Lächeln zustande.

»Nein, mit mir ist alles in Ordnung. Sehen wir mal zu, was wir in dieser Jahreslängen-Sache zustande bringen können. Wer weiß – das könnte unser erster Nationalfeiertag werden!«

Die Windmühlen waren jetzt sogar noch zu sehen, wenn man mehrere Meilen vom Basislager entfernt war, riesige holzbesegelte Konstruktionen, die die Energie zum Mahlen von Weizen und Korn lieferten (die in den Wäldern gesammelten Nüsse ergaben ein angenehmes süßes Mehl, das reichen würde, bis die ersten Ernten von Roggen und Hafer eingebracht waren); außerdem erbrachten sie dem Lager kleine Rinnsale elektrischer Energie. Doch eine solche Energie würde auf dieser Welt stets knapp sein, und sie wurde sorgfältig rationiert – für die Beleuchtung des Lazaretts, den Betrieb wesentlicher Maschinen in den kleinen Stahlwerken sowie der neuen Glashütte. Hinter diesem Lager mit seiner Feuerschneise erhob sich das, was sie Neues Lager zu nennen begonnen hatten, obwohl es die Leute der Neu-Hebriden-Gemeinschaft New Skye nannten; eine Experimentierfarm, in der Lewis MacLeod und eine Gruppe von Assistenten überprüften, welche Tiere man zähmen konnte.

Rafe MacAran und seine kleine Gruppe von Assistenten hielten an, um vom Gipfel des nächstgelegenen Hügels zurückzuschauen, bevor sie in den Wald eintauchten. Beide Lager waren von hier aus deutlich zu sehen, natürlich auch die ringsumher wimmelnde Aktivität, doch bestand ein undefinierbarer Unterschied zu jedem anderen Stützpunkt, zu jeder Stadt, die er auf der Erde gesehen hatte, und für einen Moment lang wußte er nicht genau, was es war. Dann begriff er. Es war die Stille. Oder etwa doch nicht? Genaugenommen gab es doch zahlreiche Geräusche. Die großen Windmühlenflügel knarrten und kreisten im starken Wind. Man hörte deutlich das ferne Hämmern und Sägen – von dorther, wo die Bautrupps die Wintergebäude errichteten. Auch von der Farm her wehten Geräusche, das Brüllen der gehörnten Säugetiere, das seltsame Grunzen, Zirpen und Quietschen unbekannter Lebewesen. Und schließlich konnte ihn Rafe identifizieren, den Unterschied. Es gab keine Geräusche, die nicht natürlichen Ursprungs waren. Keinen Verkehrslärm. Kein Maschinenrumoren – nur das leise Surren der Töpferscheiben und das Klingen von Werkzeugen. Ein jedes dieser Geräusche verriet eine unmittelbare menschliche Absicht. Es gab keine – nahezu keine – unpersönlichen Geräusche. Jeder Ton schien seinen Zweck zu erfüllen, und Rafe erschien das fremd und beunruhigend. Sein ganzes Leben hatte er in den großen Städten der Erde verbracht, und selbst in den Bergen hatte es das Dröhnen von Allrad-Geländefahrzeugen gegeben, ferner Verkehrslärm von den Durchgangsstraßen, das Summen von Hochspannungsleitungen; und am Himmel schließlich lieferten die Düsenflugzeuge einen beruhigenden Geräuschhintergrund. Hier jedoch war es still, beängstigend still, denn sooft irgendein Laut die Stille des Windes durchbrach, haftete ihm eine unmittelbare *Bedeutung* an. Man konnte ihn nicht ignorieren. Sooft ein Geräusch entstand, *mußte* man darauf hören. Es gab keine Geräusche, die achtlos abgetan werden konnten, weil man – wie bei den Jets, die über einem dahinrasten, oder beim Antriebsrumoren des Sternenschiffes – wußte, daß sie nichts mit einem zu schaffen hatten. In dieser Umgebung hatte jedes Geräusch für den Lauscher eine unmittelbare Bestimmung, und Rafe war die meiste Zeit angespannt und lauschte.

Nun gut. Er nahm an, er würde sich daran gewöhnen.

Er gab seiner Gruppe Instruktionen. »Wir werden heute entlang der unteren Felsketten und besonders an den Bachbetten arbeiten. Wir brauchen Proben von jeder neu aussehenden Art von Erde – oh, verflucht – *Boden.* Sooft sich die Färbung des Tons oder Lehms ändert, nehmt ihr eine Probe davon und tragt den entsprechenden Fundort auf der Karte ein – du besorgst das Kartographieren, Janice?« fragte er das Mädchen, und es nickte. »Ich zeichne sie auf Millimeterpapier. Jede Geländeveränderung wird festgehalten.«

Die Morgenarbeit verlief relativ ereignislos – bis auf eine Entdeckung nahe einem Bachbett; Rafe erwähnte sie, als sie sich versammelten, um ein Feuer zu machen und ihr Mittagsmahl zuzubereiten – Nußmehlrollen sollten gegrillt werden; dazu gab es »Tee« aus einer hiesigen Blattmischung, die einen angenehmen süßen Geschmack wie Sassafras hatte. Das Feuer wurde in einer mit schnell angehäuften Steinen gesicherten Feuerstelle entfacht – oberstes Gesetz der Kolonie war es, niemals ein Feuer auf bloßem Boden und ohne Feuersperre oder Stein-Umfriedung zu entzünden –, und als das ergiebige harzige Holz zu Asche niederzubrennen begann, kam eine zweite kleine Gruppe den Hang empor und auf sie zu: drei Männer und zwei Frauen.

»Hallo, können wir mit euch essen? Das wird die Errichtung einer weiteren Feuerstelle sparen«, begrüßte Judith Lovat sie.

»Freut mich, euch dazuhaben«, stimmte MacAran zu. »Aber was macht ihr in den Wäldern, Judy? Ich habe geglaubt, du seist jetzt von körperlicher Arbeit ausgenommen.«

Die Frau machte eine Handbewegung. »Ich werde tatsächlich wie überflüssiges Gepäck behandelt«, sagte sie. »Ich darf keinen Finger rühren oder mich auch nur einen Schritt vom Pfad entfernen ... Aber wenn ich an den verschiedenen Pflanzen bereits ein einleitendes Vor-Ort-Prüfen vornehmen kann, so verringert das die Probenmenge, die zum Lager zurückgeschleppt werden muß. Auf die Art haben wir beispielsweise das Seilkraut entdeckt. Ewen ist der Ansicht, Bewegung würde mir guttun, wenn ich vorsichtig genug bin, mich nicht zu überanstrengen oder zu unterkühlen.«

Sie brachte ihre Teeschale mit und setzte sich neben ihn. »Glück gehabt heute?«

Er nickte. »Wurde auch Zeit. In den vergangenen drei Wochen habe ich Tag für Tag nur eine weitere Version von Quarzit oder Calzit mitgebracht«, sagte er. »Unser letzter Treffer war Graphit.«

»Graphit? Wozu ist das gut?«

»Nun, unter anderem stellt es das ›Blei‹ in einem Bleistift«, erklärte MacAran, »und wir haben eine Menge Holz für Bleistifte. Das wird uns helfen, wenn die Vorräte an anderen Schreibinstrumenten knapp werden. Es kann auch zu einem Schmierstoff für Maschinen verarbeitet werden ... das wird unsere Vorräte an tierischen und pflanzlichen Fetten schonen, beziehungsweise sie für Nahrungszwecke bewahren.«

»Komisch, an solche Dinge denkt man eigentlich nie«, sagte Judy. »Die *Millionen* von Kleinigkeiten, die man braucht, die man immer als selbstverständlich hingenommen hat.«

»Ja«, sagte einer aus MacArans Gruppe. »Ich habe Kosmetikartikel immer für etwas Überflüssiges gehalten – etwas, auf das wir im Notfall verzichten könnten. Jetzt hat mir Marcia Cameron neulich gesagt, sie würde an einem Programm für Gesichtscreme arbeiten, und zwar mit hoher Priorität, und als ich nach dem Warum gefragt habe, hat sie mich daran erinnert, daß es auf einem so eisigen und verschneiten Planeten wie diesem eine dringende Notwendigkeit sei, die Haut weich zu halten und damit ein Rissigwerden und Infektionen zu verhindern.«

Judy lachte. »Ja, und wir werden im Moment beinahe wahnsinnig bei dem Versuch, einen Ersatz für Getreidestärke zu finden, damit wir Babypuder herstellen können. Erwachsene können Talg verwenden, und davon ist eine ganze Menge da, aber wenn Babys das Zeug einatmen, können sie Probleme mit der Lunge bekommen. Die einheimischen Getreide und Nüsse lassen sich ausnahmslos nicht fein genug vermahlen; das Mehl ist fein genug, daß man es essen kann, aber für zarte kleine Babypopos ist es absolut nicht empfehlenswert.«

MacAran fragte: »Wann ist es denn jetzt soweit, Judy?«

Sie zuckte mit den Schultern. »Auf der Erde hätte ich noch etwa zweieinhalb Monate vor mir. Camilla und ich und Alastairs Mädchen Alanna – wir sind in einem Kopf-an-Kopf-Rennen, sozusagen. Der nächste Schub ist dann etwa einen Monat danach fällig. Hier – nun, man darf sich überraschen lassen.« Ruhig fügte sie hinzu: »Wir rechnen damit, daß vorher der Winter einsetzen wird. Aber du wolltest mir sagen, was ihr heute gefunden habt.«

»Fullererde«, antwortete MacAran, »oder etwas so Ähnliches, daß ich den Unterschied nicht feststellen kann.« Auf ihren verständnislosen Blick hin erläuterte er es ihr: »Sie wird bei der Tuchherstellung verwendet. Von den Kaninchenhörnern bekommen wir kleine Vorräte tierischer Fasern, eine Art Wolle, und sie sind zahlreich und können auf der Farm massenhaft aufgezogen werden, aber die Fullererde sorgt dafür, daß der Stoff leichter zu behandeln sein wird und sich besser zusammenzieht.«

Janice sagte: »Man würde nie auf den Gedanken kommen, einen Geologen nach etwas zu fragen, mit dem man *Tuch* herstellen kann. Um Himmels willen!«

»Wenn man es hinterfragt«, sagte Judy, »dann stehen alle Wissenschaften in einer Wechselbeziehung ... Obgleich – auf der Erde war alles so spezialisiert, daß wir das aus den Augen verloren haben.« Sie trank ihren restlichen Tee. »Kehrt ihr zum Basislager zurück, Rafe?«

Er schüttelte den Kopf. »Nein, für uns heißt es, in die Wälder zu gehen, wahrscheinlich zu jenen Hügeln zurück, die wir bei unserer ersten Expedition aufgesucht haben. Dort gibt es vielleicht Bäche, die in fernen Bergen ansteigen, und das müssen wir nachprüfen. Deshalb ist auch Dr. Frazer bei uns – er hofft, weitere Spuren von den Wesen zu finden, die wir bei unserem letzten Ausflug gesehen haben, eine genauere Vorstellung von ihrer Kulturstufe zu bekommen. Wir wissen, sie bauen Brücken von Baum zu Baum ... aber wir haben bisher nicht versucht hinaufzuklettern, sie sind ja auch hoch genug gebaut, und natürlich wollen wir ihr Werk nicht beschädigen oder sie ängstigen.«

Judy nickte. »Ich wünschte, ich könnte mit euch gehen«, sagte sie ziemlich sehnsüchtig, »aber ich habe die Anweisung, bis nach der Geburt des Babys nie länger als ein paar Stunden vom Basislager entfernt zu bleiben.« MacAran bemerkte den Blick tiefen Sehnens in ihren Augen und tastete mit dieser neuen Fähigkeit, Emotionen wahrzunehmen, nach ihr hinaus. Sanft sagte er: »Mach dir keine Sorgen, Judy. Ganz gleich, wen wir finden, wir werden niemanden belästigen; weder die kleinen Wesen, die die Brücken gebaut haben, noch ... sonst jemanden. Wenn uns die anderen Wesen feindlich gesinnt gewesen wären, hätten wir das in der Zwischenzeit längst erfahren. Wir haben nicht die Absicht, sie zu belästigen. Einer unserer Gründe, weshalb wir unterwegs sind, ist, dafür zu sorgen, daß wir nicht unabsichtlich ihren Lebensraum verletzen oder etwas zerstören, was sie für *ihr* Überleben brauchen. Sobald wir wissen, wo *sie* sich niedergelassen haben, werden wir wissen, wo wir uns *nicht* niederlassen sollten.«

Sie lächelte. »Danke, Rafe«, sagte sie leise. »Es tut gut, das zu wissen. Wenn wir in diesen Bahnen denken, schätze ich, daß ich mir keine Sorgen zu machen brauche.«

Kurz darauf trennten sich die beiden Gruppen, und der Nahrungsmittelprüfungstrupp kehrte zum Basislager zurück, während MacArans Mannschaft weiter in die Berge vordrang.

In der folgenden Zehntagswoche fanden sie zweimal kleinere Spuren der kleinen pelzigen Lebewesen mit den großen Augen; einmal oberhalb eines Bergwasserlaufs eine Brücke, konstruiert aus langen miteinander verbundenen und geflochtenen Schilfschlingen, sorgfältig geknüpft und befestigt, mit Strickleitern, die aus den unteren Bereichen der Bäume zu ihr hinaufführten. Ohne sie zu berühren, untersuchte Dr. Frazer die Ranken, aus denen sie gebaut war, und erklärte, der Bedarf an Fasern, Stricken und schweren Garnen sei vermutlich größer, als die kleinen Mengen von der Pflanze, die sie Seilkraut nannten, ergeben konnten. Fast hundert Meilen weiter in den Bergen entdeckten sie einen Kreis aus Bäumen, und hier gab es gleich mehrere Strickleitern, die in die Bäume hinaufführten. Doch der Ort sah verlassen aus, und die Plattform, die zwischen den Bäumen vorhanden gewesen sein mußte, eine Art Korbgeflechtboden, war zerfallen, und durch Wurmlöcher darin war der Himmel zu sehen.

Frazer sah begehrlich hinauf. »Ich würde fünf Jahres meines Lebens geben, könnte ich einen Blick auf das dort oben werfen. Benutzen sie keine Möbel? Ist es ein Haus, ein Tempel – oder was? Aber ich kann nicht auf diese Bäume klettern, und die Strickleitern werden voraussichtlich nicht einmal mehr Janices Gewicht tragen, von meinem ganz zu schweigen. Wenn ich mich richtig erinnere, war keiner von ihnen größer als ein zehnjähriges Kind.«

»Wir haben viel Zeit«, betonte MacAran. »Dieser Platz ist verlassen, und wir können eines Tages mit Leitern zurückkommen und erforschen, was dein Herz begehrt. Ich persönlich glaube, es ist eine Farm.«

»Eine *Farm?«*

MacAran zeigte hinauf. An den regelmäßig angeordneten Bäumen waren außergewöhnlich gerade Linien zu bemerken; der köstlich schmeckende graue Schwamm, den MacLeod vor der Zeit des ersten Windes entdeckt hatte, wuchs dort in Reihen, die so ordentlich gesetzt waren, als hätte man sie mit dem Lineal gezogen. »Sie können unmöglich so ordentlich wachsen«, sagte MacAran, »also müssen sie hier gepflanzt worden sein. Vielleicht kommen sie in einem regelmäßigen Turnus hierher zurück, um ihre Ernte einzubringen, und dann könnte die Plattform da oben alles mögliche darstellen: einen Rastplatz, einen Vorratsspeicher oder ein Übernachtungslager. Oder sie könnte tatsächlich eine Farm sein, die sie vor Jahren aufgegeben haben.«

»Es ist schön zu wissen, daß das Zeug kultiviert werden kann«, meinte Frazer und machte sich daran, sorgfältige Anmerkungen in sein Notizbuch einzutragen: die genaue Baumart, woran der Schwamm wuchs, den Abstand der einzelnen Reihen voneinander und deren Höhe. »Seht euch das an! Wie in aller Welt ... es sieht aus wie ein einfaches Bewässerungssystem – als werde das Wasser von den Stellen *weg*geleitet, an denen der Pilz wächst; es wird direkt den Wurzeln des Baumes zugeführt.«

Als sie die Lage der fremden »Farm« auf Janices Karte eingetragen hatten und weiter in die Berge vordrangen, ertappte sich MacAran dabei, daß er über die Fremden nachdachte. Primitiv, ja, aber welche andere Art von Gesellschaft war auf dieser Welt ernsthaft möglich? Wenn man den hohen Entwicklungsstandard ihrer Vorrichtungen beurteilte, mußte ihre Intelligenzstufe mit derjenigen vieler Menschen vergleichbar sein.

Der Captain redet immer von einer Rückkehr in die Barbarei. Aber ich glaube, wir könnten gar nicht dorthin zurückkehren, selbst wenn wir das versuchen würden. In erster Linie sind wir eine ausgewählte Gruppe, die Hälfte von uns hat eine höhere Bildung erfahren, während die anderen den Aussiebungsprozeß für die Kolonien hinter sich haben. Wir kommen mit einem Wissen, das wir über Jahrmillionen der Evolution hinweg erworben haben – und anhand einiger hundert Jahre der verstärkt einsetzenden Technologie; der Druck einer überbevölkerten und umweltvergifteten Welt ist uns nur zu bekannt. Vielleicht sind wir nicht in der Lage, unsere gesamte Kultur hierher zu übertragen, das würde dieser Planet nicht überleben, und es wäre vermutlich Selbstmord, es trotzdem zu versuchen. Aber Leicester braucht sich dennoch keine Sorgen über einen Rückfall auf eine primitive Stufe zu machen, das Endergebnis wird jedenfalls – vermute ich – nicht unter dem liegen, was wir auf der Erde hatten. Es war immer so, daß der menschliche Verstand den bestmöglichen Nutzen aus dem zieht, was er vorfindet. Gut, es wird nicht anders sein ... nach einigen Generationen könnte auch ich es nicht mehr in eine Relation zur irdischen Kultur setzen. Aber Menschen können nicht weniger als menschlich sein, und die Intelligenz begibt sich auch nicht unter ihr eigenes Niveau.

Diese kleinen Fremden hatten sich den Anforderungen dieser Welt entsprechend entwickelt; ein Waldvolk, das ein Fell trug (MacAran, der im eisigen Regen einer Sommernacht zitterte, wünschte, er hätte eines) und im Einklang mit den Wäldern lebte. Doch soweit er das beurteilen konnte, verrieten ihre Bauten einen hohen Grad an Eleganz und Anpassungsvermögen.

Wie hatte Judy sie genannt? *Die kleinen Brüder, die nicht weise sind.* Und was war mit den *anderen* Fremden? Dieser Planet hatte offenbar *zwei* völlig intelligente Rassen hervorgebracht, und sie mußten bis zu einem gewissen Grad in friedlicher Koexistenz leben. Das war ein gutes Zeichen für die Menschheit und für die anderen. Aber Judys Fremder – dies war der einzige Name, den er trug, und noch immer merkte er, daß er die bloße Existenz dieses Wesens bezweifelte – mußte annähernd menschlich genug sein, um mit einer Erdenfrau ein Kind zeugen zu können – und dieser Gedanke war seltsam beunruhigend.

Am vierzehnten Tag ihrer Wanderschaft erreichten sie die unteren Hänge des gewaltigen Gletschers, den Camilla *Die Mauer um die Welt* getauft hatte. Hoch ragte er über ihnen empor und verdeckte den halben Himmel, und MacAran wußte, daß er trotz der günstigen Sauerstoffverhältnisse in großen Höhen unbesteigbar war. Hinter diesen Hängen gab es nichts außer purem Eis und Fels, umkämpft allein von ewigen frostigen Winden, und durch ein Weitergehen war nichts zu gewinnen. Aber in dem Moment, in dem sie der gewaltigen Bergmasse den Rücken zukehrten, verwarf sein Verstand dieses *Unbesteigbar.* Er dachte: *Nein, nichts ist unmöglich.* Vielleicht können wir sie momentan nicht ersteigen. Vielleicht in meinem ganzen Leben nicht, gewiß nicht für zehn, zwanzig Jahre. Aber es liegt einfach nicht in der menschlichen Natur, solche Grenzen zu akzeptieren. Eines Tages werde entweder ich zurückkommen und das Massiv bezwingen oder meine Kinder. Oder *ihre* Kinder.

»Soweit also kommen wir in dieser Richtung«, stellte Dr. Frazer fest. »Die nächste Expedition sollte besser in die andere Richtung vorstoßen. Dort gibt es nur Wald, Wald und nochmals Wald.«

»Nun, wir können die Wälder nutzen«, meinte MacAran. »Vielleicht liegt in einer der anderen Richtungen eine Wüste. Oder ein Ozean. Oder – was weiß ich – vielleicht fruchtbare Täler oder sogar Städte. Erst im Laufe der Zeit werden wir das herausfinden.«

Er überprüfte die Karten, die sie gezeichnet hatten, begutachtete voller Zufriedenheit die ausgefüllten Teile, merkte jedoch auch, daß noch die Arbeit eines ganzen Lebens zu tun war.

In dieser Nacht lagerten sie direkt am Fuß des Gletschers, und MacAran erwachte vor Tagesanbruch – vielleicht, weil der weiche dicke nächtliche Schnee nicht mehr fiel. Er ging hinaus und betrachtete den dunklen Himmel und die fremden Sterne, und drei der vier Monde hingen wie juwelenbesetzte Leuchter unter dem hohen Grat des steil emporragenden Bergmassivs, dann kehrten seine Blicke und Gedanken in das Tal zurück. Dort war sein Volk – und Camilla, die sein Kind trug. Fern im Osten war ein schwaches Glimmen zu bemerken, dort, wo die große rote Sonne aufgehen würde. MacAran war plötzlich von einer großen und unaussprechlichen Zufriedenheit erfüllt.

Auf der Erde war er niemals glücklich gewesen. In der Kolonie hätte er sich vielleicht besser gefühlt, aber selbst dort hätte er sich in eine von anderen Menschen entworfene Welt einpassen und mit Leuten zusammenleben müssen, zu denen er möglicherweise gar nicht paßte. Hier jedoch konnte er Anteil haben am ursprünglichen Entwurf der Dinge, er konnte mitgestalten, er konnte schaffen, was er für sich und seine zukünftigen Kinder und deren Kindeskindes erhoffte. Eine Tragödie, eine Katastrophe hatte sie hierhergebracht, Wahnsinn und Tod hatten sie heimgesucht, und doch wußte MacAran, daß er einer der Glücklichen war. Er hatte seinen Platz gefunden, und er war *gut.*

Einen Großteil dieses und des nächsten Tages benötigten sie, um auf ihren eigenen Spuren vom Fuß des Gletschers zurückzukehren – durch düsteres, graues Wetter und schweres, sich zusammenballendes Gewölk, und MacAran, der gelernt hatte, dem schönen Wetter dieses Planeten zu mißtrauen, fühlte nun doch ein feines Kribbeln der Unruhe. Gegen Abend des zweiten Tages fiel Schnee, schwere Flocken peitschten zorniger als jemals zuvor auf dieser Welt vom Himmel. Die Erdenmenschen froren selbst in ihren warmen Kleidern, die Welt verwandelte sich in einen weißen tobenden Wahnsinn, in etwas Farbloses, Formenloses – in ein Nichts –, und sie verloren jede Orientierung. Sie wagten nicht anzuhalten, doch es wurde bald klar, daß sie nicht mehr viel länger durch die tiefer werdenden Schichten weichen pulvrigen Schnees weitergehen konnten, durch die sie, sich gegenseitig festhaltend, umherstapften. Sie konnten nur weiterhin *abwärts* gehen. Andere Richtungen hatten keine Bedeutung mehr. Unter den Bäumen waren sie ein wenig geschützter, doch der heulende Wind von den Höhen über ihnen, das Knarren und Wanken der Äste – als würde der Wind in der gigantischen Takelage eines unvorstellbar großen Segelschiffs spielen – erfüllte die Dämmerung mit unheimlichen Lauten. Einmal, als sie unter einem mächtigen Baum Schutz gefunden hatten, versuchten sie, ihr Zelt aufzubauen, aber der Sturm ließ es wild davonflattern, und sie mußten dem wehenden Stoff durch den Schnee hinterherjagen, bis er sich um einen Baum wickelte und sie ihn mehr recht als schlecht bergen konnten. Daraufhin stand fest: Das Zelt konnte ihnen keinen Schutz bieten, und es wurde in der Tat immer kälter, und ihre Mäntel hielten sie zwar trocken, vermochten aber gegen die durchdringende Kälte nichts auszurichten.

Im Windschatten eines außergewöhnlich großen Baumes angelangt, murmelte Frazer mit aufeinanderklappernden Zähnen: »Wenn es im Sommer schon derartig verfluchte Stürme gibt, wie werden sie dann erst im Winter sein!«

»Im Winter, denke ich«, sagte MacAran verbissen, »ist es wohl besser, wenn keiner von uns das Basislager verläßt.« Er dachte an den Sturm nach der Zeit des ersten Windes zurück, als er im leichten Schneetreiben nach Camilla gesucht hatte. Damals war ihm das wie ein Schneesturm vorgekommen. Wie wenig er diese Welt doch gekannt hatte! Er war überwältigt von quälender Angst und einem Gefühl des Bedauerns. *Camilla. Sie ist in der Siedlung sicher. Aber werden wir je dorthin zurückkommen, auch nur ein einziger von uns?* Mit einem schmerzhaften Stich von Selbstmitleid dachte er daran, daß er das Gesicht seines Kindes niemals sehen würde – aber dann verwarf er diesen Gedanken ärgerlich. Noch brauchten sie nicht aufzugeben und sich zum Sterben niederzulegen – doch es mußte irgendwo eine Zuflucht geben! Sonst würden sie diese Nacht nicht überstehen. Das Zelt war kaum mehr wert als ein Stück Papier – trotzdem, es mußte eine Möglichkeit geben . . .

Denk nach. Du hast selbst damit geprahlt, was für eine ausgewählte intelligente Bande wir doch sind. Gebrauch deinen Verstand . . . sonst könntest du genausogut ein australischer Buschmann sein.

Und das wärst du auch besser. Sie sind verdammt gut im Überleben. Du aber bist dein ganzes Leben lang nur verhätschelt worden.

Überlebe – verdammt!

Er packte Janice mit der einen, Dr. Frazer mit der anderen Hand, zog sie zu sich heran, dann Dominick, den Jungen aus der Kommune, der für die Arbeit in der Kolonie Geologie studiert hatte. Er zog sie alle dicht zusammen und sprach dann, versuchte den heulenden Sturm zu übertönen.

»Kann jemand sehen, wo die Bäume am dichtesten beieinander stehen? Wir werden hier keine Höhle finden, kein Obdach, also müssen wir aus dem Unterholz das Beste machen ... wir brauchen einen Schutz, irgend etwas, das den Wind abhält ... wir müssen trocken bleiben.«

Janice sagte etwas, und ihre leise Stimme war nahezu unhörbar: »Es ist schwer zu sehen ... aber vorhin hatte ich den Eindruck, da drüben sei etwas Dunkles. Wenn es nichts Massives ist, müssen dort die Bäume so dicht stehen, daß man nicht durch sie hindurchsehen kann. Meinst du so etwas?«

MacAran hatte denselben Eindruck gehabt. Jetzt, da er bestätigt worden war, beschloß er, ihm zu trauen. *Damals war er direkt zu Camilla geleitet worden.*

Übersinnlich? Gut möglich. Was hatte er schon zu verlieren.

»Wir halten uns an den Händen fest«, wies er – mehr mit Gesten als mit Worten – die anderen an. »Wenn wir uns verlieren, dann finden wir uns nie wieder.« Sich gegenseitig festhaltend, kämpften sie sich auf die Stelle zu, die nur eine dunklere Finsternis vor dem Hintergrund der Bäume war.

Plötzlich zog sich Dr. Frazers Hand fest um MacArans Arm zusammen. Er brachte sein Gesicht nahe an das MacArans heran und rief: »Vielleicht verliere ich den Verstand, aber ich habe gerade ein *Licht* gesehen!«

MacAran hatte geglaubt, es sei ein Trugbild, allein dadurch entstanden, weil er seine Augen so verbissen zusammendrückte. Was er hinter dem Licht zu sehen geglaubt hatte, war sogar noch unwahrscheinlicher: die Gestalt eines Mannes. Groß und fahl leuchtend und trotz des Sturmes nackt – nein, jetzt war er verschwunden, nur eine Vision, aber er glaubte noch immer, das Wesen habe ihm von der dunklen Zusammenballung her gewunken ... Sie kämpften sich darauf zu. Janice murmelte: »Habt ihr es gesehen?«

»Glaube schon.«

Hinterher, im Schutz der dicht ineinander verwobenen Bäume, tauschten sie ihre Meinungen aus. Jeder von ihnen hatte etwas anderes gesehen. Dr. Frazer nur das Licht. MacAran den nackten winkenden Mann. Janice nur ein Gesicht, das von einer seltsamen Licht-Aura umgeben war. Ein Gesicht – wie sie sagte –, das eigentlich mehr in ihrem eigenen Kopf gewesen war und wie die Chesire-Katze verschwand, als sie die Augen verengte, um besser sehen zu können. Für Dominick schließlich war es eine Gestalt gewesen, groß und strahlend ... »wie ein Engel«, sagte er, »oder eine Frau . . . eine Frau mit langen glänzenden Haaren«. Doch als sie in diese Richtung gestolpert waren, hatten sie nur die Bäume gefunden, die so dicht beieinander standen, daß sie sich kaum zwischen ihnen hindurchzwängen konnten. MacAran hatte sich zu Boden geworfen, sich durch einen schmalen Spalt geschlängelt und sie hinterhergezogen.

Im Innern dieser dichtgewachsenen Baumgruppe war der Schnee nur ein leichtes Sprühen, und der heulende Wind konnte sie nicht mehr erreichen. Sie kauerten dicht beieinander, in Dekken gehüllt, die sie aus ihren Bündeln gezerrt hatten, und teilten ihre Körperwärme, während sie an den kalten Rationen ihres Mittagessens herumknabberten. Später zündete MacAran eine Kerze an und sah die am Stamm eines Baumes sorgfältig befestigten flachen Holzleisten. Es war eine Leiter, und sie führte nach oben . . .

Noch bevor sie zu klettern begannen, erriet er, daß dies keines der Häuser des kleinen pelzigen Volkes war. Die Sprossen waren weit genug auseinander angebracht, um sogar MacAran beim Klettern Mühe zu bereiten, und Janice, die recht klein war, mußte von ihnen hochgezogen werden. Dr. Frazer äußerte Bedenken, aber MacAran zögerte keine Sekunde.

»Da wir alle etwas anderes gesehen haben«, erklärte er, »sind wir hierher *geführt* worden. Irgend *etwas* hat direkt zu unserem Unterbewußtsein gesprochen. Man könnte sagen, wir sind *eingeladen* worden. Wenn das Wesen nackt war, und zwei von uns haben es so gesehen, dann macht ihm – oder ihnen, was immer sie auch sein mögen – das Wetter augenscheinlich nichts aus, aber es weiß, daß wir in großer Gefahr sind. Deshalb schlage ich vor, wir nehmen die Einladung mit angemessenem Respekt an.«

Sie mußten sich durch eine locker geschlossene Falltür auf eine Plattform hinaufwinden, aber dann befanden sie sich im Innern eines massiv gebauten Holzhauses. MacAran wollte gerade vorsichtig sein Licht anzünden, als er entdeckte, daß das nicht notwendig war, denn es herrschte in der Tat eine schwache Helligkeit, die von einer Art sanft leuchtendem, phosphoriszierendem Material an den Wänden ausströmte. Draußen heulte der Wind, und die Äste der großen Bäume knarrten und schwankten, und der weiche Boden der Behausung blieb in steter, leichter Bewegung, doch das war nicht unangenehm, nur ein wenig beunruhigend. Es gab nur einen einzigen großen Raum; der Boden war mit etwas Weichem und Schwammigem bedeckt, als würde dort von selbst ein weiches Wintergras oder Moos wachsen. Die erschöpften, durchgefrorenen Reisenden streckten sich dankbar aus, entspannten sich in der vergleichsweise warmen, trockenen Unterkunft und schliefen ein.

Bevor MacAran einschlief, war es ihm, als höre er in der Ferne einen hohen süßen Klang im Sturm, wie ein Singen. Ein Singen? Nichts konnte da draußen in diesem Schneesturm leben! Doch der Eindruck blieb, und ganz am Abgrund des Schlafes hielten sich Worte und Bilder in seinem Sinn.

Tief im Bergland verirrt und nach diesem ersten Ausgesetztsein im Geisterwind halb von Sinnen ... und dann waren sie langsam wieder zur Vernunft gekommen und hatten entdeckt, daß das Zelt ordentlich aufgebaut und ihr Gepäck und die wissenschaftliche Ausrüstung darin genauso ordentlich aufgestapelt war. Camilla hatte geglaubt, er hätte dies getan. Er hatte geglaubt, *sie* hätte es getan.

Jemand hat uns beobachtet. Uns behütet.

Judy hat die Wahrheit gesagt.

Für einen kurzen Moment schwamm ein gefaßtes schönes Gesicht, weder männlich noch weiblich, in seinem Sinn. »Ja. Wir wissen, daß ihr hier seid. Wir wollen euch nichts Böses, doch unsere Wege sind getrennt. Dennoch werden wir euch beistehen, so gut es uns möglich ist, auch wenn wir euch durch die halbgeschlossenen Türen eures Verstandes nur unzulänglich erreichen können. Es ist besser, wir kommen euch nicht zu nahe, doch schlaft heute nacht in Sicherheit, und gehet hin in Frieden ...«

In seinen Gedanken sah er eine leuchtende Aura um die schönen Züge, die silbernen Augen, und weder zu diesem Zeitpunkt noch zu irgendeinem späteren erfuhr MacAran jemals, ob er die Augen des Fremden oder die erleuchteten Züge wirklich gesehen oder ob sie sein Geist empfangen und ein aus Kindheitsträumen bestehendes Bild von Engeln, von Elfen, von Heiligen mit Heiligenschein geformt hatte. Er lauschte der Melodie des fernen Singens und dem monotonen Lärmen des Windes und schlief ein.

15

»... und das war wirklich alles, mehr ist nicht geschehen. Wir sind sechsunddreißig Stunden lang in dieser Hütte geblieben, bis es aufgehört hat zu schneien und zu stürmen, dann sind wir wieder gegangen. Denjenigen, der dort normalerweise lebte, haben wir nie zu Gesicht bekommen. Ich vermute, er hat sich sorgfältig ferngehalten, bis wir fort waren. Es war nicht jene Hütte, in die er dich gebracht hat, Judy?«

»Oh, nein. Nicht so weit. Nicht einmal annähernd. Und er hat mich nicht in ein Heim seines eigenen Volkes gebracht. Es war, glaube ich, eine Hütte in einer der Städte der kleinen Leute, die Baumstraßen-Menschen, wie er sie nannte, aber ich könnte die Stelle nicht mehr wiederfinden, und ich will sie auch gar nicht wiederfinden«, sagte sie.

»Aber sie sind uns nicht böse gesinnt, dessen bin ich mir sicher«, sagte MacAran, »ich nehme an – es war nicht derselbe, den du kennengelernt hast?«

»Wie könnte ich das denn wissen? Doch sie sind offenbar eine telepathische Rasse; ich glaube, das, was einem von ihnen bekannt ist, ist auch anderen bekannt – wenigstens seinen Vertrauten, den Angehörigen seiner Familie, wenn sie überhaupt in Familien leben.«

MacAran sagte: »Vielleicht werden sie eines Tages wissen, daß wir ihnen nichts Böses wollen.«

Judy lächelte schwach und sagte: »Ich bin sicher, sie wissen, daß wir beide – du und ich – ihnen nichts Böses wollen, aber außer uns gibt es auch noch ein paar andere Menschen hier, Menschen, die sie nicht kennen, und ich vermute, ihnen bedeutet die Zeit nicht soviel wie uns. Das ist nicht einmal so erstaunlich, und wenn, dann nur uns Westeuropäern. Selbst die Orientalen auf der Erde planen oft in Zeiträumen von Generationen statt nach Monaten oder auch nur Jahren. Möglicherweise nimmt er an, es stünde genügend Zeit zur Verfügung, so daß er gemütlich pro Jahrhundert einen von uns kennenlernen kann.«

MacAran gluckste. »Nun, wir werden ihm nicht davonlaufen. Ich schätze, es bleibt genügend Zeit. Dr. Frazer ist im siebten Himmel, er hat genug anthropologische Notizen zusammenbekommen, um für drei Jahre mit einer Freizeitbeschäftigung versorgt zu sein. Er muß alles aufgeschrieben haben, was er in dem Haus gesehen hat – ich hoffe, es beleidigt sie nicht, daß er sich alles angesehen hat. Und natürlich hat er alles notiert, was sie als Nahrung verwenden – wenn wir dieser Spezies schon irgendwie ähnlich sind, so können wir offenbar auch all das essen, was sie essen können«, fügte MacAran hinzu. »Natürlich haben wir seine Vorräte nicht angerührt, aber Frazer hat auch darüber seine Notizen gemacht. Übrigens . . . ›er‹ sage ich aus purer Bequemlichkeit, Dominick war sich beispielsweise sicher, eine Frau habe uns zu jener Hütte geführt. Auch war das einzige Möbelstück – das einzige größere Möbelstück – etwas, das wie ein Webstuhl aussah, mit einem darauf gespannten Netz. Wir haben Kokons aus Pflanzenfasern gefunden – sie sehen der irdischen Wolfsmilch-Pflanze sehr ähnlich –, eingeweicht, offenbar zur Verarbeitung vorbereitet; wahrscheinlich werden sie zu Fäden gesponnen. Auf dem Rückweg haben wir ein paar von diesen Kokons gefunden. Wir haben sie MacLeod übergeben. Er wird sie sich in den Laboratorien der Farm ansehen. Sieht so aus, als würden sie ein sehr feines Tuch abgeben.«

Als sich Judy erhob und Anstalten machte, zu gehen, sagte sie: »Du weißt, daß es im Lager noch immer eine Menge Leute gibt, die nicht einmal daran glauben, daß auf dieser Welt zwei fremde Völker leben.«

MacAran erwiderte ihren versonnenen Blick und erwiderte sehr sanft: »Spielt das eine Rolle, Judy? Wir wissen es. Vielleicht brauchen wir einfach nur zu warten und ebenfalls damit anzufangen, in Größenordnungen von Generationen zu denken. Vielleicht werden unsere Kinder alles wissen.«

Auf der Welt der roten Sonne nahm der Sommer seinen Lauf. Tag für Tag stieg die Sonne ein wenig höher am Himmel empor, dann wurde die Sonnenwende überschritten, und sie neigte sich zögernd wieder tiefer. Camilla, die sich der Aufgabe widmete, kalendarische Tabellen zu führen, stellte fest, daß die täglichen Veränderungen des Sonnenstands am Himmel auf eine Verkürzung der Tage – die während ihrer ersten vier Monate auf dieser Welt länger geworden waren – und somit auf den heranrückenden unvorstellbaren Winter hinwiesen. Der Computer, dem sämtliches verfügbares Informationsmaterial eingegeben worden war, hatte Tage der Dunkelheit vorausgesagt, durchschnittliche Temperaturen um null Grad Celsius und praktisch allgegenwärtige Froststürme. Doch sie erinnerte sich selbst daran, daß dies nur eine mathematische Wahrscheinlichkeitsrechnung war. Es hatte nichts mit Tatsachen zu tun.

Während dieses zweiten Drittels ihrer Schwangerschaft gab es Zeiten, da wunderte sie sich über sich selbst. Nie zuvor war ihr in den Sinn gekommen zu bezweifeln, die strenge Disziplin der Mathematik und der Wissenschaft – seit ihren Kindertagen ihre Welt

– könne Lücken haben. Und nie hatte sie angenommen, auf ein Problem treffen zu können, welches von diesen Disziplinen nicht gelöst werden konnte. Soweit sie feststellen konnte, hatten für ihre Mannschaftskameraden die alten Disziplinen nach wie vor Bestand. Selbst über den zunehmenden Beweis für ihre stärker werdende Fähigkeit, die Gedanken anderer lesen und auf unheimliche Art in die Zukunft sehen und beunruhigend exakte Vorhersagen treffen zu können, die allein auf schnellen Eingebungen dessen beruhten, was sie »die dunkle Ahnung« nennen mußte – selbst hierüber wurde gelacht; sie taten es achzelzuckend ab. Doch sie wußte, daß ein paar von den anderen dasselbe erlebten.

Es war Harry Leicester – insgeheim sah sie ihn noch immer als Captain Leicester –, der es sehr klar für sie darstellte, und in seiner Gegenwart konnte sie es fast wie er sehen.

»Halte daran fest, was du *weißt,* Camilla! Das ist alles, was du tun kannst. Man nennt es intellektuelle Integrität. Wenn eine Sache unmöglich ist, dann ist sie *unmöglich!*«

»Und wenn das Unmögliche geschieht? Wie zum Beispiel – ASW?«

»Dann«, sagte er verwegen, »hat man seine Fakten irgendwie falsch interpretiert ... oder man stellt Vermutungen an, die auf unterbewußten Anreizen beruhen. Du darfst das nicht über Bord werfen, nur weil du glauben möchtest. Warte, bis du *Tatsachen* vorliegen hast.«

Sie fragte ihn ruhig: »Was würdest du als Beweis akzeptieren?«

Er schüttelte den Kopf. »Ganz offen gesagt – es gibt *nichts,* was ich als Beweis akzeptieren würde. Wenn es mir zustieße, so würde ich mich einfach als verrückt und die Erfahrung meiner Sinne damit als wertlos bezeichnen.«

Da dachte sie: *Und wie ist das mit dem Willen, nicht zu glauben? Und wie kann man eine intellektuelle Integrität besitzen, wenn man eine ganze Reihe von Tatsachen als unmöglich verwirft, bevor man sie überhaupt prüft?* Aber sie liebte den Captain, und die alten Gewohnheiten hatten Bestand. Vielleicht würde es irgendwann eine endgültige Auseinandersetzung geben, doch sie hoffte in stiller Verzweiflung, sie möge nicht zu bald kommen.

Der nächtliche Regen fiel weiterhin, und es gab keine furchteinflößenden Winde des Wahnsinns mehr, doch die tragische Statistik, die Ewen Ross vorhergesehen hatte, mußte mit schrecklicher Unausweichlichkeit geschrieben werden. Von einhundertvierzehn Frauen hätten rund achtzig oder neunzig innerhalb von fünf

Monaten schwanger werden sollen; achtundvierzig wurden es tatsächlich, und von diesen hatten zweiundzwanzig innerhalb von zwei Monaten eine Fehlgeburt. Camilla wußte, sie würde eine der Glücklichen sein, und sie war es; ihre Schwangerschaft verlief so ereignislos, daß es Zeiten gab, in denen sie sie völlig vergaß. Auch Judy hatte eine ereignislose Schwangerschaft. Das Mädchen aus der Hebriden-Kommune jedoch, Alanna, kam im sechsten Monat in die Wehen und gebar Zwillinge, die innerhalb weniger Sekunden nach der Entbindung starben. Camilla hatte wenig Kontakt mit den Mädchen aus der Kommune – bis auf die Schwangeren im Lazarett arbeiteten die meisten von ihnen auf New Skye –, doch als sie diese Nachricht hörte, durchfuhr sie etwas, das wie Schmerz war, und an jenem Abend suchte sie MacAran auf und blieb eine lange Zeit bei ihm; in wortloser Pein hielt sie sich an ihm fest – eine Pein, die sie weder erklären noch verstehen konnte. Schließlich sagte sie: »Rafe, kennst du ein Mädchen namens Fiona?«

»Ja, ziemlich gut, ein hübscher Rotschopf drüben in New Skye. Aber keine Angst – du brauchst nicht eifersüchtig zu sein, Liebes, ich glaube, sie lebt momentan mit Lewis MacLeod zusammen. Warum?«

»Du kennst viele Leute in New Skye, nicht wahr?«

»Ja, ich war in letzter Zeit oft dort, warum? Ich habe immer geglaubt, du würdest sie für entsetzliche Barbaren halten«, sagte Rafe ein wenig rechtfertigend, »aber sie sind nette Leute, und ich mag ihre Lebensart. Ich bitte dich nicht, dich ihnen anzuschließen. Ich weiß, du würdest es nicht tun, und sie würden mich ohne eigene Frau nicht aufnehmen – sie versuchen, ihre Geschlechter ausgewogen zu halten, obwohl sie nicht heiraten; aber sie behandeln mich wie einen der Ihren.«

Mit ungewöhnlicher Sanftheit sagte sie: »Ich bin sehr froh und ganz bestimmt nicht eifersüchtig. Aber ich würde Fiona gerne sehen – ich kann nicht erklären, warum. Könntest du mich zu einer ihrer Versammlungen mitnehmen?«

»Du brauchst nichts zu erklären«, sagte er. »Sie geben ein Konzert, oh, nichts Formelles, aber darauf läuft es hinaus ... heute abend, und jeder, der kommen will, ist willkommen. Wenn dir nach singen zumute ist, kannst du sogar mitmachen ... wie ich es manchmal halte. Du kennst doch bestimmt ein paar alte spanische Lieder, oder? Es gibt da eine Art inoffizielles Projekt, so viele Lieder zu bewahren, wie dies nur irgend möglich ist.«

»Ein anderes Mal wäre ich froh darüber ... aber heute abend

bin ich zu kurzatmig, um viel singen zu wollen«, sagte sie. »Vielleicht, nachdem das Baby geboren ist.« Sie drückte seine Hand, und MacAran empfand ein wildes Zerren der Eifersucht. *Sie weiß, daß Fiona das Kind des Captains trägt, und deshalb will sie sie sehen. Deshalb ist sie auch nicht eifersüchtig; es könnte ihr nicht weniger bedeuten.*

Aber ich bin eifersüchtig. Andererseits . . . wäre es mir lieber, sie würde mich anlügen? Sie liebt mich doch, sie bekommt ein Kind von mir . . . was will ich denn mehr?

Die Musik erklang, bevor sie die neue Gemeinschaftshalle auf dem Gelände der New-Skye-Farm erreichten, und Camilla sah in erschrockener Bestürzung zu MacAran auf. »Großer Gott, was ist das für ein höllischer Radau!«

»Ich habe ganz vergessen, daß du keine Schottin bist, Liebes . . . magst du die Dudelsackmusik nicht? Moray und Dominick und ein paar andere spielen sie. Wenn du nicht willst, brauchst du nicht hineinzugehen – wir können warten, bis sie fertig sind«, meinte er lachend.

»Das hört sich ja schlimmer an als eine wild gewordene Banshee«, sagte Camilla energisch. »Die Musik ist nicht immer *so,* hoffe ich . . .«

»Nein, es gibt auch Harfen, Gitarren, Lauten – du sagst, was du hören willst, und sie haben es. Und bauen neue.« Er drückte ihre Finger, als die Dudelsackmusik verstummte, dann betraten sie den Saal. »Es ist eine Tradition, nichts weiter. Die Dudelsäcke. Und die Highlands-Requisiten . . . die Kilts und die Schwerter.«

Überraschend empfand Camilla einen Stich – beinahe Neid –, als sie in die von Kerzen und Fackeln hell erleuchtete Halle kamen; die Mädchen waren in strahlend bunte Tartan-Röcke gekleidet und mit Plaidtüchern angetan, die Männer trugen prachtvolle Kilts, Schwerter und geknöpfte Plaids, die über ihren Schultern prangten. So viele von ihnen waren hellhaarige Rotschöpfe. *Eine farbenfrohe* Tradition. Sie geben sie weiter, und unsere Traditionen – sterben. Oh, komm, verdammt, welche Traditionen denn? Die jährliche Parade der Raumakademie? Ihre Traditionen passen sich zumindest in diese fremde Welt ein.

Zwei Männer, Moray und der große rothaarige Alastair, brachten einen Schwerttanz dar, wobei sie zum Klang des Bläsers behende über die funkelnden Klingen sprangen. Einen Moment lang hatte Camilla eine geheimnisvolle Vision von glänzenden Schwertern, die nicht im Spiel, sondern in tödlichem Ernst geschwungen wurden, dann erlosch das Bild flackernd wieder, und sie schloß sich dem Applaus für die Tänzer an.

Es folgten weitere Tänze und weitere Lieder, Lieder die Camilla meist unbekannt waren, mit einer seltsamen, melancholischen Weise und einem Rhythmus, der sie ans Meer denken ließ. Und das Meer zog sich auch durch viele Texte. Es war dunkel im Saal, trotz des Fackellichts, und sie sah das kupferhaarige Mädchen, das sie suchte, nirgends, und nach einer Weile vergaß sie das Drängen, das sie hierhergeführt hatte, und lauschte nur mehr den traurigen Liedern einer untergegangenen Welt der Inseln und der Meere:

O Mhari, o Mhari, o Mädchen mein,
zaubernd die blauen Augen dein,
ziehn mich zu dir, vom Mull-Ufer wild,
mein Herz ist weh, mein Lieb' nur dir gewillt . . .

MacAran legte seinen Arm um sie, und sie schmiegte sich gegen ihn.

Sie flüsterte: »Wie eigenartig, daß auf einer Welt ohne Meere so viele Lieder vom Meer lebendig gehalten werden sollen . . .«

»Gib uns Zeit«, murmelte er. »Wir werden genügend Meere entdecken, die wir besingen können . . .« Er unterbrach sich, denn das Singen war verstummt, und jemand rief: »Fiona! Fiona! Sing du für uns!« Andere fielen in diesen Ruf ein, und nach einer Weile bahnte sich das schmächtige rothaarige Mädchen, das ein enges dunkles, blaugrünes Kleid trug, das ihre Schwangerschaft betonte und beinahe zur Schau stellte, seinen Weg durch die Menge. Mit ihrer hellen süßen Stimme sagte sie: »Viel kann ich nicht singen, denn ich bin zur Zeit recht kurzatmig . . . Was würdet ihr denn gerne hören?«

Jemand rief etwas auf Gälisch; sie lächelte und schüttelte den Kopf, nahm dann von einem anderen Mädchen eine kleine Harfe entgegen und setzte sich auf eine Holzbank. Ihre Finger bewegten sich eine Weile in weichen Arpeggios, und dann sang sie:

Der Wind von der Insel ein Lied von Kummer bringt,
den Möwenschrei und das Seufzen der Wasserräume,
in alten Träumen hör ich, wie's Wasser singt,
das von den Hügeln fließt, im Land uns'rer Träume . . .

Ihre Stimme war dunkel und sanft, und während sie sang, gewann Camilla das Bild grüner niedriger Hügel, vertraute Umrisse der Kindheit, Erinnerungen an eine Erde, an die sich wenige von ihnen erinnern konnten, eine Erde, die nur in solchen Liedern lebendig gehalten wurde, Erinnerungen an eine Zeit, da die Hügel dieser Erde grün unter einer goldgelben Sonne und einem meerblauen Himmel lagen . . .

Weh westlich, o Meereswind, und bring uns die Lehre
von unserer Heimat, von Wahrheit und Ehre;
wachend und schlafend will ich Wässer genießen,
die im Land der Jugend von den Hügeln fließen.

Camillas Kehle zog sich in einem erstickten Schluchzen zusammen. Das verlorene Paradies, das vergessene . . . zum ersten Mal unternahm sie jetzt eine bewußte Anstrengung, ihre geistigen Augen dem besonderen Bewußtsein zu öffnen, das sie seit der Zeit des ersten Windes kannte. Diese ihre Augen und ihren Verstand konzentrierte sie beinahe grimmig, mit einem Aufwallen von nahezu leidenschaftlicher Liebe, auf das singende Mädchen; und dann *sah* sie – und entspannte sich.

Sie wird nicht sterben. Ihr Kind wird leben.

Ich hätte es nicht für ihn zur Welt bringen können, für ihn, der ausgelöscht werden wird, als habe es ihn nie gegeben . . .

Was ist los mit mir? Er ist nur ein paar Jahre älter wie Moray, es gibt keinen Grund, weshalb er nicht die meisten von uns überleben sollte . . . Doch die Angst war vorhanden, die Angst und die gewaltige Erleichterung, als Fionas Lied zu seinem Ende anschwoll:

In diesem fernen Land des Exils wir singen,
die Pfeifen und Harfen wie vorher so schön,
doch nie wird Musik so süß wie Wasser erklingen,
wie's fließt in dem Land, das nie mehr wir seh'n . . .

Camilla merkte, daß sie weinte, doch sie war nicht allein. Rings um sie her in dem verdunkelten Raum betrauerten die Exilanten ihre verlorene Welt. Kaum fähig, dies zu ertragen, stand Camilla auf und tastete sich blindlings durch die Menge und zur Tür. Als man sah, daß sie schwanger war, machte man ihr höflich Platz. MacAran folgte ihr, doch sie nahm keine Notiz von ihm. Erst als sie im Freien waren, drehte sie sich zu ihm um und weinte heftig und blieb stehen. Sie hörte seine besorgten Fragen, doch sie sperrte sie aus. Sie wußte ihm nicht zu antworten.

Rafe versuchte sie zu trösten, aber irgendwie registrierte er ihre Unruhe, und für eine Weile wußte er nicht, warum das so war, bis es ihm abrupt klar wurde.

Hoch über ihm prangte ein sternenklarer Nachthimmel, ohne Wolken, ohne das geringste Anzeichen von drohendem Regen. Zwei große Monde hingen limonengrün und pfauenblau tief am dunkler werdenden violetten Firmament. Und die Winde frischten auf.

Im Saal der Neu-Hebriden-Gemeinschaft ging das Musizieren unmerklich in einen fast ekstatischen Gruppentanz über, das wachsende Gefühl der Zusammengehörigkeit, der Liebe und Gemeinsamkeit band sie in Fesseln der Nähe zusammen, die niemals mehr vergessen werden sollte. Einmal, spät in der Nacht, als die Fackeln unruhig brannten und wilde Funken versprühten, sprangen zwei Männer auf, starrten einander in einem Auflodern heftigen Zorns an, dann zuckten die Schwerter aus den grellbunten Highlands-Scheiden und kreuzten sich in hellem Stahlgeklirr. Moray, Alastair und Lewis MacLeod handelten wie die Finger einer einzigen Hand, stürzten sich auf die zornigen Männer und warfen sie zu Boden, wo sie sie ausstreckten, ihnen die Schwerter aus der Hand schlugen und sich auf sie setzten – buchstäblich –, bis sich der Schimmer des wolfsartigen Zorns in den beiden legte. Dann gaben sie sie behutsam frei und schütteten ihnen Whisky in die Kehlen (Schotten werden es immer irgendwie schaffen – selbst am anderen Ende des Universums –, sich ihren Whisky herzustellen, dachte Moray, ganz gleich, auf was sie sonst verzichten), und dann umarmten sich die beiden Männer betrunken und gelobten sich ewige Freundschaft, und das Liebesmahl ging weiter, bis die Sonne klar und strahlend am wolkenlosen Himmel aufging.

Judy erwachte, als sie die Bewegung des Windes wie einen Hauch der Kälte bis tief in ihre Knochen hinein fühlte – dann registrierte sie die erwachende Seltsamkeit in ihrem Gehirn und ihren Knochen. Nervös, hastig, wie um sich zu beruhigen, tastete sie dorthin, wo sich ihr Kind mit einem eigenartig starken Leben rührte. Ja. Mit ihr ist alles in Ordnung. Aber auch sie empfindet die Winde des Wahnsinns.

Es war dunkel in dem Raum, in dem sie lag, und sie lauschte den Melodien des fernen Gesangs. Es fängt wieder an . . . aber dieses Mal ... wissen sie dieses Mal, was es ist, können sie ihm dieses Mal ohne Furcht und Befremden gegenübertreten? Sie selbst empfand eine vollkommene Ruhe, eine Stille im Zentrum ihres Seins. Sie wußte ohne Überraschung genau, was den ursprünglichen Wahnsinn verursacht hatte, sie wußte, daß wenigstens für sie dieser Wahnsinn niemals wiederkehren würde. Stets würde es in der Jahreszeit der Winde Eigenartigkeiten geben und ein größeres Offensein und Bewußtsein; die so lange schlummernden latenten Kräfte würden unter dem Einfluß der starken, vom Wind herangetragenen psychedelischen Droge immer stärker sein. Doch sie wußte jetzt, wie damit fertig zu werden war, und so würde es für sie nur den kleinen Wahn geben, der den Verstand erleichtert und das ruhelose Gehirn von der Anstrengung erlöst, es befreit und so in die Lage versetzt, es mit weiteren Anstrengungen zu anderen Zeiten aufzunehmen. Sie ließ sich jetzt darin treiben und griff mit ihren Gedanken nach einer nur halb empfundenen Berührung, einer Berührung, die nur wie eine Erinnerung war. Sie glaubte sich zu drehen, auf den Winden zu treiben, die ihre Gedanken durcheinanderschleuderten, und kurz erfaßten ihre Gedanken den Fremden und vereinten sich mit ihm (nicht einmal jetzt hatte sie einen Namen für ihn, sie brauchte keinen, sie kannten einander wie eine Mutter das Gesicht ihres Kindes kennt, wie ein Zwilling seinen Zwillingsbruder erkennt, sie würden immer zusammen sein, selbst wenn ihre realen Augen sein Gesicht nie wieder würden sehen können), vereinten sich mit ihm in einer flüchtigen, halb ekstatischen Verbindung. So kurz diese Berührung auch war, sie brauchte, verlangte nicht mehr.

Sie zog das Juwel hervor, sein Liebesgeschenk. Es kam ihr so vor, als leuchte es im Dunkeln mit einem eigenen inneren Feuer, so, wie es in seiner Hand geleuchtet hatte, als er es im Wald in die ihre gelegt hatte, dieses seltsame Leuchten – das silberblaue Leuchten seiner Augen. *Versuche, den Juwel zu beherrschen!* Sie konzentrierte ihre Blicke darauf, bemühte sich zu wissen, mit dieser ihrer geheimnisvollen inneren Sicht, was damit gemeint war.

Es war dunkel in ihrem Zimmer, denn mit fortschreitender Nacht sanken die Monde jenseits des Fensters mit den Läden, und das Sternenlicht war nur ein schwaches Glimmen. Das Juwel noch immer in der Hand, griff Judy nach eine Harzkerze, der Schlaf war ihr fern. Sie tastete in der Dunkelheit nach dem Feuerzeug, verfehlte es und hörte es mit einem splitternden Geräusch zu Boden fallen. Sie flüsterte eine kleine gereizte Verwünschung: Jetzt würde sie aufstehen und danach suchen müssen. Grimmig starrte sie auf die Harzkerze ... und irgendwie starrte sie durch das Juwel in ihrer Hand darauf.

Licht, verdammt!

Und die Harzkerze auf dem geschnitzten Ständer flackerte plötzlich unberührt zu strahlender Flamme auf. Judy keuchte, fühlte ihr Herz klopfen, roch schnell an der Flamme, nahm ihre Hand weg; konzentrierte wieder alle Gedanken auf das Juwel und die Flamme und sah das Licht wieder zwischen ihren Fingern erlöschen.

Das also war es ...

Und es konnte gefährlich sein. Ich werde es hüten und bewahren, bis die Zeit gekommen ist. In diesem Augenblick wußte sie, daß sie eine Entdeckung gemacht hatte, die eines Tages vielleicht die Lücke zwischen dem überlieferten Wissen von der Erde und dem alten Wissen dieser fremden Welt ausfüllen mochte, aber sie wußte auch, daß sie für eine lange Zeit nicht darüber sprechen würde – wenn überhaupt. Wenn die Zeit kommt und ihr Verstand stark und bereit ist, dann ... dann kann es ihnen vielleicht anvertraut werden. Doch wenn ich es ihnen jetzt zeige, wird mir die Hälfte von ihnen nicht glauben – und der Rest wird anfangen, Pläne zu schmieden, wie man es nutzen könnte ... Nicht jetzt.

Seit der Zerstörung des Sternenschiffes und seiner Erkenntnis, auf dieser Welt gestrandet zu sein (ein Leben lang? Für immer? Ja, was mich betrifft, für immer), hatte Captain Leicester nur eine Hoffnung, ein Lebenswerk, etwas, das seinem Dasein einen Sinn gab und seiner Verzweiflung einen Schimmer von Optimismus.

Gut, sollte Moray eine Gesellschaft strukturieren, die sie an diese Welt ketten würde, die sie zu Barbaren machen würde, die wie Schweine nach ihrer täglichen Nahrung würden scharren müssen! Das war Morays Angelegenheit. Vielleicht war es einstweilen tatsächlich notwendig, eine stabile Gesellschaft zu entwickeln, eine Gesellschaft, die das Überleben sichern konnte. Aber das Überleben bedeutete nichts, wenn es *nur* ein Überleben war, und mittlerweile war ihm klar geworden, daß es mehr sein konnte. Eines Tages würde sein Werk ihrer aller Kinder zu den Sternen zurückkehren lassen. Er hatte den Computer, und er hatte eine technisch ausgebildete Mannschaft und er hatte das Wissen eines ganzen Lebens. Während der letzten drei Monate hatte er das Schiff systematisch, Stück für Stück, aller Einrichtungen beraubt, ihm jedes Stück genommen, das mit seiner eigenen Lebensschulung zu tun hatte, und alles, was er darüber wußte, mit der Hilfe Camillas und drei weiterer Techniker einprogrammiert. Er hatte jedes erhaltene Textbuch aus der Bibliothek eingegeben, von Astronomie bis Zoologie, von Medizin bis zu elektronischem Maschinenbau, er hatte die Daten eines jeden überlebenden Mannschaftsmitgliedes eingebracht, eines nach dem anderen, und ihnen geholfen, all ihr Wissen dem Computer zu übermitteln. Nichts war zu klein, um in den Computer einprogrammiert zu werden, vom Bau und der Reparatur eines Nahrungssynthesizers bis zur Herstellung und Reparatur von Reißverschlüssen an Uniformen.

Er dachte triumphierend: Es gibt eine ganze Technologie hier, ein ganzes Erbe, als Gesamtheit für unsere Nachkommen bewahrt. Es wird nicht in meinem oder Morays Leben sein, auch wohl nicht im Leben meiner Kinder. Aber wenn wir über die kleinen Mühen des täglichen Überlebens hinauswachsen, wird das Wissen dasein – das Erbe. Es wird vorläufig hier sein, ob nun das Wissen, wie man einen Hirntumor heilt oder wie man einen Kochtopf für die Küche glasiert, und wenn Moray auf Probleme in seiner konstruierten Gesellschaft stößt, wie es unvermeidlich der Fall sein wird, die Antworten werden hier sein. Die ganze Geschichte einer Welt, von der wir kamen; wir können alle Sackgassen der Gesellschaft übergehen und direkt auf eine Technologie lossteuern, die uns eines Tages zu den Sternen zurückbringen wird – um uns der größeren Gemeinschaft des zivilisierten Menschen anzuschließen, um nicht auf einem Planeten herumzukriechen, sondern uns wie ein verzweigender Baum von Stern zu Stern auszubreiten, Universum um Universum . . .

Wir können alle sterben, aber die Sache, die uns menschlich gemacht hat, wird überleben, und eines Tages werden wir zurückkehren. Irgendwann werden wir es zurückgewinnen.

Er lag da und lauschte dem fernen Klang des Singens aus der New-Skye-Halle, in der Kuppel, die sein gesamtes Leben geworden war. Vage fiel ihm ein, daß er aufstehen sollte, sich anziehen, zu ihnen hinübergehen, sich ihnen anschließen. *Sie hatten auch etwas zu bewahren.* Er dachte an das schöne kupferhaarige Mädchen, das er so kurz gekannt hatte, das, erstaunlicherweise, sein Kind trug.

Sie würde froh sein, ihn zu sehen, und gewiß hatte er eine Verantwortung, auch wenn er das Kind halb ohne Bewußtsein gezeugt hatte, rasend wie ein Tier in der Brunst. – Er zuckte zusammen bei dem Gedanken. Doch sie war sanft und verständnisvoll gewesen, und er schuldete ihr etwas, eine Freundlichkeit, weil er sie benutzt und vergessen hatte. Wie war ihr seltsamer und hübscher Name? *Fiona?* Gälisch bestimmt. Er erhob sich von seinem Bett, rasch nach ein paar Kleidungsstücken suchend, zögerte dann, an der Tür der Kuppel stehend und hinausschauend zum klaren blauen Himmel. Die Monde waren untergegangen, und die helle falsche Dämmerung hatte fern im Osten zu leuchten begonnen, ein Regenbogenlicht wie eine Morgenröte, die, wie er annahm, von dem fernen Gletscher reflektiert wurde, den er nie gesehen hatte, nie sehen würde, nie sehen *wollte.*

Er schnupperte im Wind, und als er ihn in seine Lungen einsog, überkam ihn ein seltsamer ärgerlicher Verdacht. Letztes Mal hatten sie das Schiff zerstört – diesmal würden sie ihn und seine Arbeit zerstören. Er schlug die Kuppel zu und verschloß sie mit dem Vorhängeschloß, das er von Moray verlangt hatte. Diesmal würde sich niemand dem Computer nähern, nicht einmal jene, denen er am meisten vertraute. Nicht einmal Patrick. Nicht einmal Camilla.

»Lieg still, Geliebte. Schau, die Monde sind untergegangen, es wird bald Morgen sein«, murmelte Rafe. »Wie warm es unter den Sternen im Wind ist. Warum weinst du, Camilla?«

Sie lächelte in der Dunkelheit. »Ich weine nicht«, sagte sie leise, »ich denke, daß wir eines Tages einen Ozean finden werden – und Inseln – für die Lieder, die wir heute abend gehört haben, und daß eines Tages unsere Kinder sie dort singen werden.«

»Bist du dazu gelangt, diese Welt so zu lieben wie ich, Camilla?«

»Lieben? Ich weiß nicht«, sagte sie sinnierend. »Es ist *unsere* Welt. Wir brauchen sie nicht zu lieben. Wir brauchen nur zu lernen, irgendwie mit ihr zu leben. Nicht nach unseren Bedingungen, sondern nach ihren eigenen.«

Im gesamten Basislager ging der Verstand der Erdmenschen flackernd in Wahnsinn, in unerklärliche Freude oder Furcht über. Frauen weinten, ohne zu wissen warum, oder lachten in plötzlicher Freude, die sie nicht erklären konnten. Pater Valentine, der in seinem isolierten Obdach schlief, erwachte und kam ruhig den Berg herunter und gelangte unbemerkt in die Halle in New Skye, um sich mit ihnen in Liebe und vollständiger Billigung zu vermischen. Wenn die Winde sich legten, würde er in die Abgeschiedenheit zurückkehren, aber er wußte, daß er nie wieder vollkommen allein sein würde.

Heather und Ewen, die gemeinsam Nachtdienst im Hospital machten, sahen die rote Sonne am wolkenlosen Himmel aufgehen. Mit verschlungenen Armen wurden sie aus ihrer stillen ekstatischen Betrachtung des Himmels (tausend rubinrote Funken, der strahlende Ansturm von Licht, das die Dunkelheit zurücktrieb) durch einen Schrei hinter ihnen gerissen, ein schrilles, stöhnendes Jaulen vor Schmerz und Entsetzen.

Ein Mädchen stürmte aus ihrem Bett an ihnen vorbei, in Panik geraten durch den plötzlichen Schmerz, das strömende Blut. Ewen hob sie hoch und legte sie nieder, indem er all seine Kraft und Ruhe aufbot und versuchte, die Vernunft zu fokussieren *(du kannst die Oberhand darüber gewinnen! Kämpfe! Versuche!)*, hielt aber mitten im Tun inne, gestoppt durch das, was er in ihren verängstigten Augen sah. Heather berührte ihn mitleidig.

»Nein«, sagte sie, »du brauchst es nicht zu versuchen.«

»O Gott, Heather, ich kann nicht, nicht so, ich kann es nicht ertragen . . .«

Die Augen des Mädchens waren weit und entsetzt. »Kannst du mir nicht helfen?« bettelte sie. »Oh, hilf mir, bitte, hilf mir . . .«

Heather kniete sich hin und nahm das Mädchen in ihre Arme. »Nein, Schatz«, sagte sie sanft. »Nein, wir können dir nicht helfen, du wirst sterben. Habe keine Angst, Lauraliebling, es wird sehr schnell gehen, und wir werden bei dir sein. Weine nicht, Liebling, weine nicht, es gibt nichts zu fürchten.« Sie hielt das Mädchen fest in ihren Armen, murmelte ihr zu, tröstete sie, jedes bißchen Furcht spürend und mit der Stärke ihrer Beziehung besänftigend, bis das Mädchen ruhig und friedlich an ihrer Schulter lag. Sie hielten sie so, mit ihr weinend, bis sie zu atmen aufhörte; dann legten sie sie sanft auf das Bett, bedeckten sie mit einem Laken und gingen kummervoll Hand in Hand in den Sonnenaufgang hinaus und weinten um sie.

Captain Leicester sah die Sonne aufgehen und rieb seine müden Augen. Er hatte seine Augen nicht von der Konsole des Computers genommen und über die einzige Hoffnung gewacht, diese Welt vor der Barbarei zu retten. Einmal, kurz vor der Morgendämmerung, hatte er gemeint, Camillas Stimme von der Tür her nach ihm rufen zu hören, aber es war bestimmt Einbildung. *(Einmal hatte sie an seinem Traum teilgehabt. Was war geschehen?)*

Jetzt, in einem seltsamen unbehaglichen Halbschlummer, in

Halbtrance, beobachtete er eine Prozession von seltsamen Kreaturen durch seinen Geist, nicht ganz Menschen, die fremde Sternenschiffe in den roten Himmel dieser Welt steigen ließen und Jahrhunderte später zurückkehrten. *(Was hatten sie gesucht in der Welt jenseits der Sterne? Warum hatten sie es nicht gefunden?)* Konnte die Suche am Ende endlos sein oder sogar zu einem vollen Kreis werden und an ihrem Anfang enden?

Aber wir haben etwas, um darauf aufzubauen, die Geschichte einer Welt.

Einer anderen Welt. Nicht dieser.

Gibt es Antworten von einer anderen Welt, die auf diese passen?

Er sagte sich wütend, daß Wissen Wissen war, daß Wissen Macht war und sie retten konnte ...

... oder vernichten. Werden sie nach dem letzten Kampf ums Überleben nicht alte Antworten suchen, zubereitet für sie aus der Vergangenheit, und versuchen, die hoffnungslose Geschichte der Erde nachzubilden, hier auf einer Welt mit einer zerbrechlicheren Lebenskette? Angenommen, sie kommen eines Tages zu dem Glauben, dem ich einige Zeit anhing, daß der Computer wirklich alle Antworten hat?

Hat er sie denn nicht?

Er stand auf und ging zur Tür der Kuppel. Das mit Fensterläden versehene Fenster, schmal und hoch gemacht gegen die bittere Kälte, schwang bei seiner Berührung weit auf, und er sah hinaus auf den Sonnenaufgang und die fremde Sonne. *Nicht meine. Aber ihre.* Eines Tages werden sie seine Geheimnisse entschlüsseln.

Mit meiner Hilfe. Mein eigenhändiger Kampf, für sie ein Erbe wahren Wissens zu bewahren, eine ganze Technologie, um sie zu den Sternen zurückzubringen.

Er atmete tief und begann, stumm auf die Geräusche dieser Welt zu lauschen. Die Winde in den Bäumen und den Wäldern, das Murmeln der Bäche, die Tiere und Vögel, die ihr eigenes fremdartiges, geheimes Leben tief in den Wäldern lebten, die unbekannten Fremden, die ihre Nachkommen eines Tages kennen würden.

Und sie würden keine Barbaren sein. Sie würden *wissen.* Wenn sie in Versuchung gerieten, eine Sackgasse der Technologie zu erforschen, würde die Antwort dasein, bereit auf ihre Fragen, bereit mit ihrem Rat.

(Warum echote Camillas Stimme in seinem Geist? *»Das beweist nur, daß ein Computer nicht Gott ist.«)*

»Ist nicht die Wahrheit eine Gestalt Gottes?« fragte er wild sich selbst und das Universum. *Ihr sollt die Wahrheit kennen, und die Wahrheit wird euch frei machen.*

(Oder euch versklaven? Kann eine Wahrheit eine andere verbergen?)

Plötzlich kam ihm eine abscheuliche Vision in den Sinn, als seine Gedanken sich losrissen und in die Zukunft glitten, die bebend vor ihm lag. Eine Rasse, die man gelehrt hatte, wegen aller Antworten hierher zu gehen, in den Tempel der all die *richtigen* Antworten hatte. Eine Welt, in der keine Frage je offengelassen werden konnte, denn sie hatte *alle* Antworten, und was außerhalb davon lag, war unmöglich zu erforschen.

Eine barbarische Welt mit einem als Gott angebeteten Computer.

Als Gott. Als Gott. Als Gott.

Und er schuf diesen Gott.

Gott! Bin ich wahnsinnig?

Und die Antwort kam, klar und kalt. Nein. Ich bin wahnsinnig gewesen, seit das Schiff abgestürzt ist, aber jetzt bin ich vernünftig. Moray hatte die ganze Zeit recht. Die Antwort einer anderen Welt sind nicht die Antworten, die wir hier gebrauchen können. *Die* Technik, *die* Wissenschaft sind nur eine Technik und eine Wissenschaft für die Erde, und wenn wir versuchen, sie hierher zu übertragen, werden wir diesen Planeten zerstören. Eines Tages, nicht so bald, wie ich wünschen möchte, aber rechtzeitig genug für sie selbst, werden sie eine im Boden verwurzelte eigene Technologie entwickeln, mit den Steinen, mit der Sonne, mit den Rohstoffen dieser Welt. Vielleicht wird sie sie zu den Sternen bringen, wenn sie gehen wollen. Vielleicht wird sie sie in die Zeit führen oder in die inneren Räume ihrer eigenen Herzen. Aber es wird ihre Sache sein, nicht meine. Ich bin kein Gott. Ich kann nicht eine Welt nach meinen eigenen Vorstellungen gestalten.

Er hatte alle Vorräte des Schiffes von der Brücke in diese Kuppel gebracht. Jetzt drehte er sich ruhig um und begann zu tun, was getan werden mußte, während alte Worte von einer anderen Welt in seinem Verstand klangen:

> Endlos das Kreisen der Welt, endlos der Sonne Drehen,
> Endlos bis jetzt war die Suche: so soll es geschehen.
> Zurück an den Anfang,
> da will ich mich drehen, da find' ich die Ruh' . . .

und hier find' ich die Ruh', die ich suche.
Wiederholung:
Endlos das Kreisen der Welt, endlos der Sonne Drehen,
Endlos bis jetzt war die Suche.
Zurück an den Anfang, da will ich mich drehen,
und hier find ich Ruh', die ich suche.

Mit festen Händen steckte er eine Harzkerze an und setzte wohlüberlegt die lange Zündschnur in Brand.

Camilla und MacAran hörten die Explosion und rannten auf die Kuppel zu, gerade noch rechtzeitig, um sie himmelwärts in einem Trümmerregen und auflodernden Flammen aufsteigen zu sehen.

Als er an dem Vorhängeschloß herumhantierte, begann Harry Leicester zu merken, daß er nicht hinauskommen würde. Diesmal würde er es nicht schaffen. Von dem Schlag und der Erschütterung taumelnd, aber kalt, froh, bei Verstand, sah er die Zerstörung an. *Ich habe euch einen sauberen Anfang gegeben,* dachte er verwirrt, vielleicht bin ich doch Gott, derjenige, der Adam und Eva aus dem Paradies vertrieben und aufhörte, ihnen alle Antworten zu sagen, um sie ihren eigenen Weg finden und wachsen zu lassen ... keine Lebensadern, keine bequemen Polster ... Sollten sie ihren eigenen Weg finden, leben oder sterben ...

Er merkte kaum, daß sie die Tür gewaltsam öffneten und ihn behutsam aufnahmen, aber er spürte Camillas sanfte Berührung an seinem sterbenden Verstand und öffnete die Augen für den blauen, mitfühlenden Blick.

Er flüsterte verwirrt: *»Ich bin ein sehr dummer, törichter alter Mann ...«*

Ihre Tränen fielen auf sein Gesicht. »Versuche nicht zu reden. Ich weiß, weshalb du es getan hast. Wir begannen es gemeinsam zu tun, das letzte Mal, und dann ... o Captain, Captain ...«

Er schloß die Augen. »Captain *wovon?«* flüsterte er, und dann, mit seinem letzten Atem, fuhr er fort: »Man kann einen Captain nicht in den Ruhestand versetzen. Man muß ihn erschießen ... und ich habe ihn erschossen ...«

Und dann ging die rote Sonne aus, für immer, und flammte auf zu strahlenden Lichtgalaxien.

Epilog

Sogar die Stützen des Sternenschiffes waren verschwunden, fortgetragen zu den gehorteten Metallvorräten; der Bergbau würde auf dieser Welt immer mühsam und Metalle viele, viele Generationen lang rar sein. Camilla warf aus Gewohnheit der Stelle einen Blick zu, aber nicht mehr, als sie durch das Tal ging. Sie ging leichtfüßig, eine große Frau, das Haar leicht von Frost überzogen, als sie einem nur halb bewußten Impuls folgte. Außer Sichtweite sah sie das hohe Steindenkmal für die Absturzopfer, den Friedhof, wo alle Toten des ersten schrecklichen Winters neben den Toten des Sommers und der Winde des Wahnsinns begraben waren. Sie zog ihren Pelzumhang um sich zusammen und sah mit einem Bedauern, das so lange vorbei war, daß es nicht einmal mehr Traurigkeit aufkommen ließ, auf einen der grünen Hügel.

MacAran, der von der Bergstraße das Tal herunterkam, sah sie, in ihre Felle und ihren Tartanrock gewickelt, und hob seine Hand zur Begrüßung. Sein Puls beschleunigte sich noch bei ihrem Anblick, auch nach so vielen Jahren noch, und als er sie erreichte, nahm er ihre beiden Hände für einen Moment und hielt sie, bevor er sprach.

Sie sagte: »Den Kindern geht es gut – ich habe Mhari heute morgen besucht. Und du, ich kann ohne zu fragen sehen, daß du eine gute Reise hattest . . .« Während er ihre Hand in der seinen ruhen ließ, wandten sie sich beide um in den Straßen von New Skye. Ihr Haushalt befand sich ganz am Ende der Straße, wo sie den hohen Ostgipfel sehen konnten, hinter dem die rote Sonne jeden Morgen in den Wolken aufging, an einem Ende das kleine Gebäude, das die Wetterstation war, Camillas besonderer Verantwortungsbereich.

Als sie in den Hauptraum des Gebäudes kamen, das sie mit einem halben Dutzend anderer Familien teilten, warf MacAran seine Pelzjacke ab und ging zum Feuer. Wie die meisten Männer in der Kolonie, die keine Kilts trugen, trug er Lederhosen und eine aus Tartantuch gewobene Jacke. »Sind alle anderen draußen?«

»Ewen ist im Krankenhaus, Judy in der Schule, und Mac ist beim Herdenauftrieb«, sagte sie. »Wenn du dich nach einem Blick auf die Kinder gesehnt hast, so glaube ich, daß sie alle außer Alastair auf dem Schulhof sind. Er ist heute morgen bei Heather.«

MacAran ging zum Fenster, schaute auf das schräge Dach der

Schule. Wie rasch sie doch groß wurden, dachte er, und wie leicht die vierzehn Jahre des Kindergebärens auf den Schultern ihrer Mutter lagen. Die sieben, die den schrecklichen Hungerwinter vor fünf Jahren überlebt hatten, wuchsen auf. Irgendwie hatten sie gemeinsam die frühen Stürme dieser Welt gemeistert, und obwohl sie Kinder hatte von Ewen, von Lewis Mac-Leod, von einem anderen, dessen Namen er nie erfahren hatte und von dem er vermutete, daß Camilla ihn selbst nicht kannte, so waren ihre zwei ältesten Kinder und ihre zwei jüngsten von ihm. Das letzte, Mhari, lebte nicht bei ihnen; Heather hatte drei Tage vor Mharis Geburt ein Kind verloren, und Camilla, die sich nie danach gedrängt hatte, ein Kind zu pflegen, wenn eine Amme verfügbar war, hatte sie Heather zum Aufziehen gegeben. Als Heather nach der Entwöhnung nicht bereit war, sie aufzugeben, hatte Camilla zugestimmt, Heather sie behalten zu lassen, obwohl sie sie fast jeden Tag besuchte. Heather war eine der unglücklichen Frauen – sie hatte sieben Kinder geboren, aber nur eines hatte länger als einen Monat nach der Geburt gelebt. Bande der Adoption waren stärker als die des Blutes; die Mutter eines Kindes war lediglich diejenige, die sich um es kümmerte, der Vater derjenige, der es unterrichtete. MacAran hatte Kinder von drei anderen Frauen und sorgte für sie ohne Unterschied, doch seine größte Liebe galt der seltsamen jungen Lori, die mit vierzehn kleiner als Judy und noch immer kindlich und sonderbar war und von vielen als Wechselbalg bezeichnet wurde, dessen unbekannter Vater für alle bis auf einige wenige ein Rätsel darstellte.

»Jetzt bist du zurück, aber wann mußt du wieder fort?« fragte Camilla.

Er legte einen Arm um sie. »Zunächst einmal bin ich ein paar Tage zu Hause, und dann ... wir wollen versuchen, das Meer zu finden. Es *muß* eins geben, irgendwo auf dieser Welt. Aber zuerst ... ich habe etwas für dich. Wir haben vor einigen Tagen eine Höhle entdeckt ... und im Gestein dies hier gefunden. Ich weiß, wir haben kaum Bedarf für diese Juwelen, und es ist wirklich Zeitverschwendung, sie auszugraben, aber Alastair und mir gefiel das Aussehen von diesen hier, und so brachten wir sie für dich und die Mädchen mit nach Hause. Irgendwie habe ich ein besonderes Gefühl, was diese Steine angeht.«

Er nahm eine Handvoll blauer Steine aus der Hosentasche und ließ sie in ihre Hände purzeln, wobei er die Überraschung und Freude in ihren Augen beobachtete. Dann stürmten die Kinder herein, und MacAran wurde von einer Woge von kindlichen Küssen, Umarmungen, Fragen und Bitten überflutet.

»Da, nimmst du mich das nächste Mal mit zu den Bergen? Harry durfte auch mit, und er ist erst vierzehn!«

»Da, Alanna hat meine Kuchen genommen, laß sie sie mir zurückgeben!«

»Dada, Dada, schau her, schau her! Sieh, wie ich klettern kann!« Camilla ignorierte wie immer das Tohuwabohu und bedeutete ihnen, sich zu beruhigen. »Sag' mal, Lori, was ist denn los?«

Das silberhaarige Mädchen mit den grauen Augen nahm einen von den blauen Steinen auf und sah die sternenähnlichen Muster an, die darin aufgerollt waren. Sie sagte ernst: »Meine Mutter hat so einen. Darf ich auch einen haben? Ich glaube, ich kann ihn wirken lassen wie sie.«

MacAran sagte: »Du darfst einen haben«, und sah Camilla an. Irgendwann, in Loris eigener Zeit, würden sie genau wissen, was sie bedeuteten, denn ihr seltsames Ziehkind tat nichts ohne Bedeutung.

»Weißt du«, sagte Camilla, »ich glaube, irgendwann werden diese Steine sehr, sehr wichtig für uns alle sein.«

MacAran nickte. Ihre Eingebung hatte sich so viele Male als richtig erwiesen, daß er es auch jetzt erwartete – aber er konnte warten. Er ging zum Fenster und schaute hinauf zur hohen, vertrauten Silhouette der Berge, träumte sich über sie hinaus zu den Ebenen, den Hügeln, den unbekannten Meeren. Ein hellblauer Mond, wie ein Stein, in den Lori noch immer wie verzaubert starrte, schwebte ruhig empor über die Wolken am Rand des Berges, und sehr sanft begann es zu regnen.

»Irgendwann«, sagte er geistesabwesend, »wird jemand diesem Mond – und dieser Welt – einen Namen geben.«

»Irgendwann«, sagte Camilla, »aber wir werden es nie erfahren.«

Ein Jahrhundert später nannte man den Planeten DARKOVER. Aber die Erde wußte zweitausend Jahre lang nichts von ihnen.

Bitte beachten Sie
die folgenden Seiten

Marion Zimmer Bradley

Der Darkover-Zyklus

Die Bände in der Reihenfolge
ihrer inneren Chronologie

Landung auf Darkover
Roman 63653

*

Herrin der Stürme
Roman 62835

*

Die Zeit der Hundert Königreiche
Roman 63584

*

Herrin der Falken
Roman 63886

*

Die Erben von Hammerfell
Roman 62861

*

Die zerbrochene Kette
Roman 62862

*

Das Zauberschwert
Roman 62807

MOEWIG BEI Ullstein

Gildenhaus Thendara
Roman 62834
*
Die schwarze Schwesternschaft
Roman 62846
*
Der verbotene Turm
Roman 63553
*
Kräfte der Comyn
Roman 62851
*
Die Winde von Darkover
Roman 62803
*
Das Schwert des Aldones
Roman 62860
*
Die blutige Sonne
Roman 62822
*
Hasturs Erbe
Roman 63515
*
Sharras Exil
Roman 62863
*
Die Weltenzerstörer
Roman 62855

Marion Zimmer Bradley

Die Winde von Darkover

Roman

Moewig bei Ullstein
Nr. 62803

MOEWIG BEI Ullstein

Bie Bestsellerautorin Marion Zimmer Bradley präsentiert hier einen weiteren Roman aus ihrem berühmten Darkover-Zyklus. Im Mittelpunkt stehen das tapfere Mädchen Melitta – und der Geisterwind mit seinen erschreckenden psychedelischen Auswirkungen.